호수의 일

이 헌 장 편 소 설

호수의 일

창비

1부

호정

1

내 마음은 얼어붙은 호수와 같아 나는 몹시 안전했다.

2

호수에 간 적이 있다.

할머니 댁이 있는 일산의 그 호수공원 말고, 진짜 호수. 처음부터 호수로 생겨난 호수. 다른 무엇에서 변한 게 아닌, 처음 그대로 호수인 호수.

전에도 그 호수에 간 적 있었다고 하는데, 그건 기억나지 않는다. 여섯 살 때라니까 이미 십 년도 지난 일이다. 그래도 무서웠던 느낌만은 기억에 남아 있다.

호수요?

의사가 물었다. 호수라는 말이 뜻밖이었나 보다. 나조차 그랬다.

어떤 기억은 바로 어제의 감정조차 아득하고, 또 어떤 기억은 유치원 때의 일이 지금처럼 또렷하다. 기억은 블록처럼 시간의 순서대로 차곡차곡 쌓이는 게 아니다. 여러 색깔의 물감이 어지러이 뒤섞여 있는 것 같다. 모든 색을 집어삼킨 어둠 같기도 하다. 서랍처럼 한 칸 한 칸 구분되어 있으면 좋을 텐데. 그러면 때마다 꺼내 보기도 하고, 넣어 두기도 하고, 잠가 두기도 할 텐데. 아예 비워 버리거나.

그렇게 말하자 의사가 그럼 나는 할 일이 없겠네요,라며 조금 웃었다. 그거야말로 좋은 일 아닌가요,라고 대꾸하려다 그냥 입을 다물었다.

다 털어놓을 생각은 없다. 물을 비워 버린 호수는 호수가 아닐 것이다.

3

나는 그 호수가 마음에 들었다. 겨울의 호수는 완강하게 얼어붙어 있었다. 경기도라지만 강원도에 가까운 곳인 데다 한파 특보가 내려진 날이었다. 차 문을 여는 순간 절로 몸이 움츠러들었다.

"춥지?"

엄마가 진주를 돌아보며 걱정스레 물었다. 진주는 기다렸다는 듯 야무지게 고개를 저었다.

"하나도 안 추워."

진주, 내 동생 진주는 그런 애다. 여덟 살이 된 겨울까지 도무지 겁나는 게 없는 아이. 진주에게 세상은 새로운 것으로 가득 찬 놀이동산이다. 그렇게 생각하지 않을 이유가 없겠지, 너는.

차에서 내리자 찬 호수에 잠겨 든 것만 같았다. 바람 한 점 없이 차가운 공기가 살갗을 파고들었다. 청명한 하늘에는 한낮의 태양이 한껏 눈부셨지만 별 도움이 못 되는 날이었다. 한파가 들이닥친 평일 오후의 주차장은 거의 비어 있었다. 그래도 주차장 주변에 빙

둘러선 가게들은 낮에도 전깃불을 훤히 밝혀 두고 있었다. 편의점과 식당, 노래방 그리고 분식 가판을 차린 사격장도 있었다.

"호정아, 어묵 먹고 가자."

엄마가 분식 가판 앞에서 나를 불렀다. 두툼한 장갑을 낀 손에 이미 어묵을 들고 있던 진주도 내게 바삐 손짓했다. 내가 다가가자 진주는 대뜸 어묵을 내 입가에 들이밀었다.

"후, 불어서 먹어. 후!"

어묵은 국물에서 꺼내자마자 식어 있었다. 그래도 나는 볼을 잔뜩 부풀렸다 후 — 하고 소리 내어 불고서 어묵을 크게 한 입 먹었다. 진주는 그제야 만족한 얼굴로 저도 먹기 시작했다.

"하여튼 정진주, 언니가 그렇게 좋아? 나는 우리 언니랑 맨날 다투기만 했는데."

엄마가 또 그 소리를 했다. 엄마랑 이모는 두 살 터울이다. 애초에 우리와는 비교가 안 된다. 진주랑 나는 아홉 살 차이가 난다. 나는 진주의 태동이 전해지던 손바닥의 느낌까지 기억하고 있다. 진주가 처음 집에 오던 날의 그 낯선 따스함도.

진주의 여덟 살 생일을 맞아 찾아간 호수였다. 하필이면 한겨울에 호수인 이유는, 「겨울왕국」도 아니고 「검정 고무신」 때문이었다. 진주는 「검정 고무신」을 보다 썰매에 꽂혀 버렸고, 그걸 몰라라 할 우리 아빠가 아니었다. 아빠는 인터넷을 검색하고 재료를 주문해서 직접 썰매를 만들었다. 세상에는 나무판 아래에 쇠날을 댄 썰매 재료를 공동 구매하고 만드는 법을 인터넷 카페에서 공유하는 사람들도 있는 거였다.

아빠가 차 트렁크에서 썰매 두 대를 꺼내 왔다. 썰매를 양팔에 낀 아빠는 날개를 펼친 듯 의기양양했다. 호수로 걸어가는 동안 마주 치는 사람들마다 썰매에 눈길을 보내왔다. 하지만 막상 호숫가에 도착한 아빠는 뭔가 아쉬운 얼굴이었다.

"아빠! 썰매, 썰매애!"

진주가 재촉을 해도 아빠는 딴생각에 빠져 주변을 두리번거렸 다. 그러다 무언가 떠오른 듯 바로 앞 매운탕집으로 뛰어 들어갔다. 돌아온 아빠 손에는 또 다른 썰매 두 대가 들려 있었다. 한눈에도 낡아 보였지만 썰매는 썰매였다.

"이제 다 같이 탈 수 있어!"

진주랑 엄마가 박수를 치며 좋아했다. 아빠가 썰매 네 대를 호수 에 나란히 내려놓고 나를 돌아봤다.

"이 아빠가 한다면 한다니까."

"아, 네."

그렇게 대꾸하며 나는 뒤로 두어 걸음 물러섰다. 호수에는 발끝 도 닿지 않았는데 스멀스멀한 느낌이 다리를 타고 올랐다. 시커멓 게 얼어붙은 호수는 봄이 온들 끝내 얼어붙어 있을 것만 같았는 데도. 정말로 완벽하게 얼어붙은 걸까? 저 깊은 어딘가에는 얼지 않은 데가 있지 않을까? 어쩌면 물이 찰랑대고 있지 않을까? 아 무도 모르게? 아무래도 그런 기미는 보이지 않았다. 그래도 나는 싫었다. 썰매는커녕 호수에 잠깐 올라설 마음도 들지 않았다.

온 가족이 기대에 찬 얼굴로 나를 돌아보았다. 진주 생일이라 모 처럼 마음먹고 따라나선 터였다. 하지만 나는 조금 더 뒷걸음쳤다.

"뭐야, 정호정. 컴 온. 스키는 비할 게 아니라니까."

아빠가 말했다. 스키라니, 하마터면 웃음이 나올 뻔했다. 풍선에서 한꺼번에 바람이 빠져나가듯 푸슉, 하고. 나는 스키를 타 본 적도 없고, 타고 싶었던 적도 없다. 추운데 왜 굳이 더 추운 곳을 찾아간단 말인가. 지난겨울 식구들이 스키장에 갈 때도 나는 그냥 집에 있었다.

"난 안 타."

"왜 안 타? 아빠가 생판 모르는 사람한테 부탁해서 일껏 빌려 왔는데."

나는 부탁한 적 없거든. 하지만 그 말은 그냥 삼켰다.

"안 탄다고. 관심 없다고."

그때 엄마가 크게 "아!" 소리까지 내고서 말했다.

"너 아직도 무서워서 그러는구나?"

아직도? 내게는 그저 모를 말이었는데, 아빠는 대번에 생각난 얼굴로 엄마를 돌아보았다.

"아, 그게 여기였지? 맞다. 그때도 무섭다고 호수에는 발도 안 들이려고 했지."

"그래, 그랬지. 달래도 안 되고, 꼬드겨도 안 되고, 당신이 업고 들어오려고 했더니 아주 울고불고 발버둥을 치고……. 누가 보면 우리가 애를 호수에 빠뜨리려는 줄 알았을 거야. 호정아, 기억 안 나니?"

전혀, 조금도. 엄마 아빠랑 나의 기억은 식물과 동물처럼 애초에 전혀 다른 방향으로 갈라져 있다. 그래도 식물과 동물의 경우에는 이쪽이다 저쪽이다 잘라 말할 수 없는 것들이 있다고 한다. 식충 식물이라거나 말미잘이라거나. 하지만 호수라고?

"얘는 다 잊었겠지. 그게 언제 적이야? 여섯 살? 일곱 살?"

"여섯 살이었을 거야. 저기 호수 아래 리조트에서 묵었고."

엄마 말이 맞을 것이다. 여섯 살, 어쩌면 다섯 살 때였을 수도 있다. 엄마 아빠랑 내가 그런 한가한 때를 보냈다면.

나는 새삼 호수를 둘러보았다. 미술 교과서 속 수묵화를 옮겨 온 듯한 산들이 호수를 둘러싸고 있었다. 산 아래 모든 것이 호수에 잠긴 세상 같았다. 바로 옆에 선 안내판을 보니 호수 둘레길이 4킬로미터. 그게 얼마나 되는 거리인지 감이 오지 않았다. 꽤 큰 호수긴 했다. 그래도 건너편이 눈에 들어오니 걸어서 한 바퀴 정도는 돌 만할 것 같았다.

목에 걸고 있던 헤드폰을 바로 썼다.

"쟤 저거 썼다."

엄마가 말했다. 엄마랑 아빠가 동시에 서로를 봤다. 단지 눈빛을 주고받았을 뿐이지만, 나는 알았다. 한두 번 들은 말이 아니었다. 하여간, 우리 딸 무서워서 말 한마디도 조심해야지. 아휴, 무서워. 건드리지 말자. 사춘기잖아.

"언니이!"

진주가 조르듯 소리치며 입술을 비주룩 내밀었다.

나는 못 들은 척 돌아섰다. 진주의 실망한 얼굴이 졸졸 따라오는 것 같았다. 하마터면 뒤돌아볼 뻔했다. 짓궂은 장난이었던 것처럼 웃어 보이면서.

16

그런데 진주가 까르륵 웃는 소리가 들려왔다. 아이고야! 하는 아빠의 과장된 비명도 들려왔다. 아빠가 썰매를 타다가 넘어지는 시늉을 했을 것이다. 소리만으로도 짐작이 갔다.

곧장 호숫가를 따라 난 둘레길로 들어섰다. 헤드폰을 쓴 채로 그냥. 음악을 틀어야겠다는 생각은 들지 않았다. 호수는 그 어떤 소리도 내지 않았지만 나는 무언가를 듣고 있는 것만 같았다.

침묵.

엄마 아빠와 진주의 소리는 차츰 멀어졌고, 그런 만큼 침묵은 깊어졌다. 마치 호수로 잠겨 들어가는 것처럼. 머리끝까지, 완전히.

처음에는 흙길이었는데 나무 덱으로 이어졌다. 나도 모르게 발소리를 죽였다. 롱 패딩이 서걱대는 소리조차 신경이 쓰였다. 호수의 침묵은 백지가 아니었다. 꽉 찬 음악이었다.

걸음을 멈추고 나무 울타리로 다가가 호수를 내려다보았다. 문득, 기억이 났다. 그래, 겁이 났지. 죽을 것처럼 무서웠어. 발끝이라도 닿았다간 바닥이, 세상이 무너질 것 같아 온 힘을 다해 매달렸지……. 그게, 여기였다고?

호수 가운데에는 꽤 두툼하게 눈이 쌓여 있지만, 중심에서 멀어질수록 눈밭은 얕아지다 가장자리에는 검푸른 바위 같은 얼음장이 드러나 있었다. 마치 호수의 중심에서 눈밭이 용암처럼 흘러넘친 듯했다. 그 눈밭으로 굳이 걸어 들어간 발자국들이 꽤 많았다. 허리 높이의 울타리를 넘어 호수로 내려간. 저건 운동화, 저건 구두, 또 저건 등산화? 나무 덱 위에서도 알아볼 수 있을 만큼 뚜렷했다. 발자국들은 거침없이 호수로 걸어 들어갔다. 어떤 발자국은 돌아 나왔지만 어떤 발자국은 결말을 알 수 없었다. 가장자리를 걷는 것도 아니고 호수 깊이, 도무지 바닥을 알 수 없는 호수의 중심으로 걸어 들어가는 마음은 뭘까? 포근하게 보이는 눈밭 아래에 대체 뭐가 있을 줄 알고.

동물의 발자국도 있었다. 어떤 발자국은 한쪽이 넓적하게 뭉개져 있었고, 어떤 건 세 개의 물방울이 삼각을 이루어 모인 듯 다소곳했다. 똑같은 모양에 크기가 다른 두 발자국이 나란히 가기도 했다. 동물의 발자국들은 호수의 중심을 향하는 법이 없었다. 가장자리를 따라가다 훌쩍, 호수에서 벗어나곤 했다. 무모해서는 안 된다는 걸 아는 거겠지.

발자국을 좇다 보니 어느새 거의 한 바퀴를 다 돌았다. 처음에는 추위에 얼어붙을 듯 움츠려 있었는데, 그제야 주머니에서 손을 꺼낼 엄두가 났다. 몇 장인가 사진을 찍었다. 검푸른 얼음장만 프레임에 담은 사진이 가장 마음에 들었다. 당장이라도 쩍 하고 갈라질 듯 선명하게 사선으로 금이 나 있고, 그 한쪽에만 눈발이 흩뿌려져 있었다. 사진을 페이스북 배경 화면으로 설정하고 나니 마침 썰매놀이도 끝나 있었다.

엄마랑 나랑 진주는 호숫가 카페로 들어갔다. 아빠가 썰매를 차에 가져다 놓고 케이크를 들고 왔다. 커다란 창에 호수를 가득 담은 자리에서 생일 파티를 했다. 내가 준비한 선물은 「겨울왕국」 공책과 연필이었다. 그러고는 해가 기울기 전에 다 같이 차로 돌아갔다.

"우리 다음에 또 오자!"

어린이용 카 시트에 앉은 진주가 몸을 앞으로 기울여 운전석을 두드려 대며 외쳤다. 아빠야말로 그렇게 조르고 싶었던 듯 반갑게 돌아봤다.

"그럼! 또 와야지! 썰매 두 개 더 만들까? 설마…… 다음엔 언니가 용기를 내겠지?"

아빠가 그러면서 장난스레 목소리를 낮추자 진주는 두 다리를 버둥대며 웃어 댔다. 내 꼴이 참 우스웠을 것이다. 아빠랑 동생의 다정한 농담에도 헤드폰에 귀를 감춘 채 창밖만 쏘아보는 사춘기 언니.

그때 삼천 원을 든 손을 주차 요원에게 내밀며 엄마가 아빠에게 물었다.

"참, 여보. 전에 우리 집에 썰매 있지 않았어? 두 댄가…… 세 댄가?"

아빠도 그 썰매를 바로 기억해 냈다.

"맞다. 그러게, 어쨌지? 종환이 형한테 얻어 온 거였는데……. 아, 이사하면서 없어졌나?"

"흠…… 이사할 때 내가 버린 것 같기도 하고."

이사? 그런 걸 이사라고 하나? 이사는 살던 집의 짐을 싸서 새 집에다 옮겨 놓는 거잖아. 집만 달라질 뿐, 집 안의 것들은 그대로. 엄마도 아빠도, 아이도.

자동차는 주차장을 빠져나갔고 나는 음악의 볼륨을 높였다. 진주가 손으로 나를 툭툭 치며 말을 걸었지만 자는 척 눈을 감았다. 파티는 끝났다. 생일이란 하루짜리 이벤트란다, 어린 동생아.

4

그날은 세 번째 화요일이었다. 개학 다음 날이었고, 그 호수에 다녀온 지 일곱 달쯤 지난 때였다.

호수에 갔던 날처럼 그날의 일도 그냥 떠올랐다. 입에서 흘러나왔다. 가라앉았던 것들이 저절로 수면 위로 떠오르듯이. 그건 어떤 순서일까? 물리적인 법칙에 따른 걸까?

나는 그쯤에서 입을 다물었다. 의사는 그저 떠오르는 일을 얘기해도 된다고 했을 뿐인데, 멍청한 용의자처럼 지레 불었다. 그날 밤에 뭐 했어요? 내가 안 죽였어요!

어쩌면 그건 멍청한 게 아니라 질문의 의도를 재빨리 간파한 건지도 모른다. 살인이 있던 밤에 뭘 했느냐고 묻는 의도는 빤하잖아. 내가 안 죽였어요! 재빨리, 확실히 말해 두어야지. 하지만 어째 아니라고 할수록 의심스러워지곤 한다.

의사는 뭐라고 기록했을까? 횡설수설하는 경향이 있음. 아니면 호수 트라우마가 있음. 아니면 실연의 상처가 큼. 죄책감에 사로잡혀 있음. 입시 스트레스라고 썼을지도 모른다.

영화나 드라마에 나오는 의사들은 하나같이 빠해 보였는데, 현실의 의사는 다르다. 하긴, 삼 년 내내 1등급을 유지했을 테니까. 1등급의 1등급의 1등급.

한우도 아니고, 인간의 가치를 어떻게 등급으로 매기냐고 성미가 분개하자 채식주의자인 지후는 발끈하며 반박했다. 소의 입장에서는 반대로 말할 수 있다고, 인간도 아니고, 소의 가치를 어떻게 등급으로 매기냐고. 그때 나래는 뭐라고 했더라? 화장을 고치고 있었을지도 모른다. 싸우지 마, 얘들아…… 싸움이 난 것도 아닌데 무턱대고 그런 말을 했을 것이다. 나는 아마 조용히 들었을 것이다. 인간이든, 소든, 화장품이든, 등급은 엄연한 현실이라는 생각을 하면서.

여러 달이 지난 일인데 그때의 말들이 현수막에 찍힌 글씨처럼 선명하게 떠오른다. 그런 줄도 몰랐는데 지금껏 내 기억 속 어딘가에서 펄럭이고 있었나 보다.

정말이지 기억이란 뒤죽박죽인 서랍과 같다. 정작 필요한 건 보이지 않고 쓸데없는 것들만 어지럽다. 그러다 불쑥, 잊고 있던 것들이, 잊고 싶었던 것들이 튀어나오기도 하고. 가끔은 소중히 간직해 둔 것을 발견하기도 한다.

어쩌면 호수는 그 기억 옆에 있어서 눈에 띈 건지도 모르겠다. 혹은 그날이 호수 옆에 있었던 건지도 모르겠고.

5

담임인 이라진 선생님 교실에서 조회를 기다리던 때였다. 마침 1교시도 영어였다. 라진 샘 수업은 단어 시험으로 시작되곤 했는데, 나는 1학기 때부터 꽤 착실히 시험에 임해 왔다. 수시는 진작 접었으니 선생님들에게 좋은 인상을 주려고 애쓸 필요는 없지만, 아무튼 라진 샘의 단어 시험은 그 나름대로 쓸모 있었다. 조금 신경 쓰는 걸로 단어 몇 개는 건졌으니까.

그날의 단어로 빼곡한 프린트물을 들여다보며 헤드폰을 쓰고 있었다. 음악은 틀지 않았다. 공부할 때는 음악을 듣지 않는다. 음악은 나를 다른 어딘가로 데려가 버린다. 애들 목소리가 낫다. 아무 의미 없는 소음도 괜찮다. 헤드폰을 쓰고 있는 것만으로 충분하다.

그런데 뒷자리의 나래가 나를 쿡쿡 찔렀다. 라진 샘이 교실로 들어오고 있었는데, 혼자가 아니었다.

그 애가 거기 있었다.

"이 친구는 강은기야."

라진 샘이 은기 어깨에 손을 얹으며 말했다. 몸집이 아담한 라진 샘은 거의 손을 번쩍 들다시피 해야 했다.

은기는 키가 컸다. 아니, '크다.'라고 써야 하나? 영어에서 그러듯이 현재형으로. 하지만 내 머릿속에 떠오른 문장은 그렇다.

은기는 키가 컸다. 그리고 마른 편이었다. 그래서인지 똑바로 서 있는데도 어쩐지 기우뚱해 보였다.

그때의 은기를 생각하면 기우뚱한 가로등이 떠오른다. 한낮에 홀로 불이 켜져 있는 가로등. 그러다 밤이 되면 슬그머니 빛을 잃고 어둠에 잠기는 가로등.

하지만 그날 은기는 그냥 전학생이었다. 라진 샘이 한마디 인사 말을 하라고 해도 웃으며 고개만 또 꾸벅하던 전학생. 조용한 전학생. 첫인상이 그랬던 것 같다. 2학기라도 아직 8월인데 동복 재킷을 입고 온 아이. 나중에 다른 애들한테 하는 말을 듣자니, 하복 재킷을 제때 배송받지 못해 동복 재킷을 입고 온 거였다. 고지식한 아이. 그런 첫인상도 추가되었을지 모른다.

다른 애들도 그 정도였을 것이다. 전학생이 흥미진진한 사건인 나이는 오래전에 지났다.

곧 수업이 시작되었다. 늘 그렇듯 라진 샘 수업은 고요했다. 대부분의 애들이 졸았고, 아예 대놓고 자는 애들도 있었다. 그래도 라진 샘은 뭐라 하지 않았다. 못 본 척하는 건 아니고, 이따금 안타까운 눈으로 자는 애들을 바라보았다. 라진 샘은 좋은 사람이다. 나만 아니라 다들 그렇게 생각했다. 하지만 인품과 실력은 그다지 상관이 없다. 사실 잘 듣기만 하면 꽤 괜찮은 수업이었는데, 그러기 위해서는 듣는 사람이 스스로 집중력을 발휘해야 했다. 나래는 실컷 잘 자고 일어나 라진 샘의 뒷모습을 보며 미안한 얼굴로 중얼거리곤 했다. 선생님도 힘드시겠다.

나는 딱히 그렇게 생각하진 않았다. 먹고사는 일이 원래 힘들지 않나? 돈을 번다는 건 나의 무언가를 파는 일이다. 노동이 됐든, 그보다 더한 무엇이 됐든.

개학 첫 주라 야자도, 방과 후 수업도 없었다. 그런데 나래랑 청소 당번을 바꿔 주어야 했다. 방학 때부터 이미 사귄 거나 다름없었으면서, 새삼 '오늘부터 1일'이라며 데이트를 하러 간다는 거였다. 흔쾌히 바꿔 주었다. 나야 학교에서 일찍 나간다고 갈 데가 있는 것도 아니었다.

여름 방학 동안 다녔던 스터디 카페 이용 기간이 남아 있었지만, 어쩐지 내키지 않았다. 개학 날에도 근처까지 갔다가 들어가기 싫어서 스타벅스로 발걸음을 돌렸다. 고모가 보내 준 기프트 카드 덕분이었다. 고모 돈으로 마시는 커피는 평소보다 썼지만. 바로 집에 가는 건 선택지에 없는 일이었다. 기프트 카드에는 아직 잔액이 있었다. 고모의 선물은 달갑지 않지만, 그렇다고 필요가 없는 건 아니었다.

청소를 끝내고 학교 건물을 나서며 헤드폰을 쓰고 음악을 틀었다. 콜드플레이 6집 『고스트 스토리즈』. 그러고서 몇 걸음 가는데 은기가 보였다.

은기는 백팩을 한쪽 어깨에 멘 채 뭔가를 열심히 쳐다보고 있었다. 자전거 보관소였다. 자전거를 도둑맞았나? 전학 온 첫날에? 그런 생각부터 떠올랐던 것 같다. 여기 어디 CCTV가 있을 텐데.

그때 은기가 나를 봤다. 잃어버린 자전거를 찾은 듯 반가운 얼굴로 내게 다가왔다.

"호정이, 너 호정이 맞지?"

나는 슬쩍 내 교복 재킷을 봤다. 이름표는 떼고 나왔다. 은기의 동복 재킷은 백팩 스트랩에 걸려 있었다. 나는 음악을 끄고 헤드폰을 벗었다.

"맞아, 너는 강은기고."

"응. 근데……."

은기가 웃는 얼굴로 머리를 긁적이며 말을 이었다.

"스마트폰 잠깐 빌려줄래? 나는 이거라."

은기가 주머니에서 낡은 폴더 폰을 꺼내 보였다. 그렇게 필사적으로 공부하는 타입으로 보이지는 않는데. 그런 생각을 하는 내 모습이 은기에게는 망설이는 걸로 보였던 모양이다.

"잠깐이면 돼. 뭐 하나 찾아봐야 해서."

"뭐 할 건데?"

그렇게 물으면서 잠금을 해제해 주려는데, 스마트폰이 또 내 얼굴을 못 알아봤다. 멍청한 것. 아니, 사악한 것. 약정 기간이 끝나자 기다렸다는 듯 그랬다. 안경을 써야만 내 얼굴을 알아봤다. 고의적으로 멍청하게 구는 거라고 볼 수밖에 없었다. 그것도 전학생 앞에서. 그게 뭐라고, 어째 민망했다. 나는 서둘러 비밀번호로 잠금을 해제하고 스마트폰을 건넸다.

"고맙다. 지도 좀 보려고."

은기는 곧장 지도 앱을 열어 손가락을 바삐 움직였다.

"집 잃어버렸어?"

나의 시시껄렁한 소리에 은기가 고개를 들어 나를 봤다. 내 질문의 뜻을 고민하는 얼굴이었다. 뭐야, 뻘쭘하게⋯⋯. 내가 당황하려는 참에 은기가 피식 웃었다.

"아니, 자전거."

"자전거?"

"응."

은기는 다시 지도 앱을 골똘한 표정으로 들여다봤다. 그러다 혼자 고개를 끄덕끄덕하며 내게 스마트폰을 돌려줬다.

"내일부터 자전거 타고 다닐 거거든. 근데 아침부터 헤매면 안되니까 지금 일단 집까지 걸어가 보려고. 간단하네. 길을 잃고 말고할 것도 없겠다. 고맙다. 덕분에 감 잡았어."

"잘됐네."

말이 없는 애가 아니었네. 그런 생각을 하며 은기에게 물었다.

"왜 이제 가?"

은기는 학교를 둘러봤다고 했다. 그 말에 내 입에서 거의 반사적인 소리가 나왔다.

"후졌지?"

은기도 곧장 고개를 끄덕이며 웃었다.

요즘 새로 지은 학교들은 대학 못지않다고들 하는데, 우리 연동고는 오래된 사립 남고였다가 몇 년 전에 남녀 공학으로 바뀌었다. 그 역사가 증명하는 것은 낡은 건물, 볼품없는 시설, 교사들의 높은 평균 연령 정도. 교과 과정도 단조로워서 선택이랄 것도 없다고 2, 3학년들의 불만이 컸다. 아, 운동장을 에워싼 벚나무는 꽤 근사하다. 벚꽃이 한창일 때에는 길을 가다 말고 사진을 찍느라 걸음을 멈추는 사람들도 많다. 학교 앞 도로를 따라 선 높다란 은행나무들도 가을이면 황금빛으로 물든다고 들었지만, 1학년 2학기를 맞이한 내 눈에는 그저 심심한 푸른색일 따름이었다.

그때 곽근이 지나쳐 간 기억이 난다. 우리를 유심히 봤던 것 같기도 하다. 어쩌면 우리에게 아무런 관심 없이 그냥 지나간 건지도 모른다. 혹은 지나간 적이 없을지도 모른다. 내 기억 속 많은 장면들에 곽근이 있다. 초등학교 때 잠시 좋아했던 『월리를 찾아라!』의 월리처럼, 여기, 저기, 여기, 저기. 비중이 크지는 않지만 결정적인 존재감으로. 어쩌면 그건 나중에 내가 찾아낸, 혹은 심어 둔 곽근인지도 모르겠고.

그러니까 그때 우리에게는 곽근이 없었다. 곽근이 우리 곁을 지나갔건 말았건.

우리는 같이 교문을 나섰다. 마침 횡단보도 신호등이 바뀌었다. 지하철역이 있는 큰길로 가려면 거기서 길을 건너야 했다. 그런데 은기는 횡단보도 앞에서 걸음을 멈추고 다른 쪽을 가리켰다.

"나는 저쪽."

은기가 가리킨 곳은 학교 담벼락 옆으로 난 골목이었다. 그쪽은 빌라와 단독 주택으로 이루어진 주택가라고 알고 있을 뿐, 나는 한 번도 가 본 적 없었다.

아무튼 뭔가 인사말을 건네고 나는 길을 건넜다. 그러고 뒤돌아보았을 때, 은기는 지도에서 발견한 듯한 골목으로 접어들고 있었다. 좀 부러웠다. 지도를 뒤져서라도 가고 싶은 길이 있다니.

나는 다시 헤드폰을 쓰고 음악을 틀었다. 6집의 두 번째 트랙이 흘러나오고 있었다. 「매직(Magic)」. 어쩌면 매직이 아니었을지도 모른다. 콜드플레이 6집이었던 것 같기는 하지만. 아니, 내가, 나중의 내가, 지금의 내가 그렇게 기억하게 된 것일 수도 있다.

그렇다고 그것이 진실이 아니라는 뜻은 아니다. 사실이 아닐지라도 거기에는 어떤 진실이 있다.

6

둘째 주부터 야자가 시작되었다.

근처 학교는 셋째 주부터인데, 하여간 우리 학교는 이상한 대목에서 열심이라고 원성이 자자했다. 나도 애들을 따라 투덜거렸다. 야자는 강제가 아니지만, 그렇다고 우리가 원하는 일도 아닌 것이다.

나는 1학기 때처럼 주 5일을 다 신청했다. 나래도 이번 학기에는 야자를 신청했다. 날마다 학원 스케줄이더니 화, 목을 비웠다고 했다. 그 대신 토요일에 학원을 두 개나 다니게 되었다면서, 나한테 같이 다니자는 소리까지 했다.

"국어 학원 같이 다니자. 너도 국어가 제일 걱정이라면서."

"나 학원 안 다녀. 알잖아."

"아, 그래도."

벌써 몇 번째 되풀이하는 대화였다. 내가 학원을 안 다닌다는 걸 알면서도 매번 그랬다. 뭐든 같이 하자는 말부터 나오는 애다.

사실 내가 원래 학원을 안 다니는 건 아니었다. 중학교 때까지는 잘 가르친다는 학원을 일부러 찾아가기도 했다. 나래는 모르는 나였다.

그런데 나래가 어째 쉽게 포기를 안 하고 또 졸라 댔다.

"학원을 왜 안 다녀? 너 뭐 나중에 뉴스에 나오고 싶어? 교과서를 중심으로 수업에 충실했어요?"

"뭐래. 나 인강 완전 많이 듣거든."

"인강이랑 학원이랑 같냐고. 오 선생이라고, 완전 유명해. 못 들어 봤어?"

"응. 못 들어 봤어."

눈길도 주지 않고 잘라 말해도 나래는 끈질겼다. 결국 성가셔서 한마디 쏘아붙이게 됐다.

"뭐냐, 다단계 학원이냐?"

나래는 뜨끔한 듯 입을 다물었다.

알고 보니 그런 셈이었다. 돈 때문은 아니고, 나래는 사실 내가 아니라 남자 친구인 보람이랑 같이 다니고 싶은 거였다. 그런데 과외나 다름없이 규모가 작은 학원이라 보람이만 데려가면 티가 날까 걱정된 모양이었다. 나래네 부모님은 이성 교제를 절대 허락하지 않기 때문이었다.

"결국에는 너한테도 좋은 일이야. 우리 엄마가 보장하는 학원이라니까. 너도 엄마한테 말해 봐. 응?"

"됐어. 그런 부담 주기 싫어."

생각지 않은 말이 튀어나와 버렸다. 나래의 끈덕진 소리에 시달리다 보면 가끔 그런 일이 생긴다. 다행히 나래에게는 그 말이 별스 럽게 들리지 않은 모양이었다.

"칫. 엄마한테 그런 게 어딨어?"

그런데 옆에서 또 소설을 읽고 있던 지후가 끼어들었다.

"왜, 새엄마냐?"

그저 농담이었다. 그런데 나래가 샐쭉한 표정으로 지후를 흘겨 봤다.

"닥쳐라. 그거 완전 편견이거든. 우리 엄마 새엄마거든."

지후는 웃음 띤 얼굴 그대로 굳어 버렸다. 그때까지 몰랐던 것 이다.

처음 나래한테 그 말을 들었을 때 나도 지후만큼 놀라긴 했다. 지 후만큼 티를 내지는 않았지만. 지후는 어울리지 않게 말까지 더듬 거렸다.

"어…… 미안……. 그러니까…… 그냥 내가 별생각 없이……. 알 아, 나도. 너네 엄마 되게 좋으시잖아……."

"좋긴 뭐가 좋아? 엄마가 다 그렇지. 그치만 나는 남들한테 엄 마 욕도 맘대로 못 해요. 남들이 그럴 거 아니야? 새엄마라 그렇다 고. 그냥 엄마니까 짜증 나는 건데. 으…… 괴로워. 어떻게 나는 마 음대로 할 수 있는 게 하나도 없어? 너무 싫어. 토요일까지 학원, 학 원……."

"그럼 마음대로 해 보든가. 싫다고 해. 안 간다고."

내가 말했다.

"안 돼. 못 해. 엄마가 다니라는데."

"너는 무슨, 엄마가 시키면 다 하냐?"

"당연하지. 엄마가 시키는 대로 하면 이대 보내 준다는데."

이대 소리에 굳었던 지후의 입이 열렸다.

"나도 너네 엄마 딸 할래."

어이없어 말문이 막혔다.

지후는 늘 소설을 읽거나 베껴 쓰거나 혹은 제 소설을 썼다. 가끔 우리한테 읽어 보라고도 했는데, 도무지 무슨 소린지 알 수가 없었다. 뭔가 되게 어두웠고, 늘 누가 죽었다. 혹은 죽었지만 죽지 않았거나, 죽지 않았지만 죽었거나.

소설이야 어떻든 나는 지후를 멋지다고 생각해 왔다. 자기가 무엇을 하고 싶은지 분명히 안다는 것만도 대단했다. 고등학교에 올라오면서 비건이 됐다고 했고, 급식을 맨밥에 김으로 때워 가면서도 꿋꿋이 소신을 지켰다. 페미니즘에도 관심이 많아서 그런 책을 읽고 우리한테 얘기해 주기도 했다. 그러다 한남이 어쩌고 하면 나래는 주위의 눈치를 살피곤 했다. 나도 그럴 땐 좀 부담스러웠지만, 솔직히 지후가 하는 말에 틀린 데는 없었다.

"너는 예대에 목숨 걸었다더니, 무슨."

나는 지후에게 자신을 일깨워 주었다. 그래도 지후는 뻔뻔했다.

"그런다고 이대가 싫겠냐?"

할 말이 없었다. 남자들은 이대라면 좀 아니꼽게 생각한다지만, 우리 반 남자애들 중에도 이대에 보내 준다면 교복 치마라도 입고 다닐 애들이 한둘이 아닐 것이다.

학기 초의 야자 시간에는 그런 각오가 담겨 있었다. 아직은 그냥

가 버리는 애도 없고, 떠드는 애도 별로 없었다. 후텁지근한 공기가 교실을 짓눌렀다. 똑같은 등, 똑같은 자세. 하지만 책상을 향하고 있는 우리의 눈에 비친 것은 모두 다를 것이다. 교복을 입은 우리는 다 똑같아 보이지만, 복사본은 하나도 없다.

깜깜한 밤, 문득 창밖으로 고개를 돌리면 별관의 3학년 교실이 보였다. 창백한 눈을 부릅뜬 그 창문을 보면 나도 모르게 숨을 쉬어 보게 되었다. 숨 쉬는 법을 잊지 않도록 연습하듯이.

지후도 야자를 했다. 신청을 한 것도, 공부를 하려는 것도 아니었다. 야자라는 게 어떤지 알고 싶어서 남아 봤다고 했다. 그러다 사흘 만에 감독 선생님한테 걸려서 쫓겨났다.

은기도 주 5일 야자를 했다. 좀 뜻밖이었다. 전학생이라 잘 알지 못하면서도 내 기분이 괜히 그랬다. 사실 다른 애들에 대해서도 잘 알지는 못했다.

우리 학교는 학생들이 교실을 이동하며 전 과목 수업을 듣는다. 매시간 교과 선생님 교실로 옮겨 다니는 것이다. 담임인 라진 샘 교실에서 조회와 종례를 하지만 딱히 거기가 우리 교실이라 하기도 어렵다. 그래도 1학년이라 거의 같은 과목을 듣지만, 쉬는 시간에도 다음 수업 교실로 이동하기 바쁘다.

그러다 은기랑 잠시 얘기를 하게 된 것은 아마 야자 첫 주 금요일이었을 것이다. 집에 가는 길에 은기랑 마주쳤다. 은기는 자전거를 끌고 교문을 나서던 참이었다.

짙은 파란색 프레임의 삼천리 자전거였다. 흔한 브랜드에 흔한 자전거였는데, 새거라 그런지 근사해 보였다.

"새 자전거네."

"응. 신학기 행사라 할인 많이 해 주더라고."

우리 가게 근처에도 삼천리 자전거 대리점이 있는데, 가만 보면 일 년 내내 무슨 행사를 한다. 그렇다고 싸게 샀다며 좋아하는 애한테 굳이 그런 말을 하지는 않았다.

나는 전에 은기가 걸어갔던 골목 쪽을 돌아보며 물었다.

"깜깜할 때 자전거 타면 위험하지 않아?"

"아냐. 요 골목만 지나면 가로등이 훤해. 저녁에 운동 나오는 사람들도 많고. 너는 지하철 타고 가?"

"아니, 버스. 한 번에 가."

"다행이네. 나는 버스가 영 피곤하더라. 서울 버스는 더 그래."

그럼 지방에서 왔나? 잠깐 그런 생각이 들었을 때, 중학교 동창인 7반 애가 인사를 건네 왔다. 같은 노선의 버스를 타고 가는 애였다. 나는 혼자 가는 편을 더 좋아하지만, 반가워하는 애를 모른 척할 정도는 아니었다. 은기한테 인사를 하고 그 애랑 같이 버스를 타고 왔다.

그런데 아빠가 정류장에서 나를 기다리고 있었다.

"왜 나왔어?"

한결같은 내 인사였다. 아빠의 대답도 그랬다.

"가게에서 뉴스 보는데 또 무슨 험한 기사가 나오는 거야. 세상이 어째 갈수록 이 모양인지……. 오늘따라 걱정이 되잖아. 만두고 뭐고 손에 잡혀야 말이지. 그래서 잠깐 들렀어. 어쩌다 한 번은 괜찮지?"

나는 대답을 안 했다. 어차피 내 대답은 상관없잖아. 안 괜찮대도 아빠는 와야겠다 생각하면 오겠지. 오고 말고는 아빠한테 달려 있다. 그런데도 꼭 그런 식으로, 결정권이 내게 있다는 식으로 말하곤 한다.

그럴 때마다 내 안에 도사리고 있던 무언가가 꿈틀거린다. 정말로, 피부로 느껴진다. 꿈틀. 그걸 토해 내고 싶기도 하고, 비명이라도 질러 버리고 싶어진다. 하지만 나는 더욱 굳게 입을 다문다.

아빠랑 나는 말없이 걸었다. 그래도 아빠 목소리가 귓가에 울리는 듯했다. 아빠가 꾹 참고 있는 말이 훤히 들렸다. 그래, 공부는 잘하고 있고? 성적은 다시 좋아지겠고? 학원을 좀 다녀야 하지 않아? 아빠가 손목이 부러지게 만두를 빚어서라도…… 같은 말.

그렇게 아파트 단지를 가로질러 뒷문으로 나와 홍제천과 나란한 길로 접어드는 참이었다. 홍제천으로 내려가는 나들목에서 자전거 벨 소리가 들려왔다. 찌릉 찌릉 찌르릉. 짙은 파란색 프레임의 새 자전거가 노란 가로등 아래로 솟아오르듯 나타났다.

"어?"

아마 우리 둘 다 그런 소리를 냈을 것이다. 은기였다. 은기는 나를 보고 반갑게 웃으며 자전거를 세웠다. 나도 가던 길을 멈추고 은기에게 다가갔다.

"이 동네 살아?"

내가 물었다. 은기는 고개를 끄덕이며 위쪽 동네를 가리켰다. 언덕을 오르는 택시 꽁무니의 붉은 등이 충혈된 눈처럼 힘들어 보였다. 북한산 입구로 이어지는 언덕길은 스키 경기장으로 써도 될 만

큰 가파르다.

"친구냐?"

아빠가 물었다. 은기는 백팩이 어깨 위로 쏠리도록 허리 숙여 인사를 했다. 그러고서 다시 내게 눈을 돌리며 물었다.

"너도 지금 도착한 거야?"

"응. 버스 타나 자전거 타나 비슷하게 걸리나 보다. 몰랐네."

"학교에서 주택가로 오 분만 가면 홍제천이거든. 거기서부터 곧장이야. 고속도로나 다름없어."

그렇다면 자전거가 빠른 걸 수도 있다. 그날은 일 분도 기다리지 않고 버스를 탔던 터였다.

그때 아빠가 다시 끼어들었다.

"자전거 좋지. 더구나 등하교 때 타면 그야말로 일석이조네."

그쯤에서 끊어야 했다.

"잘 가."

나는 은기에게 인사하고 우리 집 방향으로 아빠를 슬쩍 밀었다. 그리고 집으로 가는 길에 요즘은 가을 날씨가 어떻다는 아빠 목소리를 흘려들으며 홍제천 산책로를 내려다봤다. 은기 말대로 가로등이 있었지만, 그래도 어둑했다. 하지만 늦은 시간에도 운동하는 사람들이 꽤 있었다. 아침에야 당연히 아무 걱정 없을 테고.

나도 자전거가 있고, 잘 타는 편이다. 중학교 때는 한강까지 자전거로 달린 적도 몇 번 있었다. 교복 바지야 하나 사면 된다 싶었다. 아니, 체육복 바지를 입고 갔다가 학교에서 치마로 갈아입어도 되겠다. 나야 벌점을 걱정하는 처지도 아니었다. 아침부터 자전거를 타면 머리가 흐트러지겠지만, 나래 사물함에 성능 좋은 고데기가 있다. 자전거로 달리며 듣는 콜드플레이는 분명 근사할 것이다.

빌라 입구로 들어서며 자전거 거치대를 힐긋 봤다. 진주 자전거와 나란히 서 있는 내 자전거는 딱 내다 버린 꼴이었다. 민망하던 진분홍색이 덕지덕지 앉은 먼지 덕분에 자주색처럼 보였다. 바퀴에 바람도 빠졌을 게 분명했다. 그래도 자전거 대리점으로 끌고 가서 손을 좀 보면 될 것이다. 그렇게 생각하고 있을 때, 아빠가 물었다.

"왜, 자전거 타고 싶어? 자전거 그렇게 싫다더니."

그 말투에는 분명 서운한 마음이 담겨 있었다. 서운하다는 건 그러니까, 마땅한 것을 받지 못했을 때 생기는 마음이다.

그 순간 자전거를 탈 마음이 깨끗이 사라졌다.

7

아빠가 사 준 자전거였다. 내가 6학년, 그러니까 진주가 네 살 때였다.

북한산 등산객 덕에 주말에는 더 바쁜데도 그날은 아빠가 점심시간까지 가게에 나가지 않고 있었다. 엄마는 진주를 낳은 뒤 가게일에서 반쯤 손을 떼고 지내던 터였다. 그러다 아빠가 누군가의 전화를 받고는 신이 난 목소리로 외쳤다.

"왔어!"

내 방까지 그 소리가 들려왔다. 그래도 나하고 상관있다는 생각은 안 했다. 그런데 엄마가 노크도 없이 내 방문을 벌컥 열었다. 나와 봐! 엄마 얼굴에는 장난스러운 웃음이 감돌았다. 엄마 뒤에서 내 방을 들여다보는 진주의 얼굴도 그랬다. 둘 다 이미 무언가 알고 있는 눈치였다.

궁금한 생각이 들지 않을 수 없었고, 그게 약 오르기도 했다. 나 숙제해야 되는데. 내가 그렇게 거절했던 것 같다. 그러자 엄마가 또 그 말을 꺼냈다.

"진주가 언니 기다리잖아."

진주는 이미 운동화를 신은 채 거실 끝에 엉덩이를 걸치고 앉아 내 방을 들여다보고 있었다. 선물 상자를 코앞에 두고 내가 열기만을 기다리는 얼굴이었다. 엄마도, 진주도, 나의 결정에 따라 행복과 불행이 정해진다는 듯 굴었다. 적어도 나 때문에 그 순간이 늦어지고 있는 것만은 사실이었다.

처음 있는 일이 아니었다. 엄마 아빠는 자꾸 뭔가 일을, 그러니까 행복한 가정이라면 마땅히 해야 할 것 같은 일을 벌였고, 그때마다 진주를 앞세웠다. 진주가 기다려, 진주가 언니 없으면 안 된대, 저러다 진주 울겠다…….

결국 온 가족이 빌라 밖에 나가서 자전거를 맞이했다. 자전거 대리점 트럭 짐칸에 네 대의 자전거가 실려 있었다. 아빠와 엄마와 내 자전거. 그리고 트레일러처럼 아빠 자전거에 연결할 수 있는 진주의 세발자전거도 있었다.

"이제 일요일은 자전거 데이로 하자. 다 같이 한강까지 가는 거야. 놀며 쉬며 갔다 와도 두 시간이면 되겠지. 아빠도 가게 조금 늦게 나가고 자전거 데이를 지키겠어! 일요일에 두 시간은 무조건 가족이 함께, 이건 호정이가 고3이 되어도 변치 않는 걸로!"

그 말에도 내가 별 반응이 없자 엄마가 말했다.

"걱정 마. 자전거 금방 배울 수 있어. 너는 하루면 배울걸. 운동 신경 좋잖아."

"그럼. 한두 시간이면 되지. 뉘 집 딸인데? 걱정 마. 아빠가 가르쳐 줄게."

그러나 나는 이미 자전거를 탈 줄 알았다. 아주 잘 탔다.

할머니 댁에서 지낼 때였다. 신자도 아니면서 할머니를 따라 성당에 다녔는데, 나는 성당이 참 좋았다. 어린이 미사도 좋고, 미사 후의 간식도 좋고, 오르간 소리도, 주일 학교도 좋았다. 제일 좋은 건 첫영성체를 받은 언니들의 미사포였다. 어디선가 김연아 선수가 미사포를 쓴 모습을 본 다음에는 한동안 집에서 할머니 미사포를 쓰고 있곤 했다.

어쩌다 그랬는지 체육 시간에 게으름을 피우던 중에 미사포 얘기를 한 적이 있는데, 천주교 신자인 지후 말로는 미사포가 성차별적인 거랬다. 이슬람의 히잡과 다름없는 뜻이라 했다. 설명을 들으니 이해는 갔지만, 나는 여전히 텔레비전에서라도 미사포를 보면 조금 황홀한 기분이 된다.

그런데 나는 세례를 받을 수 없었다. 어린이가 세례를 받으려면 부모 중 한 사람이 천주교 신자여야 한다. 하지만 엄마 아빠는 신자가 아니었고, 내가 성당에 다니는 걸 알기나 하는지 모를 일이었다.

나는 보좌 신부님에게서 자전거를 배웠다. 그곳이 첫 부임지라는 신부님은 재미있는 이벤트를 많이 열었다. 한번은 호수공원에서 미사를 했는데, 자전거를 타고 온 애들이 꽤 있었다.

지윤이는 바퀴가 큰 두발자전거를 타고 나타났다. 성인용 자전거 중에서는 작은 편이지만 그건 결코 어린이용 자전거가 아니었다. 프레임도 살짝 펄감이 도는 짙은 파란색이었다. 지윤이는 아홉 살치고 딱히 키가 큰 편도 아니어서 자전거 안장에 엉덩이를 걸치면 두 발이 땅에 잘 닿지도 않았다. 지금 생각하면 위험한 일이어서, 진주가 그런다면 절대 못 하게 할 것이다. 아무튼 지윤이는 헬멧도 없이 두 발이 닿지도 않을 만큼 큰 자전거를 자신만만하게 타고 나타났다.

미사를 하는 동안 나는 내내 자전거에 마음이 팔려 있었다. 성가를 부를 때도 건성으로 입만 뻥긋거렸다. 미사 후 간식을 받는 시간에도 나는 줄줄이 세워진 자전거 주위만 맴돌았다.

"호정아. 자전거 타고 싶니?"

신부님이 내게 물었다. 나는 다른 애들처럼 프란치스카나 안젤라나 체칠리아로 불릴 수 없는 게 늘 속상했는데, 그날은 그저 자전거라는 말만 들렸다. 네, 대뜸 고개를 끄덕였다. 자전거를 탈 줄 모른다고도 덧붙였다. 그러자 신부님이 자전거를 가르쳐 주겠다며, 어떤 애가 타고 온 어린이용 자전거를 가리켰다.

하지만 나는 지윤이 자전거를 타고 싶다고 고집을 부렸다. 결국 다른 애의 헬멧을 빌려 쓰고 지윤이 자전거로 배우게 됐다. 나는 중학교 2학년 이후로 성장이 멈추었는데도 아직 우리 반 여자애들 중 세 번째로 키가 크다. 할머니 댁에서 지내던 그때도 나는 키가 컸다. 남자고 여자고 반에서 나보다 큰 애는 없었다. 지윤이 자전거에 앉아도 두 발이 살짝 땅에 닿았다. 그래도 신부님 입장에서는 부담스러운 상황이었을 텐데, 신부님은 그저 즐거운 얼굴로 자전거를 가르쳐 주었다.

그날 이후 나는 지윤이랑 친구가 됐다. 지윤이는 다정하고 너그러운 아이였다. 싫은 내색 한 번 없이 제 자전거 한 대를 나랑 번갈아 타며 놀았다.

신부님은 그때 왜 그렇게 애를 썼을까? 문득 궁금한 생각이 든다. 신부님이라서? 아니면 나에 대해 알고 있어서? 마리아 자매님 손녀는 딱한 아이지, 하고?

엄마 아빠는 신부님을 모른다. 지윤이도, 지윤이의 자전거도 모른다. 그걸 모른다는 사실마저도.

자전거 대리점 트럭이 떠난 뒤, 나는 자전거를 탔다. 예고도 무엇도 없이 훌쩍 안장에 올라앉아 그대로 페달을 밟았다. 몇 년 만이었지만 잠시 비틀대는 법도 없었다.

엄마 아빠는 놀라서 입을 딱 벌리고 있었다. 어느 집 딸이라도 자전거를 갖자마자 저절로 탈 수는 없을 테니까. 진주는 언니 멋지다고 소리치며 박수를 쳤다. 나는 그대로 홍제천으로 내려가 잠시 달렸다.

엄마 아빠가 언제 자전거를 배웠냐고 물었지만, 신부님 이야기도, 지윤이 이야기도 하지 않았다. 왜 그런지 그런 이야기를 해 주기가 싫었다. 그냥 학교에서 배웠다고만 했다. 엄마 아빠는 그걸로 납득했는지 더 묻지 않았고, '뉘 집' 딸인데 소리만 또 했다.

엄마 아빠는 태권도 국가 대표 상비군 출신이다. 하지만 올림픽은커녕 아시안 게임에도 못 나가 봤다. 무슨 선수권 대회에만 나갔다가 상비군에서 나오게 됐다. 엄마가 나를 임신한 까닭이었다. 그러니까 너를 위해 금메달을 포기했어, 같은 생각이 떠돌고 있는 것이다. 우리 집안에는. 그것도 두 개나.

그래도 한동안 자전거는 즐겁게 탔다. 나 혼자, 아니면 친구들이랑 같이. 식구들이랑 같이 타기도 했지만, 그게 무슨 데이가 되지는 않았다.

마지막으로 자전거를 탔던 게 언제일까? 중학교 때? 초등학교 때? 고등학교에 온 다음은 절대 아니고……. 중학교 2학년 때, 아마도 그런 것 같다. 그때도 어쩌다 타게 된 것이었을 뿐, 신나게 탔던 건 중학교 1학년 때가 마지막이었던 것 같다.

나는 자전거를 참 좋아하고, 아주 잘 타는 아이였는데.

8

아침에 빌라를 나설 때마다 문득문득 자전거에 눈이 갔다. 교문으로 들어설 때면 자전거 보관소를 돌아보게 됐다. 은기 자전거는 눈에 잘 띄었다. 새거라 번쩍거리기도 했고, 그때 그 지윤이 자전거랑 비슷한 파란색이기도 했다.

오랫동안 잊고 지냈는데, 지윤이 소식이 궁금해졌다. 지윤이랑 자전거를 나눠 타며 놀았던 시간은 그 무렵의 가장 즐거운 기억이다.

야자 시간에 페이스북을 열어 지윤이를 검색해 봤다. 여지윤. 흔한 성이 아니라 바로 찾을 줄 알았는데, 생각보다 여럿이었다. 당장 확인해 보고 싶었지만 참고 페이스북을 닫았다.

인강이 밀려 있었다. 하루 다섯 시간씩 야자를 하는 내내 듣는데, 어째서 인강이 밀리는지 이해가 가지 않았다. 수학적으로는 말이 안 되는 일이었다. 야자 시간과 인강 재생 시간을 계산해 보면 딱 떨어지는 답이 나오는데. 화장실에 가거나 물을 뜨러 가거나 머리가 아파서 잠깐 엎드려 있거나, 그런 먼지만도 못한 틈새가 있을 따름인데.

아직 한 학기가 지났을 뿐이다. 수능이 파이널이다. 과정은 아무래도 좋다. 수능만, 그 시험 한 번만 잘 보면 된다……. 그래서 모두가 뜯어말리는데도 나는 정시로 대학에 가기로 한 거였다. 하루하루 평가가 돌아오는 수시는 도저히 감당이 안 됐다. 애매한 평가 방식도 싫었다. 1학기 때는 자다가 숨이 막혀 깬 적도 여러 번 있었다. 중3 때 놀아서 성적이 떨어졌지만, 마음먹고 하면 어느 순간 따라잡을 수 있다는 자신도 있었다. 그렇게 마음을 정한 뒤 여름 방학 때는 꽤 공부가 잘됐다. 그런데 2학기가 시작되자 다시 초조해졌다. 수행이다 뭐다 다른 애들은 하루하루 점수를 쌓아 가는데, 나 혼자 도움닫기만 하고 있는 기분이었다. 그러니까 제자리에서 발구르기.

또 머리가 지끈거렸다. 진통제를 먹고서야 겨우 인강에 눈이 갔다. 결국 오늘 치 인강을 학교에서 다 끝낼 수 없게 됐다. 집에 가서 남은 둘 중 하나를 끝내고 나니 새벽 1시였다. 너무 피곤했다.

하지만 막상 누우면 또 잠이 오지 않았다. 스마트폰을 열어 이것저것 보다가 페이스북으로 들어갔다.

여지윤. 하나씩 확인하다 보니 곧 그 여지윤이 나왔다. 거주지가 'Perth, Australia'로 되어 있었다. 사진 속의 지윤이는 금발에 가깝게 탈색한 긴 머리에, 얼굴은 여름 휴가에서 갓 돌아온 애처럼 보기 좋게 까무잡잡했다. 그래도 장난스러운 눈매나 크게 웃는 모습은 내가 아는 그 지윤이었다. 하지만 말을 걸기에는 너무 멀었다. 호주도, 지윤이도. 친구 신청을 할까 망설이다, 일단 관뒀다.

그리고 페이스북 앱을 닫았다, 다시 열었다. 검색창에 다른 이름을 입력했다.

강은기.

그 이름은 얼마 안 됐다. 한 화면에 들어올 정도였고, 뜻밖에도 절반이 여자였다. 여자가 아닌 강은기 페이스북을 하나씩 열어 봤다. 그 강은기는 없었다. 은기의 폴더 폰이 생각났다. 뭐야, 설마 공부하려고 페이스북 계정까지 닫은 거야?

어쩐지 마음 한구석이 싸늘해졌다. 속은 것 같기도 하고, 놀림당한 것 같기도 하고……. 내가 생각해도 웃기는 일이었다. 은기가 나한테 무슨 말을 한 것도 아닌데. 나는 은기를 거의 알지도 못하는데. 그런데 어딘가 달라 보이는 애라고 생각했다. 날마다 야자를 하고, 야자 시간에 꼼짝 않고 책상 앞을 지키고 있었지만, 어쩐지 은기는 그 자리에 붙잡혀 있는 것 같지 않았다. 저만치 앞서 달려가지도 않고, 뒤에서 바짝 쫓지도 않고, 발 구르기조차 하지 않는 아이. 아무래도 상관없어, 은기한테는 그런 분위기가 있었다. 아니, 내가 그렇게 믿고 싶었던 모양이었다. 혼자 속이고 속고, 한심하게도.

스마트폰을 충전기에 연결하고 눈을 감았다. 잠은 최소한 내일에 도움이 된다. 하지만 머리는 무거운데 잠은 싹 달아나 버렸다. 스마트폰을 도로 집어 들고 유튜브를 좀 보다, 인스타그램을 넘겨보다, 관심도 없는 우리 반 단톡방까지 훑어봤다. 그러다 문득, 단톡방 참가자 명단을 열어 봤다.

강은기는 없었다. 라진 샘이 있는 방에도, 우리끼리 모여 있는 방에도.

앤, 뭐지? 카카오톡 계정도 없나?

9

자전거 때문에 지윤이 생각이 났고, 그러다 은기 페이스북도 찾아보게 된 거예요.

의사는 별다른 표정 없이 고개를 끄덕이며 말했다. 요즘은 그렇게들 옛날 친구를 다시 만나기도 하더라고요. SNS가 사람들을 이어 주기도 하죠. 나도 SNS 통해서 보고 싶었던 친구를 만난 적 있어요. 끝내 찾지 못한 친구도 있는데, 그러니까 되게 서운하더라고요. 그 친구가 꼭 거기 있으라는 법은 없는데, 그래도 기대를 했으니까. 그렇죠?

뭐가 그렇다는 거지?

나는 대답하지 않았다. 그렇게 되묻지도 않았다. 의사에게 모든 것을 말하지는 않는다.

만 16세 이상이라 내가 원하지 않으면 상담 내용을 보호자와 공유하지 않는다고 했다. 나는 당연히 원하지 않는다고 했고, 의사는 그러니 마음 놓고 다 얘기하라는 표정을 지었다.

하지만 의사에게는 국어 시간에 배우는 소설의 얼개 정도를 털어놓을 뿐이다. 얼개 사이의 여백에 담긴 수많은 문장들은 내 안에 있다. 어떤 문장은 나조차 알아볼 수가 없다.

우리는.

나는.

은기는.

2부

자꾸만

1

"강은기!"

나래가 은기를 불렀다.

기웃거리는 얼굴을 하고 급식 줄로 다가오던 은기가 반갑게 달려왔다.

"이리 와. 같이 먹자."

나래가 보람이 쪽으로 좀 더 다가섰다. 은기는 나래 뒤로 끼어들었다. 보람이 앞에 서 있던 나는 뭐라 말할 겨를도 없었다. 딱히 무슨 할 말이 있던 건 아니었지만.

"오늘 메뉴는 뭐야?"

은기가 물었다. 급식이라고는 처음 먹어 보는 초등학교 신입생처럼 기대에 찬 표정이었다. 보람이가 턱짓으로 급식실 입구에 붙은 식단표를 가리켰다. 어딘가 내키지 않는다는 태도였다.

"오, 짜장면!"

"그리고 탕수육. 히히히. 우리 학교 급식 괜찮아."

나래가 말했다.

보람이 기분을 알아챈 건, 혹은 살핀 건 나뿐이었다. 은기도 나래도 그저 군침을 삼키기에 바빴다. 은기야 같이 밥 먹을 사람을 찾는 눈치였으니 잘된 셈일 테고, 나래는 늘 그런 식이었다.

나래는 보람이랑 대놓고 커플인 티를 내는 걸 부담스러워했다. 있는 티 없는 티 다 내면서, 아무튼 말로는 그랬다. 내 눈치를 보기도 했다. 여태껏 우리 둘이 먹었는데, 커플이 되면서 보람이가 끼어든 셈이었다. 나야 둘이 먹든 셋이 먹든 아무렇지 않았고, 그렇다고 얘기도 했지만 소용없었다. 나래는 기어이 다른 애를 불러다 앉히곤 했다. 짝수가 되어야 마음이 놓이는 모양이었다.

아무튼 은기도 상관없는 눈치였다. 그러고 보면 매사 그런 애처럼 보였다. 까칠한 데도, 유난한 데도 없는 애. 모난 데 없이 애들 사이에 조용히 섞여 드는 애. 굳이 단톡방을 거부하는 타입으로 보이지는 않았다.

궁금한 생각이 들었지만, 그렇다고 은기한테 묻기는 좀 그랬다. 뭐라고 묻는단 말인가. 페이스북 안 해? 인스타도? 혹시 트위터 하니? 점심 반찬으로 어울림 직한 수다를 떨면서도 머릿속으로는 문장을 썼다 지웠다 했다. 하지만 적당한 말이 떠오르지 않았다. 뭐라고 물은들 마찬가지인 기분이 들었다. 그걸 네가 왜 물어? 그건 어떻게 알았고?

궁금하고 말고 할 일이 아닌지도 몰랐다. 폴더 폰을 들고 다니는 애니까, 진짜 독하게 마음먹고 SNS까지 지워 버린 건지도 모를 일이었다. 단톡방도 다 거부하고. 설마 카카오톡 계정까지 없앤 건 아

54

니겠지?

간단한 정답이 있기는 했다. 그게 나랑 무슨 상관이라고.

그런데 자꾸만 궁금해졌다. 신경이 쓰였다. 뭔가 있다는 느낌이 들었다.

은기는 착실한 편이었다. 수업 시간에도 자는 걸 못 봤고, 수행 평가도 꼬박꼬박 챙기는 것 같았다. 교실에서 겉도는 애도 아니었다. 딱히 누구랑 친하지는 않지만, 누구하고든 적당히 어울렸다. 우리 반 노아를 따라 점심시간에 밴드부 애들이랑 종종 농구를 했고, 심지어 공산주의자를 자처하는 영태의 심각한 소리를 들어 주는 것도 봤다. 일본에서 온 교환 학생 아유미랑 『귀멸의 칼날』 이야기를 하는 걸 본 적도 있었다. 둘 다 어수룩한 영어로 잘도 떠들어 댔다. 부반장 김동원이랑 같이 점심을 먹기도 했고, 성미의 개그 쇼에 정신없이 웃고 있기도 했다.

날마다 야자도 했다. 하지만 방과 후 보충은 하나도 안 들었고, 그렇다고 인강을 듣는 것 같지도 않았다. 그냥 야자 내내 혼자 공부했다. 그런 것처럼 보이기는 했다. 졸지도 않고, 딴짓도 안 하고, 책상에 펼쳐 둔 문제집을 보고 있었으니까. 우두커니.

어쩐지 그런 느낌이었다. 우두커니, 들여다보고만 있는.

한번은 야자를 끝내고 나가려는데, 은기가 앉았던 자리 바닥에 수학 문제집이 떨어져 있었다. 주워서 펼쳐 보니 속이 깨끗했다. 새 문제집이나 다름없었다. 이름도 적혀 있지 않았다. 나는 일단 문제집을 챙겨 들고 교실을 나섰다.

마침 은기가 사물함 쪽에서 오고 있었다.

"이거 네 거지?"

은기에게 문제집을 건넸다. 은기는 문제집을 후루룩 넘겨 보더니 고개를 갸우뚱했다.

"그런가?"

그러더니 문제집을 들고 제 사물함으로 갔다가 빈손으로 되돌아왔다.

"내 거 맞더라. 고마워."

"뭐냐. 수학 문제집이 왜 그렇게 깨끗해? 너도 윤성미야?"

그때 계단 쪽에서 왁자한 웃음소리가 터져 나왔다. 둘이 동시에 그쪽을 돌아봤다. 성미가 애들을 모아 놓고 뭔가 신나게 떠들고 있었다. 멀리서 성미의 입 모양만 봐도 웃음이 비어져 나왔다.

윤성미는 정말로 웃긴 애다. 장도연보다 웃기고, 홍현희보다 웃긴다. 우리를 웃긴다는 면에서도, 수학에서도.

"성미는 수학을 눈으로 풀어. 아무리 복잡한 문제도 팔짱을 딱 끼고 가만히 들여다보면서. 그러다 답만 딱 쓴다니까."

"진짜? 쟤가?"

은기도 물론 놀랐다. 믿을 수 없다는 얼굴이었다. 우리 모두 그랬던 것처럼.

"수학 천재야?"

"뭐…… 성적은 딱히 천재가 아니지만, 아무튼 수학은 잘해."

"오…….”

은기는 감탄 어린 눈으로 다시 성미를 돌아보다가 내게 눈을 돌렸다.

"난 아니야."

그러고는 씩 웃고 그만이었다.

그럼 넌 문제집을 펼쳐만 놓고 뭘 했는데? 그런 문장이 내 마음에 불쑥 떠올랐지만, 물론 물을 수는 없었다. 그게 나랑 무슨 상관이라고, 대체.

우리는 조용히 건물 밖으로 나왔다. 교문과 자전거 보관소 방향으로 길이 갈라지는 자리에서 나란히 걸음을 멈췄다.

"오늘도 자전거 타고 가?"

내가 물었다. 어둠 속에서도 은기 얼굴이 환해지는 게 보였다. 자전거, 그게 스위치였다.

"응. 그저께는 집에 가는데 중간에 비가 오더라고. 말도 마. 비 맞으면서 자전거 타고 가니까 진짜 좋더라."

"뭔지 알아."

정말 알았다. 중학교 1학년 때였나. 비 오는 날 자전거로 홍제천 산책로를 신나게 달리다가 된통 미끄러진 적이 있었다. 청바지가 한 뼘도 넘게 찢어졌다. 좀 다치기도 했다. 그런데도 기분이 나쁘지 않았다. 주저앉은 채 비를 맞으며 그대로 잠시 앉아 있었다. 체인이 빠지지만 않았으면 그 지경으로도 더 탔을 것이다. 속도는 줄였겠지만.

나는 하늘을 올려다봤다. 별이 총총한 건 아니었지만, 맑은 밤이라는 걸 알 만큼은 됐다. 은기도 하늘로 눈을 들었다.

"오늘은 텄다."

은기가 말했다.

나도 고개를 끄덕였다. 비가 오든 말든, 내가 자전거를 탈 것도 아니면서.

그때 누군가의 목소리가 뒤통수를 쳤다.

"집에 안 가냐?"

얼른 돌아보니 우리 반 남자애들 몇몇이 우르르 지나쳐 가고 있었다. 그중 곽근이 있었다. 곽근은 걸어가면서도 고개를 뒤로 돌리고 있었고, 나랑 눈이 마주쳤다. 또, 그렇게 눈으로 웃었다. 우리끼리만 통하는 웃음이라도 있다는 듯이.

그 순간 나는 또 그만 얼굴이 굳었고, 곽근은 내 표정을 볼 겨를도 없이 고개를 돌려 버렸다. 그러고는 그 곽근이 되어 애들하고 웃고 떠들며 교문 밖으로 멀어져 갔다. 좀 전의 눈웃음 같은 건 있은 적도 없다는 듯이.

집에 안 가냐? 그게 곽근의 목소리였을까? 그때도 지금도 알 수 없다. 정말 그런 목소리가 있었는지조차.

2

집에 가서 정리해 보니 밀린 인강이 더 늘어나 있었다. 새로 계획을 짜니 하루에 들어야 할 인강이 두 개씩 늘어났다. 그대로 따르려면 일단 당장 세 개를 더 듣고 자야 했다. 머리가 아파서 일단 두통약을 먹었다. 그래도 눈알이 빠질 것처럼 아팠다. 인강을 틀고 앉았지만 머리에 하나도 들어오지 않았다. 뜬금없이 지윤이 생각이 났다. 태블릿에 인강을 틀어 둔 채 스마트폰으로 페이스북에 들어갔다.

지윤이는 학교에서 무슨 연극 공연을 하는 모양이었다. 연습하는 사진이랑 그 얘기가 올라와 있었다. 똑같은 내용이 영어와 한글로 나란히.

지윤이네 집이 부자였나? 그랬던 것 같은 느낌이 남아 있었다. 하지만 우리 할머니 댁이랑 같은 단지, 같은 평수였으니까 그리 넓은 아파트는 아니었을 것이다. 그런데도 내 기억에 그런 느낌이 남아 있다. 하긴, 그때 내 눈에 남의 집은 다 잘사는 것처럼 보였을 테니. 실제로도 그랬을 것이다. 아니, 그랬다.

나래는 가끔 무슨 과를 갈 거냐고 묻고는 한다. 그러면서 저는 영문과를 간댔다, 사회복지학과를 간댔다, 신문방송학과를 간댔다, 제 마음에 내키는 대로 이걸 골랐다 저걸 골랐다 한다. 그렇다면 나는?

나는 다만 안전하고 싶다. 그래야 한다는 걸 일찌감치 배웠다. 지윤이랑 신나게 자전거를 달리던 때에, 이미.

희미하게 방문 두드리는 소리가 났다. 엄마가 나를 부르는 방식이다. 내가 아무 대답을 않자 잠시 뒤 엄마는 조심스럽게 문을 열고 방 안을 들여다봤다.

"아직 안 자니?"

"좀 더 하고."

"간식 줄까?"

"아니."

도대체 똑같은 대사를 날마다 반복하는 이유가 뭘까. 엄마는 잠시 나를 물끄러미 바라봤다. 인강에서 눈을 떼지 않고 있어도 그 눈빛을 알 수 있었다. 걱정스러운 눈빛, 불안한 눈빛. 우리 애가 사춘기를 힘들게 지나네, 하는 눈빛. 사춘기라는 말이 없었다면 어쩔 뻔하셨나요?

집 밖에서의 나는 다르다. 쌀쌀맞아 보이지만 알고 보면 성격이 좋은 애다. 공부도 열심히 하고 친구들이랑도 잘 어울린다. 편한 친구라고도 한다. 롤링 페이퍼 같은 걸 하면 그런 말들이 적혀 있었다.

그건 내가 좋아하는 나였고, 엄마가 모르는 나였다. 나는 엄마한테 그런 나를 알려 줄 마음이 조금도 없었다. 없게 됐다.

"너무 무리하지 말고."

"응."

방문이 닫혔다.

그만 다 귀찮아져서 인강을 끄고 침대에 누웠다. 두통약 효과인지 어둠 덕분인지 눈이 조금 편안해졌다.

스마트폰으로 다시 페이스북에 들어갔다. 강은기. 이번에도 검색 결과는 같았다. 인스타그램도, 단톡방도 마찬가지였다.

몸을 반쯤 일으켜 창문을 열었다. 커튼을 젖히고 다시 누우니 하늘이 보였다. 아까는 그저 검은 하늘이었는데, 반달이 떠 있었다. 아까도 있었는데 내가 못 봤나? 밤하늘에 달이 있는 거야 당연한데, 처음 보는 광경인 듯 신기했다. 밤바람이 꽤 선선했다.

어느새 곧 10월이었다.

3

은기는 다음 날도, 그다음 날도 우리랑 같이 점심을 먹었다. 어쩌다 그렇게 됐는지는 모르겠다. 그냥 그렇게 되어 있었다. 은기는 점심시간의 우리 넷 중 하나였다.

아마 나래가 은기를 챙겼을 것이다. 날마다 남는 애 없나 두리번대기보다 짝 없는 전학생을 붙박이로 삼는 편이 나았을 것이다.

그런데 보람이 눈치는 좀 달랐다. 대놓고 티를 내지는 않았지만, 그냥 내 느낌이 그랬다. 나래도 은기도 모르는 듯했지만 나는 느껴졌다. 보람이가 은기를 별로 좋아하지 않는 것 같았다. 대체 왜? 은기는 튀는 데 없는 전학생일 뿐인데.

보람이만 그런 게 아닌 것 같기도 했다.

하루는 점심을 먹은 뒤 넷이서 스탠드에 나란히 앉아 아이스크림을 먹고 있는데, 곽근이 다가와 보람이한테 말을 걸었다.

"오보람! 너 어제 뭐냐?"

"미안. 수학 학원 시험 망쳐 가지고 엄마한테 완전 깨져서. 아, 나는 진짜 우리 엄마 울면 대책이 없어. 차라리 때리는 게 낫지……."

새빨간 거짓말이었다. 그 어제라는 밤에 나래는 보람이랑 두 시간이 넘게, 잠들 때까지 통화를 했다고 했다. 엄마한테는 또 나를 팔고서. 보람이는 그러느라 게임 약속을 어겨 놓고 곽근한테는 수학 학원에, 엄마의 눈물까지 들먹였던 것이다.

보람이랑 곽근은 게임 때문에 더러 뭉치는 사이였다. 절친까지는 아니지만 그래도 죽이 잘 맞아 보였다. 나래랑 같이 있을 때 보람이는 꽤 괜찮은 남자애 같았다. 왜 곽근 같은 애랑 노는지 이해가 가지 않았다. 언젠가 슬며시 물으니 보람이는 어깨를 으쓱하고 말했다. 그냥 노는 거지. 도대체 생각이라는 건 할 줄 모르는 건가.

보람이의 새빨간 거짓말에도 곽근은 혀를 쯧쯧 차고 넘어갔다. 그러고는 둘이서 게임에 대해 외계어 같은 소리를 한참 떠들어 댔다. 나래랑 나는 각자 스마트폰만 들여다보고 있었다.

은기는 농구하는 애들만 쳐다보고 있었다. 공이 림에 맞고 튕겨 나오면 낮은 소리로 탄식하기도 하면서. 마치 우리랑도, 곽근이랑도 모르는 사이인데 농구를 보느라 우연히 스탠드에 같이 앉게 된 것처럼.

곽근이 자리를 뜰 무렵에 나는 문득 깨달았다. 곽근도 마찬가지였다. 은기한테는 눈길도 주지 않았다. 은기랑은 얼굴 한 번 본 적 없는 사이처럼, 그 자리에 은기라는 애가 있다는 사실 자체를 모르는 것처럼. 어쩌다 보람이하고만 얘기한 게 아니라, 은기하고는 얘기를 안 한 것 같았다.

다른 애라면 그런가 보다 하겠지만, 곽근이었다. 고등학교에 와서는 괜찮은 애라도 되는 듯 굴고 있지만, 그래도 곽근은 곽근이다. 그게 내 생각이었다.

그때 노아가 농구에 합류하며 은기를 불렀다. 은기는 튕겨 오르듯 달려갔다. 하여간 농구라면 자다가도 벌떡 일어날 게 분명했다.

아무튼 기회였다. 나는 보람이를 향해 획 돌아앉았다.

"곽근이 강은기 싫어해?"

그런 건 기습이 제격이었다. 보람이는 허를 찔린 듯 당황한 얼굴로 대답을 못 했다. 아니라는 말조차 얼른 꾸며 내지 못했다.

"뭐래."

뒤늦게 보람이가 한마디 했다. 하지만 나도, 심지어 나래도 궁금한 표정이 되어 있었다.

"뭔데?"

나래가 물었다.

"아, 뭐."

보람이는 약간 짜증 섞인 투로 말했다. 짜증으로 위장하겠다는 거지. 나는 들은 척도 않고 다시 물었다.

"곽근이 강은기 싫어하냐고."

"아니, 뭐……. 싫기는……. 뭘 굳이 싫어해……."

"오호라, 좋아하는 건 아니라는 거네?"

"뭐…… 좋을 것도 없기야 하고……."

이미 답은 나왔다. 그렇지만 나는 좀 더 확실한 걸 원했다.

"왜 싫어하는데?"

"아니……. 싫고 좋고 그런 거라기보다……. 그냥…… 그냥 좀 안 맞는 거지."

"뭐가 안 맞아?"

나래가 물었다. 보람이가 그 대답을 생각해 내기도 전에 나는 또 기습했다.

"너도 강은기 싫어하잖아."

"너 은기 싫어해?"

나래는 조금 놀란 듯했다. 이번에도 보람이는 아니라는 말을 못 했다. 나래가 또 말했다.

"강은기가 어때서? 밥 먹을 때 물도 꼬박꼬박 잘 떠 오고, 애가 싹싹하더만."

"왜 싫어하는데?"

내가 물었다.

나랑 나래가 빤히 쳐다보는 것만으로 보람이는 금방이라도 백기를 들 것처럼 쩔쩔매는 얼굴이었다.

"뭐라고 해야 되지…… 그런 거 있잖아. 나는 너네랑 어울리기 싫다, 나는 너네랑 다르다, 이런 거."

"안 그러던데?"

나래의 말투는 반박도 아니고, 진심으로 의아한 거였다. 보람이는 답답한 듯 눈살을 찌푸리고 잠시 생각하다 다시 말했다.

"쟤 우리 반 단톡방에도 없잖아. 누구더라? 아무튼 누가 왜 안 들어오냐고 물어봐도 그냥 씩 웃기만 하더래."

"은기가 단톡방에 없었나?"

"그렇던데? 그거 말고 또 있었는데…… 너네가 하도 몰아붙이니까 생각도 안 나네……. 맞아. 게임도 안 한다고 그러더니 아유미하고는 영어로 게임에 대해서 뭐라고 뭐라고 한참 떠들더래. 뭐냐? 영어만 상대하냐? 영어 겁나 잘한다면서?"

"아니거든."

내가 말했다. 직접 들어서 아는데, 그건 아니었다.

"뭘 물어보면 제대로 대답을 안 해요, 대답을. 저 하고 싶은 대답만 한다니까. 그러니까 우리도 입을 다무는 거지. 말해 봤자 씹히는데, 우리가 껌이냐? 그러더니 저번에는 인석이가 장난으로 던진 축구공에 머리를 맞았다고, 어찌나 성깔을 부리던지……"

성깔? 그건 정말 뜻밖이었다.

"은기가 성깔을 부렸다고?"

내가 묻자 아니나 다를까, 보람이가 말꼬리를 내렸다.

"아니, 뭐…… 막 대놓고 성깔을 부린 건 아닌데, 분위기는 장난 아니었다니까. 아주 눈에서 불이 나더라, 야."

열심히 듣고 있던 나래가 보람이 어깨를 톡 치며 눈을 흘겼다.

"아유. 그게 뭐야. 아무 일도 아닌 걸로. 하여튼 철이 없어요, 철이. 전학생을 두고 이러쿵저러쿵."

흘겨보는 척해도 보람이를 향한 나래의 눈빛에서는 애정이 뚝뚝 떨어졌다. 지금, 저게 귀엽니? 나는 어이가 없었다.

보람이는 그게 기회라고 여겼던 모양이다. 불쑥 역공을 해 왔다.

"정호정. 너야말로 곽근을 왜 그렇게 싫어하는데?"

나야말로 아니라는 대답은 차마 할 수 없었다.

"싫어하는 데 이유가 있냐?"

"있지."

그렇게 말한 건 나래였다.

"그냥 싫을 수도 있는 거야. 사람 좋은 데 이유가 없는 것처럼 싫은 것도 그래. 그냥 싫어."

"칫. 말도 안 돼. 나도 좀 궁금했어. 너는 정말 왜 곽근이라면 그렇게 질색을 해? 어쩌다 지나치기만 해도 표정이 달라지더라."

그건 일종의 알레르기 반응이었다. 나는 파리를 쫓듯 손사래를 쳤다.

"아, 됐어. 관둬."

"거봐. 곽근 얘기만 해도 얼굴이 굳어서는……. 알았어. 그만하자. 곽근이 뭐라고 괜히. 우리랑 친한 애도 아닌데."

나래는 그러면서 스마트폰으로 눈을 돌렸다. 보람이도 나래 쪽으로 고개를 기울여 같이 들여다봤다. 그렇게 얘기가 끝나는 줄 알았다.

그런데 보람이가 다시 나를 돌아봤다.

"왜?"

내가 물었다. 보람이의 눈빛이 묘했다. 나도 다 알거든, 그런 눈빛. 느낌이 좋지 않았다. 그런 느낌은 틀리는 법이 없다. 보람이가 기어이 그 소리를 꺼냈다.

"너 진짜 곽근이랑 사귀었냐?"

"미쳤냐?"

내 대답은 반사적이었고, 말하자면 본능적이었다. 나래가 눈을 휘둥그레 뜨고 나를 봤다. 그런 나래의 반응이 보람이에게 더욱 용기를 주기라도 한 모양이었다.

"중학교 때 사귀었다면서? 모르는 애들이 없었다던데."

"닥쳐라. 응?"

"오…… . 갈수록 수상한데. 강한 부정은 강한 긍정이라던데……."

"죽을래?"

진심이었다. 살기까지는 아니어도, 내 눈빛은 꽤 사나웠을 것이다.

"야…… . 무슨 말을 그렇게 무섭게 해……."

나래가 우는 소리를 하며 보람이 팔짱을 끼고 몸을 기댔다.

무서워? 속이 뒤틀렸다. 누가 무서워? 내가? 내가 무서워? 그런 말이 튀어나오기라도 할까 봐 이를 악물고 벌떡 일어났다.

나래가 얼른 나를 잡았다.

"놔!"

그냥 뿌리치려 했을 뿐이었다. 그런데 나래 이마를 팔꿈치로 치고 말았다.

"야!"

보람이가 소리를 빽 질렀다. 나래는 울상을 하고 부딪힌 자리를 손으로 문질렀다. 내가 분명 아는데, 그렇게 세게 부딪힌 건 아니었다. 그따위 소리를 하는 오보람한테 안겨서 징징거릴 일은 결코 아니었다. 무안하긴 했지만, 미안하지는 않았다. 그런 감정이 내 얼굴에 드러났을 것이다.

보람이가 눈을 부라리며 나한테 따지고 들었다.

"뭐냐, 너? 농담 좀 한 걸로 왜 그렇게 펄펄 뛰는데? 너 진짜 곽근한테 차였냐?"

"야! 입에서 나오면 다 말인 줄 아냐? 이게 진짜 재수 없게……."

나래가 날카롭게 내 말을 잘랐다.

"호정아! 말 좀 가려서 해. 이게 뭐야, 이게……."

끝까지 들어 줄 수가 없었다. 나는 나래에게 쏘아붙였다.

"너도 재수 없어."

보람이가 발끈하고 입을 여는데, 나래가 손으로 보람이를 붙잡으며 말렸다. 하지만 나래의 표정은 보람이보다 더했다.

"재수 없다고, 진짜."

나는 못 박듯 다시 말했다. 그대로 돌아서서 스탠드를 내려와 운동장을 가로질렀다. 어느 방향인지도 모르는 채 바닥만 내려다보며 도망치듯 걸었다.

그런데 뒤에서 누가 나를 붙잡았다. 나래인 줄만 알았다.

"놔!"

나는 팩 뿌리치며 돌아섰다.

은기였다.

은기는 놀란 얼굴로 항복하듯 두 손까지 들어 올렸다. 무안했지만, 내 입에서는 그와 다른 소리가 튀어나왔다.

"뭐어!"

꽤 큰 소리였다. 지나가던 애들이 힐금 돌아봤다. 그렇다고 걸음을 멈추고 쳐다볼 정도는 아니었다.

그런데 은기는 뺨이라도 맞은 듯 얼굴이 굳었다. 그대로 몸을 돌려 교실을 향해 성큼성큼 멀어져 갔다.

내 앞에는 교문이 열려 있었다. 교문 쪽으로 정신없이 가고 있었던 것이다. 내 마음이 원하는 방향이었다. 그대로 학교에서 나가 버리고 싶었다. 하지만 예비 종이 울렸고, 나는 잘 길들여진 개처럼 발길을 돌려 교실로 돌아갔다.

오후 내내 혼자 다녔다. 나래도, 보람이도 보지 못했다. 아니, 보지 않았다. 은기도. 같은 교실로 이동하며 수업을 들었으니, 그건 보지 않은 거였다. 이따금 곽근 목소리가 들려왔다. 기분 좋은 웃음소리. 언젠가 국어 선생님이 곽근한테 그랬다. 웃음소리 성우 같은 걸 해도 되겠다고. 광고에 나오는 것 같은 웃음소리. 내가 들어도 참 기분 좋은 웃음소리. 나를 돌게 하는 웃음소리.

저녁 급식을 거르고 학교 앞을 잠시 쏘다녔다. 학교 밖 세상은 참 휘황하기도 했다. 어느덧 야자가 시작되기도 전에 하늘은 어둑해졌고, 가게들은 부리나케 조명을 밝혔다. 홍대입구역에 가까운 거리는 언제나 특별한 날을 맞은 듯했다. 근사하게 차려입은 사람들이 맛집에 줄을 서고, 노래하듯 웃고 떠들고, 손에 손에 쇼핑백을 자랑스레 흔들고. 하지만 그들도 야자에서 잠시 빠져나왔을 뿐일 것이다. 어른의 삶이라고 다를 건 없다.

내 자리로 돌아가야 했다. 그 밖에 다른 방법은 알지 못했다.

약국에 들러 타이레놀을 새로 샀다. 비타500에 타이레놀을 먹고 교실로 돌아갔다. 비로소 애들이 눈에 들어왔다.

나래는 없었다. 야자를 하는 날이었는데.

은기도 없었다. 한 번도 야자를 빼먹은 적 없었는데.

다행히 곽근의 웃음소리도 없었다. 곽근은 야자를 하지 않았다.

곽근에게는 야자보다 나은 방법이 있을 것이다. 하나가 아니라 둘, 어쩌면 셋, 아니 넷.

타이레놀이 잘 듣지 않았다. 비타500이랑 같이 먹어서 그런지도 몰랐다. 생수에 타이레놀을 하나 더 먹었다.

4

곽근과 나 사이에는 아무 일도 없었다.
그것만이 명백한 사실이다.

5

신호가 바뀌었는데도 선뜻 발이 떨어지지 않았다. 길 건너 교문이 아득하게 멀었다. 아침에 교문으로 들어가는 건 싫지 않았는데. 집에 돌아왔다는 기분마저 들고는 했는데. 물론 잠깐의 기분일 뿐이었지만.

어떻게 느껴지건 내 앞에 놓인 길은 하나였다. 나는 깜빡거리는 신호등의 속도에 맞추듯 발걸음을 재촉해 교문으로 들어섰다.

그때 내 앞으로 커피 향이 와락 달려들었다. 나래였다.

"모닝커피!"

눈 앞에 커피가 있었다. 플라스틱 뚜껑에 컵 홀더까지 갖춘 갓 내린 모닝커피. 카페에서 테이크아웃한 커피처럼 보이지만 나래네 커피였다. 나래는 아침마다 엄마가 원두를 갈아 내려 준 커피를 마시며 엄마 차를 타고 학교에 온다.

그런데 그날은 커피 두 잔을 들고 있었다. 플라스틱 뚜껑에 뚫린 구멍에서 따뜻한 기운이 피어오르고 있었다. 어쩐지 눈이 뜨거워졌다. 나는 뭘 찾기나 하는 것처럼 괜히 바닥을 두리번거렸다. 입에서도 괜한 말이 튀어나왔다.

"나 쓴 커피 안 마셔."

"누가 모르니? 걱정 마. 완전 달달한 커피니까."

"너무 단 것도 싫은데."

또 그런 소리가 튀어나왔다. 나래가 내 어깨를 때렸다. 가볍게, 하지만 나래는 은근히 손끝이 맵다. 왜 때려, 하듯 비로소 눈을 들어 나래를 봤다. 그냥 나래였다. 여느 날의 내 친구 김나래.

"하여튼 까다롭기는. 걱정 마. 딱 네 입맛에 맞게 달달하니까."

나래가 커피를 내 쪽으로 조금 더 내밀었다. 그제야 커피를 건네받았다. 집에서 내려 온 커피는 이미 좀 식어 있었다. 그래도 손바닥으로 온기가 전해졌다. 나래는 기대에 찬 눈빛으로 나를 빤히 봤다. 나는 선 채로 커피를 조금 마셨다.

적당히 달았다. 우유의 농도도 적당했다. 절로 감탄하는 눈으로 나래를 봤다. 나래는 그럴 줄 알았다는 듯 의기양양했다.

"네가 만들었어?"

"그러엄. 우리 엄마가 네 입맛을 어떻게 아니? 원두는 엄마가 갈았고, 에스프레소도 엄마가 내렸지만……. 아, 우유 거품도 엄마가 냈구나. 헤헤헤. 아무튼 시럽은 내가 넣었다, 뭐. 식을까 봐 카디건으로 감싸서 꼭 끌어안고 왔어."

나도 모르게 슬며시 웃음이 번지려는데, 얼른 거둬들였다. 나래가 나를 흘겨보았다. 장난스레, 하지만 장난은 아닌 눈빛으로.

"뭐야, 정호정. 아직도 삐졌어? 모닝커피까지 상납했는데?"

"뭘 삐져? 내가 애야?"

"칫. 애들만 삐지나? 사람은 다 삐지지."

삐졌다는 말이 묘하게 거슬렸다. 그건 뭔가 어제의 내 기분을 뭉개 버리는 느낌이었다. 내가 잠자코 있자, 나래는 과장되게 어깨를 들었다 내리며 한숨을 쉬고 말했다.

"알았어, 알았어. 미안해. 응? 언니가 잘못했어. 의리 없게 남자 편이나 들고, 그치? 그치만 그게 커플의 법칙이잖아. 무슨 일 있으면 일단 편을 들어 줘야지. 남자들은 또 그런 게 있잖아. 남들 앞에서는 편을 들어 줘야 결국 말을 듣는다고. 내가 나중에 보람이 혼내 줬어. 유치하게 짓궂은 농담 하고 그러지 말라고. 애가 손이 많이 간다, 많이 가. 그래도 어쩌니? 내 남친인데. 열심히 키워야지, 헤헤헤. 미안해. 내가 대신 사과할게. 아니면 보람이더러 사과하라고 할까? 내가 하라면 할걸?"

사과인지 자랑인지 모를 말이 이어졌다. 그 말들의 모든 게 거슬렸다. 단어 하나하나, 조사 하나하나, 빈틈 하나하나. 하지만 나는 이렇게만 말했다.

"됐어."

"정말? 정말 됐어?"

나는 그냥 웃으며, 아마도 그럴싸하게 웃으며 고개를 끄덕였다.

됐다. 보람이의 사과 같은 건 필요 없었다. 사과든 뭐든 그 이야기를 다시 꺼내기 싫었다. 나래의 말에 토를 달기도 싫었다. 내 손에 들린 커피의 따스함이 좋았다. 그걸 잃고 싶지 않았다. 됐다. 속에서 거슬리는 것들은 커피랑 같이 삼켜 버리기로 했다.

곽근 이야기를 다시 꺼내지도 않았다. 나래도, 나도.

나래는 그냥 내 팔에 팔짱을 꼈다. 마음이 놓였다. 정체 모를 어둠에 잔뜩 긴장했다 문득 불이 들어온 것처럼. 여느 아침의 기분이 되돌아왔다.

교실로 들어서며 눈으로 은기를 찾았다. 은기는 이미 와 있었고, 제자리에서 뭘 열심히 들여다보고 있었다. 일부러 그쪽으로 지나가면서 슬쩍 보니 라진 샘의 단어 시험 준비를 하는 거였다. 내가 지나가는데도 은기는 고개 한 번 들지 않았다. 내가 지나가는 줄 모르기는 했을 것이다. 그 자세로는 지나가는 애들의 교복 정도만 보였을 것이고, 교복은 그저 교복일 뿐이니까. 아니, 교복이 아니라 내 얼굴이었어도 그랬으려나.

은기는 나래와 달랐다. 4교시까지 교실을 옮겨 다니면서 우리는 한 번도 마주치지 않았다. 그럴 수도 있는 일이지만, 하루 전만 해도 쉬는 시간마다 마주치고, 그러다 같이 움직이곤 했는데. 4교시를 마치는 종이 울리자 나는 초조한 마음마저 들었다. 같이 밥 먹어야 하는데, 어쩌지? 어쩌면 같이 먹지 않을 수도 있겠다는 생각이 들었다. 꼭 그래야 한다는 법은 없었다. 약속을 한 것도 아니었다. 오래된 멤버도 아니었다. 은기가 다른 애들 곁으로 가면 그만이었다. 왜 그러냐고 물을 이유도 없었다. 우리에게는, 내게는.

내가 모닝커피를 준비해야 하는 때인지도 몰랐다. 공연히 소리를 지른 건 내 쪽이니까. 하지만 나는 나래가 아니었다.

그런데 과학실을 나서는 내 귀에 보람이 목소리가 들려왔다.

"강은기, 가자!"

보람이가 은기를 챙겼다. 의아해서 돌아보는데, 나래가 속닥이는 소리로 내게 말했다.

"내가 혼내 줬다니까. 전학생한테 빡빡하게 굴고 그러지 말고 잘해 주라고. 우리 보람이, 말 잘 듣지?"

어이가 없어 웃음이 났다. 내 안에서 곤두섰던 것들이 슬그머니 누그러지는 것 같았다. 은기도 나를 향해 고개를 돌렸다. 우리는 눈이 마주쳤다. 하지만 누가 먼저랄 것도 없이 고개를 돌렸다. 어색함이 커다란 덩어리가 되어 우리 사이에 덩그렇게 놓여 있었다.

그렇다고 점심을 먹는 동안 식탁 위에 어색한 분위기가 감돌았다, 같은 건 아니었다. 급식실이라는 곳에는 어떤 분위기도 머물만한 자리가 없다. 우리는 서둘러 점심을 먹었고, 밖으로 나왔다.

보람이가 학교 밖 편의점에 가서 아이스크림을 사 온다며 은기를 데려갔다. 둘만 가는 뒷모습이 그렇게 어색할 수가 없었다. 보람이도 참 애를 쓰는구나 싶었다. 세상에 쉬운 일이 없었다. 커플이라는 것도 그중 하나였다.

나래랑 나는 교내 휴게실 구석에 자리 잡고 앉았다. 그런데 나래가 뜬금없는 소리를 꺼냈다.

"너 은기랑 싸웠어?"

나래라면 충분히 할 법한 소리였다. 나도 내가 할 법한 대답을 했다.

"뭘 싸워."

"칫. 은기가 밥 먹으면서 네 눈치 보느라 아주 체하겠더라."

"눈치를 봐?"

왠지 솔깃했다.

"그래. 눈치를 슬슬 보던데. 언제 싸웠어? 그럴 틈이 없었는데……. 뭐야, 나 몰래 너네 둘이 뭐 있어?"

"있긴 뭐가 있어?"

나는 펄쩍 뛰었다. 나래는 더욱 의심에 찬 눈빛이 됐다.

"그럼 대체 언제 싸웠는데? 어제 은기도 야자 안 하고 그냥 가던데. 그리고 오늘은 지금껏 너 나랑 내내 같이 있었고……. 싸울 틈이 없었잖아. 둘만 따로 만나서 싸운 게 아니면."

"아니, 그게……. 싸운 건 아니고……."

어제 일을 말하는 수밖에 없었다. 일 분도 안 걸렸다. 얘기를 하고 말고 할 일도 아니긴 했다. 나래도 한심하다는 듯 혀를 찼다.

"그게 뭐라고 오늘까지 둘이 어색해서 그러니? 하여튼 철이 없다, 철이 없어. 진짜 온통 손 가는 애들밖에 없니? 이러니 공부할 시간이 없어요, 내가."

"뭐래."

그러고 넘어갈 생각이었는데, 나도 모르게 말이 더 나왔다.

"그게 철이 없는 거랑 무슨 상관이야? 불편한 게 당연하지. 너야말로 애니? 자고 나면 다 잊어?"

"다 잊어야 괜찮아지니? 그냥 그런가 보다 하는 거지. 안 좋았던 일에 일일이 속상하고 불편해하면 사람이 어떻게 살아?"

문득, 내가 모르는 나래의 얼굴이 보였다. 그건 아주 잠깐이었고, 나래는 저다운 웃음으로 그 얼굴을 지워 버렸다. 그러더니 일부러 말을 돌리려는 듯 좀 과장되게 "아, 참!" 했다. 은밀한 눈으로 주위를 살피기까지 하고서 목소리를 낮추어 내게 물었다.

"그런데 은기 말이야, 왜 전학 왔는지 알아?"

"몰라. 이사했나 보지."

"아, 그렇겠구나."

진심은 하나도 없는 대꾸였다. 진짜 하고 싶은 말은 따로 있다는 뜻이었다. 내가 빤히 보자 나래는 때가 되었다는 듯 다시 눈으로 주위를 살피고서 말했다.

"아니, 별건 아닌데……. 보람이가 그러는데, 은기가 위 클래스에 다닌다더라?"

위 클래스에 다니는 애들이 한둘도 아니고, 그게 무슨 흉도 아니다. 상담을 받으러 가는 애들도 있고, 이런저런 이유로 선생님의 권유를 받아 가게 되는 애들도 있다. 윤성미는 상담 선생님이 황금 비율로 타 주는 다방 커피를 마시러 가끔 들른다고 했다. 그렇다고 도서관에 다니는 것과 같지는 않다. 더구나 이제 전학 온 지 두 달도 안 된 애라면.

하지만 나는 스마트폰으로 눈을 돌려 인스타그램을 스크롤하며 가볍게 대꾸했다.

"그래?"

"전학 와서 그런가? 라진 샘이 좀 걱정이 많잖아. 맞아, 그럴 수도 있겠다. 라진 샘이 가라고 했겠네."

마침 보람이랑 은기가 돌아왔다. 아이스크림도 함께. 은기가 내게 딸기 맛 아이스크림을 건넸다.

"이건 네 거."

나는 보람이를 봤다. 내가 딸기 맛을 좋아하는 걸 기억하고 있었다니 뜻밖이었다. 나래랑 보람이가 사귄 만큼, 보람이와 나 사이에도 시간이 쌓였던 것이다.

"고마워."

보람이에게 그리고 은기에게 말했다.

우리는 나란히 앉아서 아이스크림을 먹으며 중간고사 걱정을 했다. 중간고사 걱정은 얘기가 아니라 공부로 해야 하는 거겠지만. 보람이는 시험 시간표가 마음에 안 든다고 했고, 나래는 늘 그렇듯 다 포기했다는 말을 되풀이했다. 공부 많이 했냐는 나래의 질문에 은기는 전교가 놀라게 될 거라고 너스레를 떨었다. 나는 먹을 때 시험 얘기하는 거 아니라고 했다.

"너는 중간고사 신경도 안 쓰면서."

나래가 부럽다는 투로 말했다.

정시를 준비한다고 했으니 중간고사는 나와 상관없는 일이긴 했다. 그렇다고 내 마음까지 그런 건 아니었다. 하지만 그걸 뭐라고 설명하기도 어려웠다. 나 스스로도 이해할 수 없는 거였다.

그러다 중간고사 걱정의 결론을 내린 건, 나래였다.

"있잖아, 우리 다음 금요일에 놀자!"

다음 금요일이라면 중간고사가 끝나는 날이었다.

"놀아?"

은기가 물었다.

"웅! 내가 다 짜 놓을 테니까 너네는 마음만 잘 챙겨 와. 우리 신나게 놀자."

나래는 '우리'라고, 우리가 당연히 우리인 듯 말했다. 우리는 또 원래 그러기로 되어 있던 것처럼 그 말을 들었다.

중간고사 마지막 날, 과정이야 어떻든 놀아야 할 권리가, 어쩌면 의무가 있다. 나도 딱히 반대하는 마음이 드는 건 아니었다. 은기도 싫지 않은 웃음을 짓고 있었다. 그리고 휴게실을 나서려다 나래가 다시 돌아서서 손가락으로 나와 은기를 하나씩 지목하며 말했다.

"옷 챙겨 와! 노는 날 교복 입고 그러면 못쓴다!"

"나 옷 없는데."

은기가 말했다. 그럴 줄 알았다는 듯 나래 입에서 곧장 명령문이 튀어나왔다.

"없으면 사! 아니면 아빠 옷이라도 입고 오든가. 알았지?"

은기는 조금 웃었다. 하지만 어딘가 분명 어색한 웃음. 은기는 종종 그런 표정을 지을 때가 있었다. 아니면 내가 이제 와 그렇게 기억하게 된 것뿐인지도 모르겠다.

시간은 순서대로 흐르지만, 마음은 그렇지 않다. 기억도 마찬가지다.

6

영어 시험을 잘 봤다.

문제를 풀면서 이미 느꼈다. 답이 보였다. 거침없이 답안지에 마킹까지 하고 나니 시간도 꽤 남아 있었다. 처음부터 다시 훑어봤지만, 잘못된 건 없었다.

가채점 같은 건 잘 안 하는데, 영어 시험은 끝나자마자 답을 맞춰봤다. 다른 애들도 그런 분위기였다. 야, 이거 4번 맞지? 그렇게들 묻는 목소리가 트램펄린을 탄 것처럼 들떠 있었다. 다들 영어 시험을 잘 본 것 같았다. 문제가 쉬웠다.

그래도 기분이 좋았다. 나는 다 맞았다. 백 점. 그건 언제 어떻게 들어도 좋은 말이다. 중간고사 공부를 따로 하지는 않았지만, 수업은 꽤 착실히 들었다. 인강도 영어를 우선적으로 챙겼다. 괜한 짓은 아니었구나. 마음이 뿌듯해졌다. 이게 뭐라고, 싶으면서도 기분이 그랬다.

다음 시험인 통합사회도 괜찮게 봤다. 나래가 학원에서 받아 온 프린트물을 전날 본 게 도움이 됐다. 족집게라는 말이 괜히 있는 게 아니었다.

"나 시험 잘 봤다!"

나래는 잔뜩 신이 나 있었다. 뺨이 발갛게 상기되어 있었다. 중간고사 잘 보면 찍어 둔 백팩을 받기로 했다고 했다. 엠시엠이랬나, 내가 모르는 브랜드였나. 아무튼.

그러면서 교실을 나서는데, 라진 샘이 나를 불렀다.

"시험 잘 봤어?"

나는 그냥 멋쩍게 웃었다. 라진 샘 얼굴에도 웃음이 떠올랐다.

"잘 본 거 같아서 물어본 거야. 나 그렇게 눈치 없는 선생님 아니다?"

내 얼굴에서 웃음이 더 번지는 게 느껴졌다.

"알아요."

"어머, 칭찬도 해 주네? 기분 좋다, 야. 근데 너 요즘 얼굴이 좀 좋다?"

"제가요?"

나도 모르게 손을 들어 뺨을 만졌다.

"응. 얼굴 좋아졌어. 성적도 좋아진 모양이고."

"영어만요."

원래 영어는 자신 있는 편이다. 놀라운 변화는 아니었다.

"그렇게 시작하는 거야. 하나 좋아지다, 세 개 좋아지다, 다 좋아지다……. 아무튼 중간고사는 이제 끝났고, 호정아."

이름을 부르는 라진 샘의 말투에 나는 그만 얼굴이 굳었다.

"오늘은 신나게 놀고, 주말에는 푹 쉬고, 다음 주에 선생님이랑 얘기 한번 하자."

무슨 얘긴지 알았다. 1학기 면담 때 이미 했던 얘기였다. 정시에 집중하겠다는 나를 또 설득하려는 거겠지. 영어 시험 하나 잘 봤다고 들뜬 내가 담임한테 틈을 보인 거였다.

담임이 그러는 것도 이해 못 할 바는 아니었다. 강북 인문계고에서도 특출하지 않은, 1학년 학평에서 2등급에 턱걸이도 못 하는 성적으로 정시 타령이라면 누구라도 말릴 일이다. 그래도 알았다고 하고 마는 담임들도 있다는데, 라진 샘은 끈덕진 데가 있었다. 그게 애정이라는 걸 알지만, 안다고 그 마음이 반가운 건 아니었다.

나는 수시가 싫었다. 견뎌 낼 자신이 없었다. 칠판 구석에 적힌 수행 평가 목록만 봐도 답답했다. 명백한 정답 없는 평가 방식. 그 결과가 차곡차곡 쌓인다고 생각하면 흙더미에 깔린 듯 숨이 막혔다.

라진 샘한테 그런 이야기를 일일이 털어놓을 생각은 없었다. 더구나 그날은.

"안녕히 계세요."

나는 공손한 인사로 뜻을 전했다. 선생님도 더 붙잡지 않았다.

교실에서 나와 사물함으로 갔다. 나래의 성화대로 옷을 챙겨 온 참이었다. 파우치에 화장품도 더 챙겨 왔다. 나래가 조금만 손봐 주면 마법까진 몰라도 꽤 극적인 변화가 있을 터였다.

그런데 사물함 구역 안쪽 창가에 나래와 보람이와 은기가 모여 있었다. 나래는 울어서 화장이 온통 번져 있었다.

"호정아……."

나를 보고 나래는 왈칵 또 눈물을 쏟았다. 무슨 일이냐고 물어도 보람이는 그저 울상이었고, 은기도 난처한 표정이었다. 나래가 울음을 머금은 채 말했다.

"우리 엄마 지금 학교 앞에 와 있대……."

"오늘 놀러 간다고 얘기 안 했어?"

내가 물었다.

"얘기했지……. 오늘 아침까지는 그냥 알았다고만 하더니……. 근데 그게 시험 끝날 때만 벼르던 거였어. 모르는 척……. 시험 끝나자마자 전화를 해서는, 페북 다 봤다고……."

거기까지 들으니 감이 왔다.

"보람이랑 메시지 주고받은 거? 그걸 다 봤다고?"

"다는 아니야. 나래는 지우거든, 항상."

보람이가 말했다.

그러니까 나래는, 보람이랑 메시지를 주고받고 나면 바로 지운다는 거였다. 혹시나 엄마 아빠가 볼까 봐서. 그런데 며칠 전 아침에 깜빡하고 학교에 와서야 지운 적이 있는데, 그걸 엄마가 봤다는 거였다.

"엄마가 어떻게?"

"엄마가 내 노트북 비번을 알거든……."

거기까지 듣고 나니 내가 다 화가 났다.

"울지 마. 가서 엄마한테 따져. 그러지 말라고 해."

"어떻게 그래? 엄마한테 사정사정해야 하는 판에……. 엄마가 이거 아빠한테 말하면 나 진짜 죽는단 말이야……."

나래는 울먹이며 두 손에 얼굴을 묻었다가 반짝 고개를 들며 보람이에게 말했다.

"너무 걱정하지 마. 내가 엄마한테 잘 말하면 돼. 우리 엄마도 아빠한테 말하기 싫을걸. 무서울 거야. 내가 뭐 잘못하면 아빠가 엄마한테 난리 치거든. 할머니도……. 우리 오빠 4년제 다 떨어졌을 때 진짜 우리 엄마 쫓겨나는 줄 알았어. 불쌍한 우리 엄마……. 그렇지만 보람아. 그런다고 내가 너를 포기하겠다는 뜻은 아니야. 알지, 내 마음……."

"알지, 알아. 나는 다 알지……."

나래는 또 울음을 터뜨렸고, 보람이가 나래를 감싸 안았다. 보람이의 등도 가늘게 떨렸다. 로미오와 줄리엣이 울고 갈 장면이었다. 나래가 꿈꾸던 장면은 아니었겠지만.

160센티미터도 안 되는 나래는 키 큰 남자가 이상형이라고 했다. 절대적인 조건이라고까지 했다. 그러더니 키가 큰 것과는 참으로 반대인 보람이와 사귀게 됐다. 아무튼 둘이 그러고 있는 걸 보니 잘 어울리는 한 쌍이기는 했다.

은기랑 나는 어쩌 눈치 없는 입장이 된 것 같았다. 누가 먼저랄 것도 없이 슬며시 돌아섰다. 나래랑 보람이를 놔두고 먼저 학교 건물 밖으로 나왔다. 그렇다고 가 버릴 수도 없어서 1층 현관 앞에 서 있는데, 잠시 뒤 나래가 혼자 나왔다.

"보람이는 잠깐 혼자 있고 싶대."

나래는 엄마 차를 타고 떠났다. 대부분의 애들은 시험이 끝나자마자 도망치듯 학교에서 빠져나갔고, 뒤늦게 교실에서 나온 애들도 교문 밖으로 사라진 터였다.

우리만 덩그러니 남겨졌다.

문득 학교가 조용해졌다. 본관은 거의 텅 비었고, 3학년은 시험 기간이 아니지만 수업 중이었다. 어느 나무에선가 거짓말처럼 맑은 새소리가 울리다 곧 그쳤다. 햇살이 소나기처럼 쏟아져 내렸다. 교문 밖 은행나무가 유난히도 눈부시게 푸르렀다.

그곳에 내가, 은기가 있었다. 서너 걸음 거리를 두고, 가만히.

왜 그런지 나는 꼼짝할 수 없었다. 말을 할 수도, 고개를 돌릴 수도, 크게 숨을 쉴 수도.

깊은 호수에 잠긴 것 같았다. 물결 하나 없이 잔잔한, 고요한. 햇살을 가득 받아 따뜻한, 그리고 환한.

손끝만 움직여도 공기가 물결이 되어 은기에게 전해질 것 같았다.

여기, 호정이가 있어,라고.

7

한참 만에 은기가 먼저 입을 열었다.

"배고프다."

"그치?"

우리는 비로소 마주 보았다. 그러면서 교문 쪽으로 몇 걸음 가니 학교 앞 떡볶이 가게에서 도로 건너까지 맛있는 냄새가 풍겨 왔다. 혹은 내 마음이 냄새를 불러왔거나.

그렇다고 선뜻 발이 떨어지지는 않았다. 우리가 둘이서 밥 먹을 사이는 아니지 않나? 나는 공연히 교실을 올려다봤다. 이미 커튼까지 내려가 있었다. 보람이는 어쩐지 우리 앞에 나타나지 않을 것 같았다. 우리랑 마주치기 싫어서 이미 뒷문으로 가 버렸는지도 몰랐다. 상황이 그랬다. 우리를 둘만 남겨 두었다. 배가 고픈 상태로, 점심시간에. 그런데도 굳이 그냥 가는 것도 웃겼다. 뭐야, 왜 그렇게 신경 쓰고 그러는데.

"떡볶이 먹을까?"

내가 물었다. 은기가 반갑게 고개를 끄덕였다. 빨간 신호등이었지만 한낮의 학교 앞 도로에는 지나가는 차가 하나도 없었다. 기사 식당 앞에 늘어선 택시들도 낮잠에 빠진 듯했다. 우리는 신호등을 무시하고 길을 건넜다.

떡볶이를 먹고 나오니 3학년들의 급식 시간이라 학교가 떠들썩했다. 아까의 그 고요한 순간이 꿈만 같았다.

나는 지하철역 쪽으로 가면 되었다. 은기는 학교로 돌아가 자전거를 타고 갈 터였다. 그런데 횡단보도 신호가 바뀌어도 은기는 길을 건너지 않았다. 나도 걸음이 떨어지지 않았다. 그대로 신호등은 다시 빨간불이 되었다.

갑자기 어색해졌다. 횡단보도 앞에 나란히 서 있는 것뿐인데, 눈을 어디다 둬야 할지 모르는 기분이 됐다. 마을버스가 달려와 학교 앞 정류장을 그대로 통과해 횡단보도를 지나쳐 갔다. 곧 다시 초록불이 들어올 터였다.

"자전거 타고 가지?"

내가 먼저 입을 열었다. 은기는 뜻밖의 말을 들은 듯 "어?" 하더니 학교 쪽으로 잠시 눈을 돌렸다가 다시 나를 봤다.

"아냐. 오늘은 자전거 못 타. 아침에 오는데 바퀴에 바람이 빠졌더라고. 끌고 오느라 지각할 뻔했어."

"시험인데 큰일 날 뻔했네. 아, 자전거 보관소에 바람 넣는 거 있어."

무심코 내 입에서 그런 말이 나왔다. 사실을 말했을 뿐인데, 경솔한 짓을 한 것 같은 기분이 들었다. 그런데 은기가 고개를 저었다.

그때 초록불이 들어왔고, 은기는 계속 그대로 선 채 말을 했다.

"그냥 바람이 빠진 게 아닌 거 같아. 어디 찢어졌거나 구멍이 났지 싶어. 아침에 오다가 중간에 넣어 봤는데, 바로 다시 빠지더라고. 아, 몰라. 시험도 끝났는데, 골치 아픈 건 다음 주에 생각할래."

"그럼 어떡하냐? 너 버스 피곤하다며. 특히 서울 버스는."

그렇게 말하는데 나도 모르게 좀 웃음이 났다. 멀미하는 어린애도 아니고, 참. 은기 얼굴에도 즐거운 웃음이 떠올랐다.

"내가 그런 말을 했어? 버스가 싫기는 하지……. 아, 호정아, 호정아. 너 걷는 거 좋아해?"

"걷는 거?"

좋아하고 말고 그럴 게 있나? 그냥 걷는 거지. 아무튼 나는 고개를 끄덕였다.

"그럼 우리 걸어갈래? 날씨도 좋고."

과연 화창한 가을 오후였다. 밤새 내린 비로 가로수가 선 땅은 아직 검은빛을 띠고 있었지만, 하늘은 더없이 맑았다. 잠깐 올려다본 것만으로 눈이 부셨다. 학교 앞 도로에 줄지어 선 은행나무들은 아직 푸르렀지만 저 높은 자리에는 노란빛이 감돌기 시작한 것 같았다. 곧 온통 물들어 올 터였다.

"근데 너무 멀지 않아?"

"걸어갈 만해. 한 시간 반쯤 걸리더라. 홍제천 따라 걷는 거라 길도 좋고."

한 시간 반이라고? 처음에는 무리한 일 같았는데, 생각해 보니 나래랑 옷 산다고 돌아다닐 때는 두 시간, 세 시간도 다니긴 했다.

"그래, 걸어가자."

자전거로 달린다는 길이 궁금하기도 했다.

우리는 걸었다.

학교 담장을 따라 주택가로 접어들었다. 학교 뒤 주택가는 우리 동네보다 한적한 분위기였다. 오르막도 없는 평지였다. 오래된 주택마다 마당에 꽤 키가 큰 나무들이 솟아 있어서 온 동네에 새소리가 떠들썩했다. 삼색 고양이 한 마리가 어느 대문 아래로 쏙 빠져나와 골목길을 가로지르다 우리를 돌아보았다. 못마땅한 눈초리였다. 어쩐지 눈치가 보여 우리는 나란히 걸음을 멈췄다. 그제야 고양이는 말귀를 알아들었으면 됐다는 듯 턱을 치켜들며 우리를 쏘아보고는 어느 빌라 주차장으로 사라졌다.

우리는 소리 내어 웃었다. 그 고양이는 어딘가 학교 복도에서 마주치는 과학B 선생님 같았다. 학생부를 맡고 있는 과학B 선생님은 복도를 지나다 못마땅한 장면을 보면 걸음을 멈추고 쏘아보았다. 두 손을 뒷짐 진 자세로 안경을 코끝에 걸치고 지그시. 가령 너무 떠들거나 욕을 하거나 뛰거나 커플이 너무 붙어 있거나, 그리고 왜 그런지 헤어 롤 말고 있는 걸 그렇게 못마땅해했다. 복도에서 이를 닦는 것도. 얘기를 하다 보니 무궁무진했다. 은기도 어느새 그런 걸 다 알고 있었다.

주택가가 끝날 무렵에 야쿠르트 아줌마가 전동 카트를 몰고 지나가다 우리를 보고는 큰 소리로 인사를 했다. 우리도 엉거주춤 고개 숙여 인사를 하게 됐다. 그리고 몇 걸음 가다 은기가 획 돌아서서 뛰어가더니 카트에서 야쿠르트를 사 왔다. 다섯 개씩 비닐 포장이 되어 있는, 유산균 같은 건 하나도 없어 보이는 다디단 야쿠르트. 야쿠르트를 먹으며 횡단보도를 건너 홍제천 산책로로 접어들었다.

길 하나를 건넜을 뿐인데 멀리 온 느낌이었다. 예전에 자전거로 거기까지 왔던 기억이 났다. 식구들이랑 온 적도 있었고, 나 혼자 아니면 친구랑도. 그때와는 전혀 다른 느낌이었다. 홍제천은 그때보다 좁아 보였다.

그래도 물소리는 우렁찼다. 참 못생긴 새가 물 위에 우두커니 서 있었는데, 은기가 왜가리라고 알려 주었다. 전에도 왜가리를 본 적 있었나? 기억이 안 났다.

은기 말로는 밤새 내린 비로 물이 분 거라고 했다. 아침보다는 줄어든 거라고도 했다. 많은 것들이 새삼스럽게 눈에 들어왔다. 가까이에 좋은 곳이 있는데도 몰랐구나.

"나는 물소리가 듣기 좋아서 자전거 탈 때 음악도 안 들어."

"그럼 자전거 안 탈 때는?"

은기는 잠깐 생각하다 대답했다.

"그냥, 뭐. 이것저것 랜덤으로. 애플뮤직에 올라와 있는 플레이리스트. 최신곡이나 인기곡이나……. 그리고 이런 거 있잖아."

은기가 교복 재킷 주머니에서 아이팟을 꺼냈다. 아이폰이랑 거의 비슷한 모양이었다. 거기에 폴더 폰을 따로 갖고 다니는 거였다. 아이폰 하나면 다 해결될 일인데. 페이스북에 존재하지 않는 강은기. 그 생각이 또 언뜻 떠올랐다. 물어볼까? 그 정도는 물어도 될 것 같았다. 우리는 이제 어느 만큼 우리가 됐으니까. 하지만 그런 말은 선뜻 나오지 않았고, 은기는 플레이리스트 제목을 읊었다.

"여유롭고 빈티지한 사운드의 케이 팝과 함께하는 감성 가득한 하루."

은기가 제풀에 낄낄 웃다가 나한테 물었다.

"그럼 넌 뭐 들어? 항상 헤드폰 쓰고 다니잖아."

"음, 사실."

나는 비밀을 털어놓듯 뜸을 들였다. 그건 내게 일종의 비밀이기도 했다.

"아무것도 안 들어, 대부분."

학교에서는 대개 헤드폰을 쓰고만 있다고 털어놓았다. 은기는 왜냐고 묻지 않았다.

"음악을 들을 때도 있는데, 요새는 콜드플레이를 들어. 나는 한 가수만 집중해서 듣는 편이거든."

"아, 콜드플레이."

"너도 좋아해?"

반갑게 물었다. 콜드플레이 좋아하는 애는 본 적 없는데. 모르는 애들도 있고. 은기도 딱히 좋아하는 건 아니라고 했다. 그래도 「옐로(Yellow)」는 좋아한다고 덧붙였다.

"그 뮤직비디오를 몇 번이나 봤는지 몰라. 너도 봤지?"

"말해 뭐 해."

우리는 「옐로」에 대해 이야기했다. '옐로'라는 가사의 뜻에 대한 해석이 분분한데, 정작 크리스 마틴은 인터뷰에서 그저 뜻 없이 붙인 말이라고 했다. 내가 그걸 알려 주자 은기는 말도 안 된다며 고개를 저었다. 내가 그랬던 것처럼.「옐로」의 그 쓸쓸한 뮤직비디오도 실은 멤버의 불참으로 급조한 콘셉트라는 얘기를 듣고는 은기가 사뭇 궁금한 표정으로 물었다.

"그렇게 명작이 탄생하다니, 그건 뭘까? 행운일까, 운명일까?"

"천재성일까, 행운일까?"

'옐로'의 의미처럼 그 또한 우리는 모르는 세계였다.

십센치 얘기도 잠깐 했다. 은기가 뒤늦게 자기도 좋아하는 가수가 있다며 십센치 얘기를 꺼낸 거였다. 흔히들 좋아하는 가수긴 한데, 어쩐지 은기와는 어울리지 않는 것도 같았다.

한동안 말이 끊기기도 했지만 그래도 어색하지 않았다. 조용히 걷는 것도 좋았다. 그럴 때면 어딘가 재밌는 구석이 있는 사람들이 나타나 주었다. 헛, 헛, 헛 하고 기합을 넣으며 뒤로 걸어가는 할머니라거나, 한사코 엄마 손을 뿌리치고 아기 오리처럼 뒤뚱뒤뚱 걸어가는 아이라거나, 자전거 짐받이에 휴대용 오디오를 매달아 놓고 트로트를 요란하게 틀고 지나가는 아저씨라거나.

한 시간 반이 훌쩍 지나갔다. 우리 동네로 올라가는 홍제천 나들목, 우리가 동네에서 처음 마주쳤던 곳에 도착했다.

위쪽 도로에서 어느 할아버지가 한눈에도 아주 나이가 많은 시추를 데리고 내려오고 있었다. 할아버지도, 시추도 더없이 즐거운 표정으로 느릿느릿 걸었다.

나는 절로 걸음을 멈추었다. 세상의 모든 개를 사랑하지만, 그중에서도 시추를 사랑한다. 어쩌라고, 하는 표정이 너무나 매력적이다. 엄마도 진주도 개를 무서워해서 지금은 어쩔 수 없지만, 독립하면 무엇보다 먼저 개를 데려오고 싶다.

시추도 내가 마음에 드는 듯 어쩌라고, 하는 표정으로 꼬리를 흔들었다. 역시나 느릿느릿, 하지만 그건 반갑다는 뜻이 분명했다. 할아버지가 시추와 나의 마음을 읽은 듯 걸음을 멈춰 주었다.

"만져도 돼요?"

"그건 싫어해요."

"네. 그럼 눈인사만 할게요."

나는 시추에게서 시추만 한 거리를 두고 쪼그려 앉았다. 고개를 숙여 눈을 맞추고 웃자 시추는 좀 더 힘차게 꼬리를 흔들었다. 만져 보지 않아도 충분히 알 수 있었다. 너는 따뜻하고 부드러워. 그리고 씩씩한 마음이 있지.

"귀엽지?"

그렇게 말하며 은기를 돌아봤다.

은기는 몇 걸음 떨어진 자리에서 시추를 물끄러미 보고 있었다. 내가 말을 거는 줄도 모르는 듯 오로지 시추를, 시추만을. 은기의 얼굴에서 그 오후의 웃음은 사라지고 없었다. 마치 울고 있는 것 같았다. 눈물이라고는 한 방울도 보이지 않는데.

시추와 할아버지가 다시 움직였다. 나도 다시 일어서서 은기에게 다가갔지만 은기의 눈길은 여전히 시추를 따라갔다. 내가 바로 곁에 선 뒤에야 은기는 깨어난 듯 나를 돌아보았다. 은기의 얼굴에 얼른 웃음이 떠올랐다. 그건 명백한 가짜 웃음이었다.

"거봐. 생각보다 금방 오지?"

은기는 시추를 만나기 전의 순간으로 돌아간 듯 말했다. 시추를 만났던 시간을 접어 버린 것처럼. 어색했지만 나도 그냥 고개를 끄덕이기만 했다. 우리는 나란히 경사로를 올라갔다.

"너는 저쪽으로 가지?"

내가 물었다.

"응. 너는 이쪽이랬지? 멀어?"

"아냐. 금방이야. 오 분. 한 시간 반도 걸어왔는데, 뭐."

그러면서 스마트폰을 보니 그새 두 시간이 지나 있었다. 콜드플레이 얘기를 잠깐 했을 뿐이었던 것 같은데.

"그래도 오랜만에 걸어서 피곤하겠다. 푹 쉬어."

"그래. 월요일에 보자!"

나는 기다렸다는 듯 돌아섰다. 시추를 만난 다음 어쩐지 어색해져 있었다. 그런데 몇 걸음 가지 않아 은기가 다시 나를 불러 세웠다.

"여기서 학교까지 몇 번 버스 타고 가면 제일 좋아?"

자전거를 두고 왔으니 월요일 아침에 은기도 버스를 타야 할 터였다. 나는 버스 번호를 말해 주려다 은기에게 되돌아갔다.

"저기 편의점 앞에도 버스가 있기는 해. 네이버 지도 검색하면 그렇게 나오는데, 그 버스는 사람이 엄청 많아. 어떤 때는 버스가 안 서고 지나가기도 하고. 도저히 태울 수 없을 만큼 사람이 많을 때가 있거든. 그래서 나는 저기 아파트 후문까지 걸어가서 타. 은정 서점 앞에서."

나는 바로 뒤 주택가 너머로 윗부분이 보이는 아파트를 가리켰다.

"그 버스가 안 돌고 바로 가기도 하고."

거기까지 지도 앱을 보고 가도 되지만, 그러자면 꽤 멀었다. 아파트 단지를 통과해서 가는 편이 빠른데, 그 길을 말로 설명하기는 어려웠다.

"은정서점까지 가는 길 대충 그려서 보내 줄게."

그렇게 말하며 물을 수도 있었다. 페이스북 있지? 카톡 아이디는 뭐야? 하지만 내 말끝은 애매하게 늘어졌고, 그 틈에 은기가 손을 내밀었다.

"스마트폰 줘 봐."

은기가 내 스마트폰에 번호를 입력하고 통화 버튼을 눌렀다. 은기의 교복 재킷 주머니에서 진동음이 울렸다.

은기 폴더 폰에 내 번호가 떴을 것이다.

8

왜 묻지 않았어요?

의사의 질문을 나는 못 들은 척했다.

자전거 이야기를 더 하고 싶었다. 은기 이야기를, 내 앞에 있던 은기 이야기를, 내가 아는 은기 이야기를 더.

9

월요일 아침에 교문으로 들어서다 걸음을 멈추었다.

교문 건너 횡단보도에는 신호를 기다리는 애들이 꽤 많았다. 그래도 학교는 아직 조용했다. 그때처럼, 손끝만 움직여도 공기가 물결이 되어 흔들릴 것 같던 그때처럼.

나는 자전거 보관소로 갔다.

거기, 짙푸른색 프레임의 자전거가 있었다. 처음 봤을 때처럼 새것인 그대로, 두 바퀴에 탄탄하게 공기가 차 있는 채로, 단 한 번도 바퀴에서 바람이 빠진 적 없는 모습으로.

3부

사랑

1

고백하자면, 그 월요일 아침에 나는 버스 두 대를 그냥 보냈다.

그러려던 건 아니었다. 정류장에 도착하자마자 버스가 왔는데, 어쩐지 머뭇거리게 됐다. 그러는 사이 아침의 버스는 서둘러 가 버렸고, 나는 정류장에 혼자 남겨졌다. 아파트 단지에서 회사원으로 보이는 아저씨와 아줌마가 정류장으로 왔다. 다음으로 온 버스에는 처음보다 승객이 늘어나 있었다. 그럴 시간이었다. 그래도 옆 사람과 조금 거리를 두고 설 정도는 됐다. 그런데도 나는 또 머뭇거리게 됐다. 그다음 버스에는 승객이 더 많을 텐데도. 결국 두 번째 버스도 그냥 보냈다.

거기서 한 대를 더 보내도 되기는 했다. 지각을 하지는 않을 터였다. 하지만 나는 그다음 버스를 탔다. 또 잠시 머뭇댔지만 출발 직전에 가까스로. 우리 학교 교복을 입은 여자애 하나가 무단 횡단을 하며 뛰어왔지만 버스를 놓쳤다. 그 애가 짜증스러운 태도로 버스 정류장 의자에 주저앉는 모습이 뒤쪽 창문으로 보였다. 혼잣말로 욕하는 소리까지 들리는 것 같았다. 그 애는 제대로 혼잡한 아침 버스를 타게 생겼다. 등교 시간에 딱 맞추어 도착할 수 있는, 우리 학교 애들이 가장 많이 타는 버스를. 어쩌면 같은 반 친구와 만날 수도 있겠지. 안녕, 주말에 뭐 했어? 하면서.

내가 그걸 바랐을까? 모르겠다. 아니, 바라긴 했다. 바랐다. 바라지 않기도 했다.

꼭 올 거라 확신할 수 없는 친구의 자리를 맡아 두는 일.

그 애는 버스에서 기대한 친구를 만나지 못했을지도 모른다. 오늘은 없네? 그러고는 그만일 수도 있지만, 학교 가는 길이 내내 허전할 수도 있다. 그 친구가 거기에 없어서.

그건 꽤 위험한 일이다.

2

"오늘은 엄마가 모처럼 학교까지 태워 주셨어."

"아."

나는 그렇게만 대꾸했다. 은기한테도 엄마가 있구나. 보통은 당연한 일인데, 새삼스러운 걸 알게 된 기분이었다.

"내가 우리 엄마한테 꼼짝 못 하거든."

"아."

나는 또 그랬다. 마마보이처럼 보이지 않는데, 하고 생각하면서. 그러다 조금 뒤에 물었다.

"엄마가 엄하셔?"

은기는 뭐라고 대답했던가? 그냥, 뭐. 아마도 그랬던 것 같다. 나는 더 묻지 않았다.

내가 정말로 궁금한 건 따로 있었다. 가령 강아지에 대해, 페이스북에 대해, 카카오톡에 대해.

전화번호를 저장했지만 카카오톡에 은기는 뜨지 않았다. 단톡방에만 안 들어온 게 아니라 그 번호로 아예 계정이 없는 거였다.

혹시 나래라면, 하는 생각이 들기도 했다. 언젠가 지후가 중학교 때 무슨 소설 쓰기 캠프에서 남자애랑 키스한 이야기를 했다. 키스라는 게 궁금하던 차에 차은우처럼 예쁜 애가 있었다고. 그런데 막상 해 보니 그냥 들쩍지근하기만 했다고. 그 밖에는 그 애 이름도, 학교도, 그 캠프의 이름마저도 알려 주지 않았다.

그걸 나래가 기어이 찾아냈다. 그 애 인스타그램에 찾아가 얼굴을 확인했고, 우리는 소설가의 안목을 인정하는 수밖에 없었다. 사진에 무슨 필터를 썼는지는 모르겠지만.

그래도, 어쩌면 그래서, 나래한테 부탁할 마음은 나지 않았다. 어쩐지 그렇게 내 멋대로 들춰서는 안 될 것 같았다.

은기한테 물어보면 될 일이었다. 보통은. 너 카톡에 안 뜨더라? 라거나, 페이스북 안 해?라거나. 그게 왜 그렇게 어려운 질문이었을까, 나는? 아마도 내가 알기 때문이었을 것이다.

어떤 질문은 그것만으로 상처가 된다. 가령, 할머니 댁에 놀러 온 거니? 같은. 네가 바로 그 마리아 자매님 손녀구나? 같은.

나는 그저 은기에게 이런 말만 했다.

"나래는 한 달 동안 스마트폰 금지당했대."

"걔네 집 장난 아니구나, 진짜."

단지 보람이 일 때문만은 아니었다. 중간고사 결과가 좋지 않았다. 다른 과목도 그랬고, 잘 봤다던 영어도 마찬가지였다.

나도 영어 때문에 속이 상했다. 백 점을 맞은 건 사실이었지만, 그런 애들이 많았다. 등급으로 따지면 백 점 맞은 애들 수가 1등급인원을 넘겼다. 누구도 1등급을 받을 수 없다는 뜻이었다. 다른 과목이야 말할 것도 없었다. 아무 준비도 안 했으니 당연한 결과지만 마음까지 당연해지지는 않았다. 수학이 최악이었는데, 그 또한 나만 그런 건 아니었다. 문제가 너무 어려웠던 것이다. 난장판이라고 불평들이 쏟아졌는데, 그 와중에 1학년 전체에서 유일하게 만점을 받은 게 다름 아닌 곽근이었다.

중학교 때 곽근은 외고를 갈 거라 떠들고 다녔다. 애들도, 선생님들까지도 당연히 그렇게 여기는 분위기였다. 나는 똑 떨어지라고 속으로 저주를 했고, 곽근은 외고에서 떨어졌다. 그렇다고 내 저주에 효험이 있었던 것은 아니다. 외고에 떨어진 곽근이 나랑 같은 학교, 같은 반이 되어 버렸으니까.

곽근은 다른 과목도 성적이 좋았다. 1학기 때도 그랬다. 중간 기말뿐만 아니라 수행 평가도 거의 만점이었다. 발표를 할 때 보면 곽근은 PPT나 동영상도 잘 만들었다. 조별 과제 때 인기가 많은 것도 당연했다. 각종 교내 대회에서 수상 실적을 쌓고 있었고, 자율 동아리도 두 개나 만들었다. 소년법 연구회와 영문 추리소설 동호회. 보람이 말에 따르면, 곽근은 수행 평가를 대신 해 주는 학원도 다닌다고 했다. 그런 걸 학원이라고 부르는 게 맞기는 한가?

곽근네 삼 형제를 둘러싼 괴담도 있었다. 큰형은 공부를 잘해서 서울대에 간 거지만, 작은형은 사회적 배려 대상자 전형이었다고 했다. 그러려고 엄마 아빠가 위장 이혼까지 했다는 얘기였다.

"걔네 집 잘살지 않나?"

내가 그렇게 묻자 나래는 철부지를 대하듯 고개를 흔들었다.

"재산은 미리 아빠 이름으로 다 돌려놨지. 어디 가난한 동네 반지하에다가 가짜로 집도 꾸며 놨었대. 일 년인가, 이 년 동안. 사배자 전형 조건 맞추느라고."

나래가 엄마한테 들은 얘기라니 틀림없을 것이다. 그런데도 나는 믿기지가 않았다. 믿고 싶지 않았다.

세상이 그렇게까지 못돼 먹었을 리가 없잖아. 만약 그렇다면 나는 어떻게 살아?

자꾸 머리가 아팠다. 그래도 참아 보려고 애쓰다 야자 시간에 결국 진통제를 꺼냈는데, 상자가 비어 있었다. 가슴이 덜컥했다. 벌써 다 먹었다고?

그때 은기가 내 자리로 다가왔다.

"왜 그래?"

나는 손에 쥐고 있던 진통제 상자를 얼른 가방에 넣었다. 그래도 은기가 이미 본 뒤였다.

"아파?"

은기가 물었다.

"응? 아, 좀……. 오늘 피곤하네."

"그래? 나 비타500 있는데."

은기가 자리로 돌아가 비타500을 가져다줬다. 흔해 빠진 비타민 음료, 그런데 그 상표가 새삼 눈에 들어왔다. 우리 학교의 모두가, 입학한 지 얼마 안 되어 다 같이 비타500을 받은 적 있었다. 상담 선생님이 반마다 위 클래스를 소개하러 다니는 시간에 나눠 주었다. 위 클래스는 특별한 곳이 아니라면서, 비타민이 필요할 땐 언제

나 와도 좋다면서. 그 말을 듣고 진짜 비타500을 얻어먹으러 위 클래스에 가는 애들도 있긴 한 모양이었다. 물론 그건 여느 편의점이나 약국에서 흔히 파는 것이기도 했다.

나는 괜한 생각을 떨치며 비타500을 건네받았다.

"고마워."

하지만 비타민C로 해결될 두통이 아니었다. 야자가 끝나자마자 서둘러 학교를 나섰다. 횡단보도만 건너면 바로 편의점이었다.

그런데 신호가 바뀌기를 기다리다 문득 돌아보니, 오른쪽 저편으로 약국 간판에 불이 켜져 있었다. 약사한테 물어보고 사면 좀 나을까 싶어서 약국 쪽으로 걸음을 돌렸다.

그때 뒤에서 자전거 벨 소리가 들려왔다. 은기였다. 은기는 늘 가던 골목을 지나쳐 내 쪽으로 다가왔다.

"왜 그리로 가?"

"어, 약국 가려고."

내 대답에 은기가 자전거에서 내렸다.

"너 진짜 아프구나."

"좀, 머리가 아파서."

"감기 걸렸나? 하긴 오늘 쌀쌀하다."

은기가 교복 재킷의 깃을 세워 목을 감싸며 어깨를 움츠렸다. 그 모습에 나는 그만 웃음이 났다.

"너도 이렇게 해 봐. 목만 따듯해도 훨씬 나아."

춥지는 않았지만 나도 그렇게 했다. 그러고 약국에 들어갔다 나오니 은기가 기다리고 있었다. 아까 은기한테 받은 비타500이랑 진통제를 먹었다.

"감기약이야?"

"마약이거든."

그러자 은기는 거리가 울리도록 크게 웃었다. 나까지 덩달아 웃고 말았다. 그게 뭐라고.

그러다 문득 조용해졌다. 우리의 웃음은 동시에 잦아들었고, 학교 앞은 그새 한산해져 있었다. 드문드문 가로등이 서 있어도 거리는 어둑했다. 길 하나를 건너면 휘황한 거리라는 걸 알지만, 어쩐지 세상으로부터 아주 먼 곳에 와 있는 것 같았다.

"으, 춥다."

은기가 좀 과장되게 어깨를 움츠리고는 이어서 말했다.

"나도 오늘은 버스 타고 가야겠다. 이런 날 감기 걸리기 딱 좋지. 잠깐 기다려!"

은기는 서둘러 학교에 자전거를 갖다 놓고 내게로 되돌아왔다. 웃으며, 환히 웃으며.

3

아주 짧은 순간이었다. 대단치도 않은 순간이었다. 은기는 그저 웃으며 뛰어왔을 뿐이다. 아주 먼 곳으로부터 달려온 것처럼. 마침내 찾아 헤매던 것을 발견한 것처럼.

나도 그렇게 웃고 있었다. 거울을 보지 않아도 알 수 있었다.

어떤 기억은 너무나 강렬해서 결코 그 이전의 시간으로 되돌아갈 수가 없다. 그때는 그런 줄 전혀 모를 수도 있지만. 아니, 마음은 이미 알고 있었을 것이다. 무심코 지나쳤던, 사소한 순간들이 이렇게나 또렷하게 기억에 남아 있는 걸 보면.

어쩌면 그렇게 환히 웃었지, 너는.

이제 와 그 웃음을 생각하면 가슴이 미어진다. 미안해진다. 화가 난다. 나에게? 너에게?

그 무엇보다 은기가 보고 싶다.

낮까지만 해도 푸르던 은행나무가 그새 물들어 있었던 건 아마도 그 밤의 달빛 때문이었겠지.

4

다음 날은 버스를 한 대도 보내지 않았다. 정류장 전광판을 계속 보고 있었기 때문에 정확히 알 수 있었다. 5분 뒤, 4분 뒤, 3분 뒤, 그리고 은기.

둘이서 교문으로 들어서려는 참에 나래가 엄마 차에서 내렸다. 그러고는 빤한 소리를 하며 셋이 같이 3층까지 올라가 놓고, 은기가 화장실로 사라지자 나래는 나를 다짜고짜 사물함 구역 구석으로 끌고 갔다.

"왜 이래?"

나래는 팔에 더 힘을 줬다.

"말해."

"뭘?"

그렇게 물었지만, 실은 나래의 질문을 알 것 같았다. 알아들었다. 나래도 내 속을 훤히 들여다봤다.

"말하라고."

그래도 내가 잠자코 있자 나래가 나를 가볍게 밀어내고 말했다.

"칫. 나는 다 말했는데, 너는 뭐야?"

보람이랑 눈길만 스쳐도 다 말하는 너 때문에 내가 얼마나 괴로웠는지 아니? 그것도 입 밖으로 꺼낼 수 있는 말은 아니었다. 그래도 나래는 저 혼자 신이 나서 계속 떠들었다.

"아침에 둘이 분위기가 아주 설렘 주의보던데. 내가 다 두근두근하더라. 연애는 그때가 제일 좋지. 쟤 마음은 뭘까, 할 때. 메시지를 내가 먼저 보낼까, 쟤가 먼저 보낼까. 아, 그런 거 있잖아. 지나간 메시지 쭉 보면서 누가 먼저 말 걸었는지 세어 보고 그러는 거."

"지나간 메시지 다 지우시는 분이 뭘 아신다고?"

그러고 놀리자 나래는 샐쭉한 표정이 됐다.

"다 외우거든!"

그래 놓고 나래는 스프링처럼 제자리로 되돌아왔다.

"말해 봐. 뭔데. 요즘 너네 뭐 있지?"

이렇게 집중력 있는 애인 줄은 몰랐는데. 속으로 감탄했다. 나는 집요하게 구는 나래가 싫지 않았다.

하지만 정말 할 말이 없었다. 대체 무슨 얘기를 한단 말인가? 은기 자전거 바퀴는 멀쩡하더라고? 아침에 다시 보니 은행나무들은 아직 가을이 왔다는 걸 조금도 모르는 듯 그저 푸르기만 했다.

그런데 나래가 문득 정색을 했다.

"나 네가 그렇게 웃는 거 처음 봤단 말이야."

"내가 어떻게 웃었는데."

어째 말이 퉁명스럽게 나왔다. 나래는 잠깐 생각하다 말했다.

"어린애처럼?"

"뭐야. 그럼 내가 언제는 할머니처럼 웃었어?"

"응. 너 좀 그래."

"뭐래. 이 피부를 봐라. 어디를 봐서 할머니냐? 베이비 페이스지, 베이비."

내가 얼굴을 가까이 들이대자 나래는 진찰이라도 하듯 내 얼굴을 요모조모 뜯어보며 감탄했다.

"진짜네. 얘 오늘 화장 잘 먹은 것 좀 봐. 누가 보면 쌩얼인 줄 알겠네. 너 파데 바꿨어?"

피부 이야기를 끝으로 나래는 나에게 흥미를 잃었다. 보람이가 학교에 온 거였다.

페이스북 메시지를 들킨 다음부터 그랬다. 다른 반 애랑 잠깐 썸을 탔던 거라고 둘러대서 넘어갔지만, 엄마의 감시가 더욱 살벌해졌다고 했다. 원래도 학원이다 뭐다 늘 빡빡하게 지냈는데, 이제는 진짜 연애의 이응도 들어갈 틈이 없게 됐다. 더 이상 페이스북 메시지를 이용할 수 없었고, 나래는 야자도 그만두게 됐다. 나래랑 보람이는 문자 메시지로 연락을 주고받았는데, 나래 스마트폰에는 보람이 번호가 내 이름으로 저장되어 있었다. 둘은 오직 학교에서만 함께 시간을 보낼 수 있었다. 그리고 일주일에 한 번 국어 학원에서 우연히 같은 학원에 다니게 된 것처럼 가벼운 인사나 하는 게 전부였다. 그런 만큼 둘이 있는 동안에는 얼마나 간절한지 몰랐다. 둘만 사라지는 때도 많았다.

나는 확신한다. 로미오와 줄리엣이 그렇게까지 극단적으로 연애에 빠진 데에는 부모들의 책임이 크다. 그냥 내버려 뒀으면 백 일 무렵에는 깨졌을 수도 있다.

사랑의 도피 행각은 아닐지언정 나래랑 보람이도 잠시나마 둘이 있을 기회를 노리려고 갖은 머리를 썼다. 그러다 봉사 활동 얘기까지 나오게 됐다.

"지하철역. 어려울 거 하나도 없잖아."

나를 꼬드기는 나래 옆에서 보람이는 열렬히 고개를 끄덕였다. 그 사정이야 나도 알지만, 봉사는 이제 나하고 상관없는 얘기였다. 정시 준비하는데 봉사는 무슨. 나래도 잘 알면서 막무가내였다.

"가자, 응? 가자, 가자. 끝나고 우리가 밥 살게. 완전 맛있는 걸로, 비싼 걸로! 제발……."

"그냥 둘이 가."

성가셔서 그렇게 말했지만, 나래는 절박했다.

"우리 엄마가 확인하러 올지도 모른단 말이야."

"설마."

"진짜야. 네가 몰라서 그래. 이미 너랑 간다고 하고 허락받았단 말이야. 호정아, 가자. 가자, 응? 제발."

내가 흘겨보자 나래는 덮어놓고 나를 껴안아 버렸다.

"고마워! 고마워! 친구야, 사랑해!"

애초에 내게는 승산이 없는 게임이었다. 나래가 그럴 때면 어떻게 물리칠 방법이 없었다.

은기는 옆에서 상황이 재미있다는 듯 웃고만 있었다. 그런데 내게서 항복을 받아 낸 나래가 은기한테 물었다.

"은기야. 초밥 좋아해? 우리 셋은 다 좋아하는데. 내가 괜찮은 회전 초밥집을 찾아 놨거든."

"초밥?"

은기는 어리둥절한 얼굴이었지만, 나는 알아들었다. 아니, 처음부터 알고 있었나? 어쩐지 내가 속 보이는 짓이라도 한 듯 얼굴이 달아올랐다. 은기는 나를 슬쩍 봤다. 그 눈길은 나래에게 되돌아갔고 은기가 물었다.

"나도…… 같이 가도 되는 거야?"

"뭐래. 당연히 같이 가지."

나래가 말했다. 은기는 성긋 웃었다.

"좋아."

고개까지 크게 끄덕거렸다.

당연히.

나는 그 말이 당연하지 않게 들렸다. 당연히. 낯선 뜻을 지닌 먼 나라의 말 같았다. 어떤 중요한 뜻을 숨기고 있는 말. 몇 번이고 입 속으로 읊어 보고 싶어지는 말.

이를테면 레스페베르.

어디선가 그 말을 봤다. 마음에 들어서 한동안 카톡 프로필에 적어 두었다. 스웨덴 말로, 여행이 시작되기 전 긴장과 기대로 심장이 뛰는 소리라는 뜻이라고 한다.

레스페베르.

그렇다면 여행을 떠난 뒤에는 어떻게 될까? 돌아온 다음에는 세상 어딘가에는 그것을 뜻하는 말도 있을 것 같은데.

5

바람이 센 날이었다. 가로수들은 몹시 분개한 듯 일제히 머리를 흔들어 댔다 아직 파릇한 은행잎이 앞다투어 몸을 던지듯 투두둑 길바닥에 떨어져 내렸다. 토요일 아침의 버스 정류장은 버려진 곳처럼 스산했다.

은기가 나보다 먼저 와 있었다. 그런데 교복 차림이었다.

뭐야. 나는 좀 김이 샜다. 초미세 먼지를 품은 바람이 머리를 헝클어 댔다. 아침에 얼마나 공들여서 만진 머리인데. 그냥 묶어 버릴까. 마스크나 쓸 걸 그랬네.

지하철역 3번 출구 앞에서 만난 나래도 은기를 보자마자 타박했다.

"교복이 뭐니?"

"학생이 이런 데 오면 쓰나."

보람이도 농담을 보탰다.

"그러게."

은기는 남 일처럼 말하며 그냥 웃었다. 교복만이 아니었다. 은기는 봉사 신청도 안 하고 온 거였다.

"자원봉사 사이트 아이디랑 비번도 까먹었고……. 그냥 지금 신청해도 될걸?"

일단 다 같이 역무실로 갔다. 나랑 나래랑 보람이는 신청 내역을 확인하는 걸로 됐지만, 은기는 생각보다 일이 번거로웠다. 은기의 말을 들은 역무원은 괜찮다는 듯 고개를 끄덕이더니 사무실 한쪽의 컴퓨터를 가리켰다.

"저기서 지금 신청하세요."

은기는 남의 사무실에 앉아서 아이디랑 비번 찾기를 하게 된 거였다.

미리 하라니까, 나래가 입 모양으로 투덜거리며 보람이랑 먼저 나갔다. 나도 남의 사무실에 멀뚱히 있기 어색해 곧 따라 나갔다. 그런데 보람이가 아침을 못 먹고 왔다며 역사 안에 있는 분식점에 어묵을 먹으러 가자고 했다. 은기는? 내가 그렇게 생각하는 참에 나래가 당연하다는 듯 내게 말했다.

"너는 기다렸다 은기 데리고 와."

그러고는 보람이랑 둘이 먼저 가 버렸다. 나 혼자 은기를 기다리게 됐다. 나는 역무실 맞은편 벽에 기대어 선 채 학원에 안 다니고 인강만으로 서울대를 갔다는 어떤 언니의 유튜브 채널에 접속했다. 어느 방송에서 인터뷰 영상을 봤고, 유튜브를 한다는 걸 알고 채널을 구독했다. 언니가 고등학교 때 공부하는 모습을 담은 영상을 틀어 놓고 공부할 때도 있었고, 대학에 간 다음 새로 올리는 브이로그도 챙겨 보기도 했다.

그런데 새로 뜬 브이로그를 틀자마자 은기가 허겁지겁 역무실에서 나왔다. 나한테 미안한 듯 웃어 보이고는 주위를 두리번거렸다.

"애들 어묵 먹으러 갔어. 우리도 가자."

내가 말했다. 우리는 얼른 걸음을 뗐다. 그런데 몇 걸음 가지 않아 뒤에서 누군가 외치는 소리가 들렸다.

"학생! 강은기 학생!"

역무원이 역무실에서 나오며 손에 든 무언가를 우리 쪽으로 내밀었다. 얼핏, 학생증이려니 하는 생각이 스쳤다.

그런데 역무원이 그것을 은기에게 건네다 바닥에 떨어뜨렸다. 아니, 은기가 떨어뜨렸던 걸까? 아니다. 역무원이 그랬을 것이다. 틀림없다. 나는 아직도 가끔 그 역무원이 원망스럽다.

그것은 우리 앞에 떨어져 매끈한 바닥을 따라 조금 미끄러졌고 내 발치에서 멈췄다. 내가 반사적으로 허리를 굽혀 그것을 집어 들었다.

주민 등록증이었다.

은기의 얼굴 그리고 이름 아래 적힌 열세 개의 숫자. 뒷자리는 제대로 못 봤지만, 앞자리는 단숨에 눈에 들어왔다.

그 순간 은기가 내 손에서 주민 등록증을 잡아채 갔다. 교복 재킷주머니에 처박듯 집어넣고는 역무원에게 인사 한마디 없이 휙 몸을 돌려 걸어갔다. 나는 그대로 굳어 있었다. 얜 왜 벌써 주민 등록증이 있지? 나보다 한 살이 많네…… 뒤미처 그런 생각이 들었다. 그때 은기가 나를 돌아봤다.

"얼른 가자."

"어……. 그래."

나도 움직였다.

분식점까지 가는 동안 우리는 아무 말도 하지 않았다. 묻지도, 설명하지도.

나래랑 나, 은기랑 보람이. 이렇게 둘씩 지하철 개찰구에서 봉사를 했다. 중학교 때도 해 봤던 일이었다. 토요일 오전이라 지하철 이용자도 많지 않았다. 나래랑 수다를 떨다 보니 시간이 금세 지나갔다.

봉사를 마치고서는 나래가 찾아 둔 회전 초밥집에 갔다. 핸드백이든 초밥이든 아이스크림이든, 쇼핑에 관한 한 나래의 선택은 언제나 옳다. 돈이 아깝지 않을 만큼 초밥을 먹고도 설빙에서 또 빙수를 먹고 있는데 엄마한테 문자가 왔다.

—할머니 오셨는데, 오늘 늦니? 저녁 같이 먹으면 좋겠어.

코인 노래방 말고, 긴 시간을 보내야 하는 노래방에 가고 싶었다. 홍대 앞 거리에서 옷 구경도 하고, 보드게임 카페에도 가고, 국물 떡볶이에 라면 사리, 우동 사리 다 넣어서 느릿느릿 오래도록 저녁을 먹고……. 그렇게 밤이 되도록 돌아다니고 싶었다. 우리만 빼고 세상 모두가 잠들 때까지.

하지만 노래방 소리를 꺼내자 나래가 시무룩하게 고개를 저었다. 학원에 가야 한다고 했다.

나래 엄마가 근처까지 태우러 왔다. 굳이 내가 같이 가서 인사를 드렸고, 나래는 엄마 차를 타고 갔다. 그러고 돌아가니 보람이는 이미 가고 없었다.

"보람이도 같은 학원에 가야 한다던데."

은기가 말했다.

그렇게 또 은기랑 나랑 둘이 남겨졌다. 아직 한낮이었고, 홍대 앞은 이제 하루가 시작되려는 참이었다. 온 거리가 소란스러웠다. 자동차 경적 소리. 가게들마다 경쟁적으로 틀어 대는 음악 소리. 사람들이 떠드는 소리. 은기와 나만 조용했다. 어색한 침묵에 갇혀 있었다. 은기와 나 사이에 어색한 무언가가 있었다.

지하철역 바닥에 툭 떨어져 내 쪽으로 미끄러져 왔던 것.

"오늘도 자전거 타고 가?"

내가 일껏 생각해 낸 말이었다. 아까 같이 버스 타고 와 놓고선. 아차 싶어 얼굴이 달아올랐지만, 은기는 그저 고개를 젓기만 했다. 오늘은 쌀쌀하다고도, 자전거 바퀴에 바람이 빠졌다고도 하지 않았다.

"엄마 약국에 가기로 했어. 오늘 도와주는 분이 못 나오게 됐다고, 일찍 끝나면 와 달라고 하셨거든. 지하철 타면 돼."

"엄마가 약국을 하셔?"

"응. 구파발역 쪽에서. 너는?"

갈 데가 없어. 그런 말이 입 밖으로 나오지는 않았다. 은기라서. 아니, 은기라도.

"그렇구나."

그리고 틈이 생길 겨를도 없이 이어 말했다. 말해 버렸다.

"잘 가."

"응. 잘 가."

은기는 인사의 마침표가 제대로 찍히기도 전에 돌아섰다. 그러고는 몇 걸음 가다 얼른 다시 나를 돌아봤다.

"너는 어디로 가?"

"나?"

갈 데가 없어, 정말로. 하지만 나는 말했다.

"집에 가지, 어디 가."

"그래. 조심해서 들어가."

은기는 다시 걸음을 옮겼고, 더 이상 돌아보지 않고 뛰어 내려가듯 계단 아래로 재빨리 사라졌다.

너, 정말로 엄마랑 미리 약속이 되어 있었던 거야?

6

 나래라면 그저 그렇게 물었을 것이다. 뭐야? 오빠였어? 은기가 아니라 보람이의 주민 등록증이었다면 나도 그랬을 것이다. 어쩐지 삭았다 했어.

 하지만 그건 은기였고, 나는 나였다.

 은기에게 묻지 못한 것들이 많다. 무언가가 내게 말했다. 은기의 마음이 보낸 소리였을 것이다. 안 돼.

 우리는 서로에 대해 잘 알지 못했다. 아니, 어쩌면 알고 있었는지도 모른다. 우리가 그런 마음을 알아 버린 애들이라는 것을.

 말할 수 없는 것들이 있다. 말해지지 않는 것들이 있다. 다른 사람의 눈길만으로 아파지는 것들이 있다. 돌이킬 수 없으면서 사라지지도 않는 것들이 있다. 사라진 후에도 사라지지 않는 것들이 있다.

 아니, 내가 과연 은기의 마음을 알까? 한 조각이라도? 상상이라도 할 수 있을까? 그런 마음을, 감히 내가? 나 아닌 다른 누구나라도?

그건 진정으로 외로운 일이다. 누구와도 같지 않은 마음을 가졌다는 건.

나는 외롭다는 말보다 그 마음을 먼저 배웠다. 이제 와 생각하니 그랬던 것이다.

7

나는 어려서 할머니 손에 자랐다.

일곱 살 이전의 일은 거의 기억나지 않는다. 할머니에게도, 내게도 슬픈 일이다. 그때는 모든 게 좋았을 텐데.

나는 할머니의 첫 손주다. 다음으로는 나보다 일곱 살 어린 고모 아들 세형이, 그러고는 진주다. 삼촌과 숙모에게는 아이가 없다.

내가 태어났을 때 엄마 아빠는 아파트 상가에서 꽤 잘되는 태권도장을 운영하고 있었다고 한다. 그러다 누군가의 제안으로, 할머니는 그것을 꾐에 빠졌다고 표현하는데, 아무튼 중국에 태권도장 체인을 내기로 한 것이다.

중국에 태권도장이라니, 내가 생각하기에도 어이가 없다. 넷플릭스에 뜬 중드만 봐도 알 수 있다. 중국인에게는 중국인만의 무술 세계가 있다. 장풍으로 바위를 격파하고, 기를 모아 죽은 사람을 되살리고. 중국인들은 그것을 진심으로 믿는 것 같다. 그러지 않고서야 그렇게나 진지하게 드라마를 계속 만들 수는 없을 것이다.

그때는 넷플릭스가 없어서 그랬는지 모르겠지만, 엄마 아빠는 중국에서 태권도장 체인으로 성공할 거라 굳게 믿었던 모양이다. 신전인지 선전인지 하는 곳에 1호점을 냈고, 초반에 분위기를 몰아야 한다며 잇달아 가까운 도시에 몇 개의 지점을 더 준비했다고 한다. 있는 돈 없는 돈, 그러니까 엄마 아빠가 동원할 수 있는 자금을 넘어 할머니 재산까지 중국에 쏟아부었다.

그러는 동안 나는 할머니 손에서 컸다. 그때는 우리 집이 할머니 댁이랑 같은 단지에 있었고, 나는 단지 내 어린이집을 다녔다. 할머니의 하나밖에 없는 손주로, 삼촌과 고모의 첫 조카로. 삼촌도 고모도 결혼을 하지 않았을 때였다.

그때의 나는 어떤 아이였을까.

사진 속의 나는 꽤 괜찮아 보인다. 웃는 얼굴이 예쁘다고 생각한 건지, 사진마다 아래윗니가 다 드러나도록 입을 크게 벌리고 과장되게 웃고 있다. 그렇다고 그 웃음이 가짜인 것은 아니다. 그 아이는, 그러니까 나는 보통의 웃음으로는 즐거운 마음을 다 표현할 길이 없어 온 힘을 다해 크게 웃은 것이다. 물론 때때로 엄마가 보고 싶었을 것이다. 아빠 생각에 울기도 했을 것이다. 사랑은 다른 사랑으로 대체되는 게 아니다. 하지만 다른 사랑으로 채워지기도 하는 거라서 할머니의 사랑이 외로움을 따뜻하게 달래 주었다. 구체적인 기억은 없지만 내 마음의 어딘가가 그 온기를 기억하고 있다.

나의 분명한 기억은 그 시절이 끝나 버린 어느 날이다.

한밤중이었던 것 같다. 일곱 살이었으니까 한밤중이라야 9시를 지났을 뿐이었는지도 모르겠지만, 아무튼 나는 할머니 방에서 자다 불현듯 깼다.

　방 안이 깜깜했던 기억이 난다. 모래 더미에 파묻힌 것처럼 어둠의 무게가 느껴졌다. 울음소리도, 숨소리도 비집고 나갈 수 없을 것 같았다. 불빛이라고는 방문 틈으로 희미한 거실 불빛이 스며들 뿐이었다.

　그 장면이 아직도 눈에 선하다. 눈을 감으면, 아니 그저 생각하는 것만으로 조금 전 들렀던 간호사실 앞 탕비실의 불빛처럼 선명하게 떠오른다.

　하지만 그건 사실이 아니다. 할머니는 아직 그 아파트에 살고 있는데, 4층인 할머니 집 안방은 단지 안쪽을 향해 있어서 한밤에도 가로등 불빛이 비쳐 든다. 그런데도 내 기억 속의 그날 밤 할머니 방은 호수 바닥에 파묻힌 듯 어두웠다.

　그 어둠 속으로 말소리가 들려왔다. 말, 격렬한 말들이었다. 울음도 있고 한숨도 있었다. 삼촌, 고모 그리고 엄마와 아빠와 할머니. 나를 걱정한 까닭인지 큰소리가 나지는 않았다. 하지만 어렴풋한 소리만으로 나는 겁에 질렸다.

　방문을 열고 거실로 나가고 싶었지만, 방문이 열리는 게 두렵기도 했다. 나는 옴짝달싹하지 못했다.

　그러다 다시 잠이 들었을까? 문을 열고 나갔을까? 울면서 할머니를 불렀을까? 아니면 엄마를? 아빠를? 더 이상의 기억은 없다.

　그 상황에 대해서는 나중에야 알게 되었다. 누가 나를 붙잡고 앉아 따로 설명해 준 적은 없지만, 도막도막 들은 것들이 있다. 나는 이제 조각들을 이어 붙여 그만한 진상은 짐작할 수 있는 나이가 됐다.

중국에서의 태권도 사업은 처절하게 실패했다. 할머니는 당했다고 표현하고는 한다. 자세한 내막은 모르지만 사업은 망했고, 엄마 아빠는 가진 걸 다 날리고 큰 빚을 졌다. 할머니의 유일한 재산인 어느 지하철역 근처의 오래된 3층짜리 상가 건물도 "해 먹었다". 해 먹었다는 말은 삼촌이 내게 가르쳐 준 말이다. 삼촌은 자신이 그랬는 줄도 모르겠지만.

엄마 아빠는 한동안 중국에서 지냈다고 한다. 일을 수습해 보려고 했지만, 아무 소용 없는 일이었다. 엄마 아빠는 빈손으로 돌아왔다. 한국에는 우리 가족을 위한 방 한 칸도 남아 있지 않았다. 갚을 길 없어 보이는 빚만 저승사자처럼 버티고 있었다. 저승사자, 이건 할머니가 종종 몸서리를 치며 썼던 비유다.

그때 할머니랑 가깝게 지내던 성당 교인 중 한 사람이 도움을 줬다. 손만두로 크게 성공한 사람이었다. 엄마 아빠는 그 가게 뒷방에서 먹고 자고 허드렛일을 하며 손만두를 배웠고, 일 년쯤 지난 뒤 '진정 손만두'를 차리게 됐다. 처음에는 지하철역 근처 골목 안쪽에 은신하듯 틀어박힌 테이블 세 개짜리 가게였는데, 지금은 확장을 했다. 옆에 있던 토스트 가게 자리까지 합쳐서 꽤 번듯한 만두 가게가 됐다.

나는 계속 할머니 손에서 자라고 있었다. 단지 내 유치원에 다니고, 단지 내 초등학교에 가고. 그 전과 달라진 점은, 내게 돌아갈 집이 없다는 거였다. 나는 엄마 아빠가 바빠서 잠시 할머니 품에 있는 손주가 아니었다. 눈만 마주쳐도 절로 웃음 짓게 하는 조카가 아니었다.

나는 오갈 데 없는 천덕꾸러기였다.

그때의 나는 그런 말도 몰랐을 것이다. 오갈 데 없다거나, 천덕꾸러기라거나. 그 역시 말보다 먼저 배웠다. 그런 처지를, 그런 마음을.

우리 가족에게는 정말로 집이 없었다. 태권도장도, 아파트도 다 남의 것이 되었다. 셋집조차 없었다.

할머니는 자주 한숨지었고, 종종 눈물을 보였다. 삼촌과 고모는 내내 화가 나 있었다. 고모는 계획했던 유학을 접어야 했고, 삼촌은 안경점을 차리는 대신 다시 남의 안경점에서 일하게 됐다. 할머니는 더 이상 월세 수입으로 노후를 보내지 못하게 됐고, 고모랑 삼촌이 생활비를 벌어 와야 했다.

그렇다고 할머니가, 고모와 삼촌이 나를 나쁘게 대한 적은 없었다. 나는 세 사람에게 어떤 원망의 말도 할 수가 없다. 오히려 고마워해야 한다고들 생각하겠지. 그렇게들 말하곤 한다. 호정아, 고모가 너 데리고 놀이터를 하도 다녀서 대학생 때 애기 엄마 소리 듣고 그랬잖아. 호정아, 삼촌이 술 마시고 들어와도 너 업어 재운 거 알지? 그들은 그렇게 기억하고 있다. 그랬던 적도 있을 것이다. 아마 그 깜깜한 밤이 되기 전에는.

그때 나는 알았다. 그냥 알았다. 그들은 나의 엄마 아빠 때문에 큰 피해를 봤다. 엄마 아빠를 미워하거나 적어도 원망했다. 그보다 더한 마음도 있었을 것이다. 하지만 엄마 아빠는 할머니 댁에 거의 오지 않았고, 나는 내내 거기 있어야 했다.

오갈 데 없는 채, 내 부모에 대한 원망이 가득한 곳에.

그게 그렇게 화나는 일이었을까? 삼촌과 고모를 만나면 문득문득 치밀어 오른다. 장남이라고 혜택만 입다가 결국 동생들 몫까지 다 날려 버린 형, 오빠. 나라도 화가 났을 것 같기는 하다. 하지만 적어도 당신들은 어른이었잖아.

고모는 자기 아들인 세형이한테 종종 그런다. 호정이 누나는 어려서 얼마나 말을 잘 들었는데! 우리가 안 된다는 말을 할 틈이 없었어, 틈이. 삼촌은 이렇게 말하기도 한다. 우리가 자식이 왜 없어? 호정이가 우리 딸이지. 엄마 아빠는 그런 말에 맞장구를 치며 웃는다.

왜 웃어? 왜 웃어, 지금?

나는 배신을 당한 기분이 든다. 적과 내통한 친구에게 독이 묻은 칼을 맞고 쓰러지는 중드 속 주인공처럼.

주인공은 대개 회생을 하고, 통렬한 복수를 한다. 배신한 상대는 죗값을 치르거나 깊이 회개한다.

하지만 나는 안다. 나는 주인공이 아니다. 우리 모두는 조연일 뿐이다. 독이 묻은 칼을 맞으면 죽고, 죽으면 되살아나지 못한다. 복수는 덧없는 맹세이며 누구도 회개 같은 건 하지 않는다.

엄마 아빠랑 삼촌 고모가 웃고 떠들며 즐거운 우리 집을 연출하고 있을 때, 할머니는 조용하다. 아무 말이 없다. 그때 할머니의 눈길이 내게 머물러 있음을 안다. 미안한, 안타까운, 애처로운, 딱한, 가여운, 짠한, 안쓰러운. 결국 그 모두는 사랑이라는 것도 안다.

하지만 할머니를 돌아보지 않는다. 모른 척한다. 할머니가 미워서가 아니다. 할머니를 생각하면 마음 깊은 곳에서 눈물이 솟는다.

그건 꽤 온도가 높은 거라서 내 마음이 녹아내릴 것만 같다. 그래도, 할머니가 아무리 나를 사랑한다고 해도, 할머니는 거기 있던 사람이다.

그 어둠으로 스며들던 차가운 빛 속에서 울고 있던 사람 중 하나. 그 밤의 사람 중 하나.

8

스타벅스에 앉아 넷플릭스로 미드를 봤다. 인강을 틀어야지 했지만 도저히 인강 앱으로 손가락이 안 움직였다. 그래도 한드나 중드를 보면 놀고만 있다는 기분이 들어서 미드를 틀었다. RM이 영어 공부 삼아 봤다는 「프렌즈」를 또 시도했는데, 어쩐지 나는 몰입이 안 됐다. 그래도 틀어 놓고 멍하게 앉아 있다 저녁 8시가 다 되어서야 일어났다. 배가 고파 노점에서 떡볶이를 좀 먹고 집에 가니 9시가 훌쩍 넘었다.

현관문을 열자 간장을 졸인 냄새가 떠돌고 있었다.

"언니다!"

진주가 우당탕탕 달려와 나를 와락 안았다. 그 아이는 따뜻하다. 처음부터 내내. 나도 모르게 진주를 번쩍 들어 꼭 안아 주었다. 어느새 진주는 꽤 무거워졌다. 금세 내려놓아야 했다.

"이것 좀 봐!"

진주는 소파로 달려가 양손에 원피스를 하나씩 들어 보였다. 가격표가 아직 붙어 있는 새 원피스였다.

"독일 할머니가 보내 줬다아!"

독일 할머니란 우리 할머니 여동생으로, 독일 사람이랑 결혼해서 독일에 살고 있다. 초등학교 교사였던 독일 할머니는 쉰이 넘도록 독신이었는데, 방학을 맞아 혼자 떠난 멕시코 여행에서 지금의 프란츠 할아버지를 만났다. 그 후의 스토리는 드라마 같아서 거의 비현실적이다. 프란츠 할아버지라는 호칭부터가.

아무튼 그건 이제 진주의 원피스였고, 나는 마땅한 반응을 했다.

"완전 예쁘다!"

독일에서는 그게 최신 유행인지 몰라도 내 눈에는 촌스러웠다. '응답하라' 시리즈에서 소품으로 쓰면 딱 되겠네. 그런데 진주가 원피스를 던지듯 내려놓더니 올리브그린 목도리를 들어 보였다.

"이건 언니 거야. 그리고 이거는 우리가 같이 먹는 거!"

소파 앞 테이블에 둥글넓적한 틴 케이스가 있었다. 진주가 뚜껑을 여니 진한 버터 냄새가 났다. 진주가 과자 하나를 가져와서 내 입에 넣어 주려고 했다.

"안 돼. 밤에 먹으면 살쪄."

"안 돼. 많이 먹어야 키 크지!"

나는 바닥에 앉으며 진주를 또 꼭 안았다. 진주의 따뜻한 목덜미에 이마를 기댔다. 진주를 데리고 도망쳐 버릴까? 아주 먼 도시로 가는 거야. 이름을 바꾸어야지. 진정 손만두의 호정과 진주, 그런 유치한 이름 말고. 그래, 외국으로 가는 게 좋겠다. 캐나다? 호주? 다들 거기가 좋다고 하던데. 삐삐랑 아니카는 어떨까? 초등학교 때

삐삐 책을 재미있게 읽었던 기억이 난다. 삐삐는 힘이 세고 돈이 많지. 어른도 필요 없고.

"저녁은 먹었어?"

가스레인지 앞에서 멸치볶음을 만들고 있던 엄마가 나를 돌아보며 물었다.

"응. 먹었어."

"감자탕 따로 덜어 놨는데. 할머니가 포장해 오셨어. 너 거기 감자탕 좋아한다고."

엄마가 가스레인지 불을 끄고 우리 쪽으로 왔다.

"아빠는 좀 전에 자러 들어갔어. 내일 새벽에 북한산 일출 보러 간대. 맨날 뜨는 해 뭐가 신기하다고 그러는지."

엄마는 묻지 않은 말을 하며 옆에 앉아 말을 이었다.

"독일 할머니가 또 할머니한테 선물을 보내셨대. 너희들 크리스마스 선물도 같이. 크리스마스 때는 프란츠 할아버지랑 크루즈 여행을 가신다네. 그래서 미리 보내신 거래. 예쁘지?"

예쁘고 말고 할 것도 없었다. 그건 그냥 목도리였다. 엄마가 한번 둘러 보라며 목도리를 내밀었다.

"더워."

"그래, 그럼 나중에······. 이거 캐시미어 100프로더라. 비쌀 텐데. 유럽에서는 캐시미어가 좀 싸다고는 하더라마는, 아무튼 캐시미어 목도리 좋아. 따듯하고 가볍고 부드럽고. 그치?"

나는 마지못해 손끝으로 목도리를 만져 봤다. 부드럽기는 했다.

"독일에서 아무리 잘 지내고 있어도 한국이 그리우신가 봐. 하긴 그때 다녀가신 게 언제야, 벌써."

그때, 그건 독일 할머니가 십 년 만에 한국에 왔을 때를 말한다. 내가 중학교 2학년을 마칠 무렵이었다. 진주가 한창 한글을 배우던 때라 집 안 물건에 온통 한글 카드가 붙어 있던 기억이 난다. 독일 할머니는 석 달 정도 한국에 머물렀고, 그러다 떠나기 바로 전의 어느 날이었다. 엄마 아빠가 우리 할머니랑 독일 할머니 그리고 프란츠 할아버지를 우리 집으로 초대했다. 한 상 차려서 모두 잘 먹었고, 어른들은 맥주도 조금 마셨다. 진주는 분위기에 취한 듯 평소보다 흥분해서 집 안을 정신없이 돌아다니며 물건에 붙은 한글을 읽었다. 그때마다 박수와 환호성이 터졌다. 한국 애들치고는 결코 빠른 편이 아니었는데, 독일 할머니는 천재다, 천재야 하며 진심으로 칭찬을 했다. 그러다 우리 할머니가 진주는 못 듣게 목소리를 낮춰 말했다.

"우리 호정이는 진짜 천재였지. 아무도 안 가르쳐 줬는데 혼자 한글을 뗐잖아."

엄마는 뿌듯한 표정을 하고도 이렇게 말했다.

"어머니가 열심히 가르쳐 주셨잖아요. 다 그 덕분이죠."

"나야 길 가다 간판이나 읽어 주고 그랬지. 호정이는 혼자 다 배웠어. 애가 똑똑했잖아. 지금도 공부 잘하고."

아무리 독일로 이민 간 지 십 년이 지났어도 한국인은 한국인이었다. 독일 할머니가 그 말에 반색하고 물었다.

"호정이가 공부를 잘해?"

"허허허. 잘하는 편이죠. 허허허허."

아빠가 그렇게 웃었던 것 같다. 엄마도 슬쩍 말을 보탰다.

"요즘은 한국 중학교에서도 성적표에 등수 같은 게 나오고 그러지는 않는데요, 전부 A만 받아 와요. 담임 선생님 말씀이 전교권이라고. 학원에서도 제일 공부 잘하는 반에 있어요. 교대 가고 싶다 그러네요."

그 말에 독일 할머니는 물정 모르는 소리를 했다.

"그렇게 공부를 잘하는데 교대는 무슨 교대야. 의대를 가야지. 법대도 괜찮겠다."

"요즘 교대가 얼마나 센데요, 공부 진짜 잘하는 애들만 가요."

그렇게 말한 것은 아빠였을 것이다. 엄마였을지도 모르고.

독일 할머니는 그런 이야기를 옆에 있는 프란츠 할아버지한테 일일이 통역했다. 한 마디도 알아들을 수 없는 독일어 사이로 내 이름이 툭툭 튀어나왔다. 프란츠 할아버지가 내게 양손 엄지를 치켜들며 무어라고 말했다. 칭찬과 감탄의 말이라는 걸 느낄 수 있었다.

그러다 독일 할머니가 양손으로 우리 엄마의 손을 꼭 감싸 잡았다.

"에미야. 너희가 고생한다는 말을 듣고도 멀리서 도와줄 방법도 없고 얼마나 속이 상했는데, 장하다, 장해. 웅섭아. 너도 고생이 많았어. 그 어려움을 기어이 이겨 내고 애를 이렇게 잘 키웠네. 세상에. 아휴, 장한 내 조카님들."

엄마가 눈물을 보이기 시작했다. 아빠는 후, 하고 안개 같은 한숨을 토해 내고 말했다.

"부모가 자식 키우는 거야 당연하죠, 뭐. 칭찬받을 일이겠어요?

손목이 부러지도록 만두를 빚어서 우리 애들 뒷바라지해야죠."

그쯤에서 말머리가 다시 내 쪽을 향했다. 독일 할머니가 내 손까지 끌어다 잡으며 말했다.

"그래, 호정아. 엄마 아빠 고생하는 거 알지? 이제 살 만하다고 해도 만두가 이게 보통 일이 아니다. 너희 엄마 아빠가 이러고 살 사람들이 아닌데, 오직 자식들 생각하면서 이 고생을 다 견디는 거야. 너는 그저 하던 대로 열심히 하면 된다. 그게 부모한테 보답하는 거야."

그 말에 엄마가 말했던 것 같다.

"호정이는 지금도 잘하고 있어요."

무엇을? 보답을? 모르겠다. 그날의 무엇이 내 속을 그렇게 뒤집어 놓았는지. 나는 속이 좋지 않다며 방으로 들어갔고, 그다음은 잘 생각나지 않는다. 웹툰을 보다가 잤던 것 같다.

그날 이후 나는 달라졌습니다, 같은 건 아니다. 수학 공식처럼 숫자를 대입하면 답이 나오는 게 아니다. 논술처럼 서론과 본론과 결론이 분명한 것도 아니다. 그냥 그렇게 됐다. 그냥 뭔가 싫어졌고, 학원도 하나씩 끊게 되었다. 성적도 떨어졌다.

사람은 왜 자기한테 일어난 일을 제대로 이해하지 못할까. 제 마음의 일을 어째서 자신이 모를까. 그건 제 안에만 담긴 거라서 남들은 절대로 알 수 없는 것인데. 자신조차 이해하지 못하면 끝내 아무도 모를 일인데.

내 목도리는 바닥에 덩그러니 놓여 있었지만, 진주의 원피스들은 거실을 날아다녔다. 이미 몇 번이나 입어 봤을 텐데, 진주는 내 앞에서 또 패션쇼를 열었다. 나는 앱을 바꿔 가며 진주의 모습을 사진으로 찍어 줬다. 그러고 사진을 엄마 스마트폰으로 전송하고 있는데, 아빠가 안방에서 나왔다.

"늦었네?"

아빠 눈길이 거실 시계로 갔다가 내게로 왔다.

"어."

"공부하다 왔어?"

"냅 둬. 애가 알아서 하는데. 들어가서 자, 들어가."

엄마가 아빠를 안방으로 떠밀었다. 아빠는 못 이기는 척 물러나면서도 한마디를 덧붙였다.

"할머니가 한참 기다리셨는데."

아빠는 기어이 할 말은 한다. 기어이가 되기 전에도 참고 있다는 티를 낼 만큼 낸다. 엄마는 그런 아빠를 말리곤 하지만, 그렇다고 아빠와 마음이 다른 건 아니다. 나중에 자기들끼리 그러겠지. 애 요즘 예민한데 건들지 마. 도대체 언제까지 눈치를 봐야 해? 모르겠어, 나도. 애가 왜 저러는지. 사춘기가 늦게 왔나 봐.

"유자차 타 줄까?"

엄마가 묻는 말에 나는 됐다고 했는데, 진주가 박수를 쳤다.

"나도! 나도!"

"어린이는 어서 이 닦고 침대로 가세요. 책 읽어 달라면서."

"아, 맞다!"

진주는 욕실로 달려 들어갔다. 엄마가 밤마다 침대 머리맡에서 『오즈의 마법사』를 읽어 주고 있는 터였다. 나는 『오즈의 마법사』

라는 책이 그렇게 긴 시리즈라는 걸 처음 알았다. 엄마가 그렇게 실감 나게 책을 잘 읽는다는 것도, 물론.

나는 방에 들어갔다. 몹시 피곤해져서 옷도 갈아입지 않고 침대에 누워 있는데, 문자가 왔다. 알림음이 울리는 순간 알았다.

은기였다.

—잘 들어갔어?

나는 스마트폰을 한참 들여다보고 있었다. 도저히 할 말이 떠오르지 않았다. 그런 식으로 대꾸하고 싶지는 않았지만 어쩔 수 없었다.

—응. 너는?

엄마 일은 잘 도와드렸어? 엄마가 약사라면 너는 어렵게 자라지는 않았겠구나. 집이 없었던 적도 없겠지. 삼촌과 고모의 눈총을 받으며 얹혀살았던 적도 없겠고. 그런데 너는 왜 그래? 너에게 있는 그건 뭐야? 그런 말들은 조금도 전해지지 않았을 것이다. 문자 메시지로는. 카톡이라도, 페이스북이라도 마찬가지였겠지. 우리가 마주 섰을 때조차도.

—나는 엄마랑 감자탕 먹고 들어왔어.

그만 웃음이 났다. 어느 거리에나 있는 감자탕. 은기와 나 사이에는 수십 개의 감자탕집이 있을 것이다. 그건 우연도 뭣도 아니었지만, 반가운 마음이 들고 말았다.

—나도 감자탕 먹었는데. 할머니가 포장해 오셨어. 내가 좋아하는 가게에서. 나 어릴 때부터 그 집 감자탕 완전 좋아했거든.

그 답장은 참 그럴싸했다. 마음에 들었다. 사실이 아니라는 것만 빼면. 그렇다고 모두 거짓은 아니었다. 억지로 몸을 일으켜 책상 위를 봤다.

하얀 봉투가 있었다. 성당 이름이 찍힌 봉투 안에 십만 원이 들어 있을 것이다. 그게 우리 할머니의 방식이다. 할머니는 이따금 돈을 주며 그러신다. 너 사고 싶은 거 사. 다 써. 그래도 대부분 통장에 넣었지만, 그날은 할머니 말을 듣고 싶어졌다. 페이스북으로 나래한테 메시지를 보냈다.

—쇼핑할 거야.

나래가 기다렸다는 듯 링크를 일곱 개나 보냈다. 나래는 주말이면 엄마랑 같이 백화점에 가고, 그러다 아무 날도 아닌데 백화점에서 파는 옷을 사기도 하고, 구찌 파우치에 랑콤이나 맥 화장품을 채워 다니지만, 나래의 쇼핑 세계는 엄마에게 한정되어 있지 않다. 나래가 보내 준 링크는 다 괜찮았다. 상품들도, 가격도. 그래도 전에 봐 두었던 트렌치코트부터 확인했지만, 이미 품절이었다. 몹시 실망해서 앉아 있는데, 나래가 링크 하나를 더 보냈다.

정말이지 저걸 어디에 들고 가나 싶은, 그러나 보고만 있어도 흐뭇해지게 예쁜 클러치 백이었다. 그래도 살까 말까 잠시 고민하고 있는데, 은기한테 또 문자 메시지가 왔다.

— 나중에 감자탕 먹으러 가자.
— 좋아.

나는 클러치 백을 주문했다.

9

어느덧 학교 앞 은행나무들이 물들기 시작했다. 오후 햇살을 받아 그렇게 보이는 것도 아니고, 햇빛이 잘 드는 자리에만 서둘러 물드는 것도 아니고, 온통. 학교 앞 온 거리에.

어쩌면 학교가 더 어두워져 그런 건지도 몰랐다. 지독스럽게 환하던 별관이 깜깜해졌다. 수능 다음 날이었다. 어쨌거나 3학년들은 단 한 사람도 빠짐없이 야자에서 탈출했다. 그쪽 세상이 좀 더 나을지는 모르겠지만.

별관에 불이 환할 때는 그게 이따금 신경 쓰였는데, 깜깜해져도 마찬가지였다. 수능이 끝났다. 그건 내 자리가 성큼 앞줄로 당겨져 버렸다는 뜻이었다.

잠시 바람을 쐬고 싶어 조용히 교실을 나섰다. 중간에 움직인다고 해서 딱히 눈치가 보이거나 하지는 않았다. 야자 시간은 좀 어수선해져 있었다. 2학기 중간고사도 끝났고, 성적에 대한 충격도 어물어물해져 있을 때였다. 계속되는 고통은 없는 것이다.

최선을 다하는 게 중요해. 초등학교 땐 분명 그렇게 배웠다. 결과보다 과정이 중요하다고도 했다. 4학년 때 선생님은 학기 말에 반아이들 모두에게 상장을 주었다. 친절상, 도움상, 웃음상, 독서상, 용감상…… 늘 한 박자 늦던 아이는 꼼꼼상을 받았다. 선생님은 세상에 아름답지 않은 꽃은 없다고 했다. 아름다운 것에는 등수가 없다고도 했다. 선생님, 왜 우리한테 거짓말하셨어요?

건물 밖이라고 해 봐야 딱히 갈 곳도 없었다. 하릴없이 운동장 둘레를 따라 걸었다. 홍제천 생각이 났다. 지금도 물소리가 다정하게 울리고 있을까. 밤에도 왜가리가 있나 모르겠네. 고양이는 야행성이니 밤에 더 많겠지. 밤중에 산책하는 강아지들도 있을 것이다. 시추도 가을밤을 행복하게 걷고 있으면 좋겠다.

그때 스마트폰이 진동했다. 은기였다.

―어디야?

―운동장.

―농구해?

농구? 그러고 보니 나는 농구대 아래에 와 있었다. 우리 교실 쪽을 돌아보았다. 교실에서 내가 보이나? 누군가 농구대 아래에 있는 정도는 보일 것이다. 얼굴이 안 보여도 짐작은 할 수 있겠지. 알아본다고 하는 게 맞나.

은기한테 다시 문자가 왔다.

—야자 쩔까? 야자 째는 거 해 보고 싶어.

누가 보면 날마다 죽자고 공부하는 학생인 줄 알겠네. 나는 슬며시 웃음이 번지는 걸 느끼며 답장을 고심했다. 그때 다시 문자가 왔다.

—배고파.

나는 그 문자를 한참 봤다. 8시가 조금 넘은 때였다. 처음도 아니었다. 둘이서 떡볶이 정도는 아무렇지 않게 먹어도 되겠지. 감자탕도 먹으러 가기로 약속해 둔 참인데.

—나도.

곧 은기가 가방을 챙겨 들고 나왔다.
"나 오늘 진짜 먹고 싶은 게 있어. 같이 가 주라."
합정역 근처에 있는 가게라 야자 끝나기 전까지 돌아오기는 어려울 것 같다고 했다. 그렇게까지는 생각지 않았던 터지만 나는 알았다고 하고 교실로 돌아갔다. 은기랑 내가 잇달아 중간에 나가면 애들이 어떻게 생각할까. 가방을 챙기는데 그런 생각이 들었다. 슬쩍 둘러봤지만 나한테 관심을 두는 애들은 없었다. 있다고 한들 상관하지는 않았을 것이다. 나는 마음이 급해져 있었다.
건물 밖으로 나가니 은기가 바로 앞에서 기다리고 있었다. 마을

버스를 타고 은기를 따라가 도착한 곳은 큰 도로 바로 뒷골목에 있는 작은 가게, 다름 아닌 '만둣집'이었다. 상호가 그랬다.

만둣집 SINCE 2002.

헛웃음이 났다. 만두 가게라고?

"왜, 만두 싫어해?"

그렇게 묻는 은기 얼굴에 걱정이 떠올랐다. 아니라고 말해 주고 싶었지만, 그건 그리 간단한 게 아니었다.

"들어가자."

내가 먼저 앞장서 들어가 창가 자리에 앉았다. 골목 저편 노래방에서 누군가 발라드를 부르는 소리가 흘러나오고 있었다. 실연이라도 당했는지 절절하기 그지없었지만, 본인은 본인 노래를 듣지 않는 편이 좋을 소리였다.

만둣집은 상호만큼 메뉴도 간단했다. 오직 만두만 세 가지였다. 고기만두, 김치만두, 청양고추만두. 그걸 또 군만두와 손만두 중에 선택할 수 있었다. 2인용 모둠 세트도 있었다.

"청양고추만두라니 말만 들어도 무섭다."

내가 말했다. 하지만 그게 만둣집의 대표 메뉴라고 했다. 다들 그걸 먹는 듯했고, 은기도 그 때문에 온 거였다.

"아냐, 아냐. 먹어 봐. 진짜 맛있어. 군만두로 먹으면 돼. 네가 생각하는 그런 맛이 아니야. 운동화도 튀기면 맛있는 거 알지?"

몰랐다. 나는 소리 내어 웃었다. 그렇기는 할 것이다. 튀겼는데 뭘들. 하지만 나는 불닭볶음면 하나를 먹으려면 쿨피스 1리터가 필요하다. 그렇게 말해도 은기는 우겼다.

"나는 초등학교 때부터 먹었어. 일주일에 한 번은 먹었을걸? 학교 근처에 지점 있는 거 알고 얼마나 반가웠는데. 쥐구멍에 볕 든다는 게 이런 말이구나 했다니까."

은기는 홈 쇼핑에 출연할 기세였다. 그 모습이 뜻밖이기도 하고, 좀 귀여웠다. 내가 그저 웃고만 있자 은기가 또 말했다.

"나를 믿고 딱 한 번만 먹어 봐. 괴롭게 매운맛이 아니야. 튀기면서 그 매운맛이 사라지고……. 아, 말로는 설명을 못 하겠네."

결국 모둠 세트를 시켰다. 청양고추만두는 은기가 다 먹기로 하고. 만두가 나오자 은기는 내가 달래도 거절할 것 같은 얼굴로 청양고추만두를 먹었다. 어찌나 맛있게 먹는지 나도 먹어 보고 싶은 마음이 절로 들었다. 그런 낌새를 알아챈 듯 은기가 청양고추만두 하나를 내 앞접시에 놓아 주었다.

과연 맛있었다. 만두피는 크루아상처럼 바삭거리고, 만두소는 촉촉했다. 또 향긋했다. 고추가 그렇게 향긋한 냄새를 풍길 줄은 상상도 못 했는데.

"맛있지? 놀랐지?"

은기는 아주 신이 났다. 마치 자기가 빚은 만두라도 되는 듯. 내가 맛있다고 하자 청양고추만두를 하나 더 앞접시에 챙겨 주었다.

포장을 해 가는 사람들도 계속 있었다. 늦은 시간인데도 포장 줄만 몇 사람이나 되고, 가게에는 빈 테이블이 거의 없었다. 새삼 가게를 둘러보았다.

만둣집 SINCE 2002. 한쪽 벽면에 금색 글자가 커다랗게 붙어 있고, 그 아래에는 홍보물들이 있었다. 언론이나 텔레비전 프로그램에 소개되었던 걸 출력해서 붙여 두었고, 연예인 사인도 꽤 있었다. 만두 모양 아크릴판에는 학교 홈페이지에 나오는 연혁처럼 가게의 역사가 적혀 있었다. 합정점은 생긴 지 이 년도 안 됐고, SINCE 2002는 수원에 있는 본점의 역사였다.

초등학교 때부터.

좀 전에 은기가 스치듯 했던 말과 만둣집의 역사가 이어서 떠올랐다. 그건 청양고추만두가 맵지 않다는 걸 강조하려던 말이었을 뿐인데. 그렇게만 알아들으면 될 일이었는데. 그랬다면 좋았을 텐데.

그러나 내게는 은기의 말 사이에 숨은 것들이 자꾸 보였다. 애써 보려던 건 아니었다. 그냥 보였다.

"수원 살았어?"

내가 물었다. 떠오르는 대로 물은 거였다. 수원. 외가가 있는 대전에 가느라 기차를 타고 지나쳤을 뿐, 가 본 적은 없었다. 정조 대왕과 정약용과 화성, 그렇게 한국사의 한 장면으로 기억할 뿐이었다. 교과서에 찍힌 검정 글씨 같은 도시였다, 내게는. 그때까지는.

수원.

은기는 그 한마디에 움찔했다. 얼른 눈을 들어 나를 봤다. 당황한 눈. 아니, 겁에 질린 눈이었다. 나도 모르게 얼른 눈을 내리떴다. 해서는 안 될 말을 한 것 같았다.

은기와 나는 아무 말도 하지 않았다. 청양고추만두의 향긋한 냄새 대신 어색한 공기가 테이블을 차지해 버렸다. 우리는 말없이 계속 먹었다. 먹기는 했다. 그 밖에 달리 뭘 할 수 있었겠는가. 만두에서 갑자기 고기 누린내가 느껴졌다. 비위가 상해서 더 먹을 수 없었다. 애초에 만두라니, 내키지 않는 일이었다. 억지로 더 먹다가는 체할 것 같았다.

나는 젓가락을 내려놓았다.

"그만 먹어?"

은기가 물었다. 그제야 눈을 들어 보니 은기도 입맛이 가신 얼굴이었다. 문득 눈이 뜨거워졌다. 몹시 속이 상했다. 그런 애들이 있다. 무언가 말할 수 없는 것을 품은 애들. 은기가, 은기도 그런 애라는 사실이 나를 슬프게 했다. 서럽게 했다. 그렇다고 만두를 먹다 말고 울 수는 없는 일이었다. 나는 따뜻한 보리차를 반 잔쯤 천천히 마셨다. 은기는 그저 잠자코 있었다. 그러다 마음이 차분해진 것 같아서 내가 먼저 입을 열었다.

"있지, 나⋯⋯."

그런데 다시 또 훅, 뜨거운 기운이 치밀었다. 은기가 놀라 나를 봤다. 눈을 내리뜨고 있어도 그 시선이 느껴졌다. 안 돼, 울지 마. 나는 있는 힘을 다해 뜨거움을 눌러 삼켰다. 하지만 한마디가 기어이 나왔다.

"만두 안 좋아해."

"정말? 그럼 딴 데 갈걸. 다른 거 먹어도 되는데."

은기는 몹시 후회스러워했다. 누가 들었으면 대학 입시 원서라도 잘못 쓴 줄 알았을 것이다.

"미안해."

"아냐, 아냐. 네가 왜 미안해. 내가 말을 안 한 건데."

"그래도 내가 물어봤어야 했는데. 만두 좋아하냐고. 아무튼 나가자. 뭔가 개운한 걸로 입가심하자."

은기는 말을 다 끝내지도 않고 일어섰다. 하지만 나는 꼼짝도 하지 않았다. 할 수 없었다. 왜 그랬는지 모르겠다. 그 순간 손가락이라도 까딱했다가는 무언가 무너질 것만 같았다. 온 힘을 다해 몸으로 틈새를 막고 있던 둑 같은 것. 은기가 다시 자리에 앉았다. 말없이 나를 보고 있다가 잔을 들고 일어나 따뜻한 보리차를 새로 담아 왔다. 은기가 잔을 내 쪽으로 밀었다. 눈앞으로 수증기가 부드럽게 피어올랐다.

눈물이 왈칵 솟았다. 은기도 그랬겠지만, 더욱 당황한 건 나였다. 미쳤나 봐, 너 왜 이래? 울음이 터진 것도 아니고, 슬픔이라는 감정이 덮쳐 온 것도 아니었다. 마냥 눈물이 솟았다. 은기가 티슈 통을 밀어 주었다. 몇 장 뽑아서 눈물을 닦으니 마스카라가 묻어 나왔다. 망했다, 망했어. 눈 화장 걱정을 하면서도 눈물이 그치지 않았다. 한참을 그렇게 운 줄로만 알았다.

그런데 마지막으로 눈가를 닦으며 은기 뒤 벽시계를 보니 다행히 십 분도 채 지나지 않은 것 같았다. 그제야 은기를 봤다가, 나는 또 얼른 눈을 피했다.

"나 웃기지?"

내가 물었다. 은기는 조용히 웃기만 했다. 칫, 나는 부러 그런 소리를 내고 스마트폰을 열어 거울을 봤다. 눈 화장은 다 지워져 있었다. 그래도 걱정했던 것만큼 우스꽝스러운 꼴은 아니었다.

"나가자."

그러면서 은기가 먼저 일어나 계산을 했다.

"울린 값."

은기가 말했다. 나는 순순히 고개를 끄덕였다. 만둣값 정도는 받아 낼 만했다.

만둣집 밖으로 나와 은기가 나를 봤다. 왜? 하듯 나도 마주 보니 은기가 말했다.

"잘 우는 앤 줄 몰랐는데."

"나 잘 안 울어. 안 우는 애야."

잠깐 울었을 뿐인데 탈진한 듯 기운이 없었다. 100미터만 가면 되는 버스 정류장이 한없이 멀어 보였다. 한숨이 나왔다.

그때 은기가 내 손을 잡았다. 그리고 한 걸음, 나도 은기 손을 마주 잡았다. 몇 걸음 가다가 은기가 잡은 손에 살짝 힘을 주었다. 우리는 그렇게 함께 걸었다. 우리에게는 다른 어떤 소리도 없었다. 우리는 그저 손을 잡고 있었고, 온통 흔들리고 있었다.

손이란 참 힘이 세구나. 그저 조금 힘을 주었을 뿐인데 온 마음이 전해지는구나. 따스해지는구나. 또 그만 눈물이 솟았다. 조금도 슬프지 않은데, 왜, 대체.

은기는 왜냐고 묻지 않았다. 울지 말라고 말하지도 않았다. 은기도 알고 있는 거였다. 스스로 설명할 수 없는 눈물이 있다는 걸. 은기도 그렇게 울어 본 거였다.

은기는 가만히 곁에 있었다. 그저 조용히, 이따금 힘주어 손을 잡아 주며.

"갈까?"

은기가 그렇게 물었을 때는 내 눈물이 그쳐 있었다. 나는 고개를 끄덕였다. 우리는 횡단보도를 건너 버스 정류장으로 갔다. 곧 버스가 왔다. 우리는 손을 놓고 차례로 버스에 탔다.

양화 대교를 건너온 버스에는 빈자리가 많지 않았다. 맨 뒷줄은 비어 있었지만, 그 사이에 선 사람들을 억지로 헤집고 들어가기도 좀 그랬다. 뒷문 바로 다음다음 2인석 중 한 자리가 비어 있었다. 통로 건너 자리도 비어 있었다. 나는 뒷문 쪽 빈자리에 앉았고, 은기는 내 옆에 섰다.

어두운 차창에 은기가 비쳤다. 나는 자세를 고쳐 등받이에 등을 기대앉았다. 은기의 모습이 사각의 유리창에 온전히 담겼다. 은기도 창을 물끄러미 바라보고 있었다. 그 속에 내가 있었다. 은기를 바라보고 있는 내가, 그 창을 바라보고 있는 내가.

유리창에 손을 대고 싶었다. 손끝으로 은기를 그려 보고 싶었다.

버스가 연희동으로 접어들 무렵 내 옆자리 여자가 일어섰다. 지나갈 자리를 만들어 주려고 옆으로 틀어 앉았다. 은기랑 눈이 마주쳤다. 얼굴이 붉어지는 게 느껴졌다. 얼른 창문으로 다시 얼굴을 돌리고 안으로 당겨 앉았다. 은기가 내 옆에 앉았다. 우리는 나란한 얼굴로 창을 바라보고 있었다.

버스가 흔들릴 때마다 우리는 스치거나 스칠 듯했다. 은기의 손이, 크고 따뜻한 손이, 조금 힘을 준 것만으로 온 마음을 전하는 그 손이 내 곁에 있었다. 그 사실만으로 나는 가슴이 뛰었다. 그 박동이 고스란히 은기에게 전해질 것만 같았다. 나는 꼼짝도 못 하고 창을 보기만 했다. 은기도. 창 속의 은기도.

"다음 정류장은 산성터 시장, 산성터 시장입니다……."

방송을 듣고서도 우리는 꼼짝 않고 있었다. 그 어두운 창 속에 사로잡혀 버린 것처럼. 버스가 정류장에 서고 아파트 단지가 눈에 들어오고서야 허둥지둥 일어나 가까스로 버스에서 내렸다.

아직은 부드러운 가을밤이었다. 전날은 수능 티를 내느라 그렇게도 춥더니만. 우리는 밤의 아파트 단지를 조용히 지났다. 다시 길을 건너 홍제천으로 이어지는 나들목에 이르렀다. 그게 우리의 갈림길이었다.

은기가 우리 집으로 가는 길을 힐긋 보더니 물었다.

"어둡네. 데려다줄까?"

"아냐. 맨날 가는 길인데, 뭐."

그렇게 대답한 나를 때려 주고 싶었다. 하지만 나는 또 말하고 있었다.

"걱정 마."

"응."

그러고도 은기는 가지 않았다. 나도. 그러다 그만 둘이 동시에 피식 웃었다.

"집에 가서도 울 거야?"

은기가 물었다. 그 얘기는 또 왜 꺼낸담. 나는 은기를 쳐다보며 다시 말해 주었다.

"안 울어. 나 안 우는 애라니까."

"난 울 건데. 난 잘 우는 애야."

명백히 농담을 하는 말투, 그런 얼굴이었는데 나는 어째 가슴이 철렁했다. 하지만 나 역시 농담처럼 받아 주었다.

"알거든."

알 것 같았다. 아니, 알았다. 정말로. 왜 아는지 설명할 순 없지만, 그냥 알았다. 그러니까 이제 은기에게 아무것도 묻지 않기로 했다. 궁금해하지도 않기로 했다. 페이스북이든 인스타그램이든 카카오 톡이든 벌써 나온 주민 등록증이든 수원이든. 은기는 잘 우는 애니 까. 울 준비가 되었을 때 은기가 말해 줄 것이다.

나는 그렇게 믿었다. 지금도 믿고 있다. 은기는 그랬을 것이다. 그때는, 그 밤에는.

"알아. 진짜."

나는 또 말했다. 여전히 농담 투인 채, 그렇게라도 한 번 더 말하 고 싶었다.

손을 뻗으면 거기, 은기가 있었다. 손이 있었다. 나는 그 손이 얼 마나 따듯한지 이제 알고 있었다.

하지만 나는 고작 이렇게만 말했다.

"갈게."

"응. 조심해서 들어가."

내가 먼저 돌아섰다. 우리는 서로 멀어져 갔다.

그래도 내 손에 여전히 은기가 있었다. 부드럽고, 조금 뜨거운, 이따금 잠결에 몸을 뒤치듯 검지를 살짝 움직이던. 나는 걸음을 멈 추고 손을 봤다. 은기는 없었다. 그토록 선명하게 느껴지는데도. 슬쩍 돌아보니 은기가 보이지 않았다. 나는 서둘러 몇 걸음 되돌아 갔다.

은기가 보였다. 저만치, 바라보기만 해도 숨 가쁜 오르막을 뛰어
오르고 있었다.

10

은기야?

그날 밤 내 생각의 시작은 그랬을 것이다. 은기야. 나는 만두가 싫어.

초등학교 3학년 때였다. 그러니까 내가 엄마 아빠랑 살기 시작한 때였다. 우리 가족에게도 다시 집이라는 게 생긴 때였던 것이다.

전학하고 얼마 안 되어서 내 딴에는 친구들이랑 친해지려고 애쓰고 있었나 보다. 하루는 애들한테 우리 집이 만두 가게라는 얘기를 했다. 엄마 아빠가 손으로 일일이 만두를 빚는데 얼마나 맛있는지 모른다고 자랑을 했다. 다섯 명? 여섯 명? 아무튼 나는 친구들을 우리 가게로 데려갔다. 얼마나 의기양양했는지 모른다. 친구들이 생겼다고 엄마 아빠한테 자랑을 하고 싶었다. 나도 엄마 아빠가 있는 곳으로 친구들을 데려가고 싶었다. 집이 아니라 가게라도 상관없었다.

학교에서 가게까지는 꽤 멀어서 가는 동안 친구들이 좀 투덜거렸다. 그래도 우리 가게에는 음료수도 많다는 말로 달랬다.

그렇게 가게에 도착해서 문을 왈칵 열었다. 엄마를 불렀던가? 아빠를 불렀던가? 아무튼 내 입에서 그 소리가 끝나기도 전에 엄마 아빠의 표정이 싹 변했다. 아빠는 무섭게 눈을 부라리며 무슨 말인가를 하려다 입을 다물고는 주방으로 들어가 버렸다. 엄마가 어색하기 짝이 없는 웃음을 지으며 집에 가서 놀아, 했다. 그러면서 나를 슬쩍 흘겨봤다.

친구들도 단숨에 상황을 알았다. 애들은 안다, 원래. 친구들이 뒤에서 뭐라고들 숙덕이는 소리가 들렸다. 실제로는 누구도, 한 마디도 하지 않았는데. 잘못을 저지른 것처럼 숨도 안 쉬고 있었는데, 내 귀에는 친구들이 숙덕이는 소리가 들리는 것만 같았다. 친구들이 슬금슬금 가게 밖으로 나가는 게 느껴졌다. 아빠가 주방에서 나와 으르렁대듯 말했다. 집에 가서 놀아!

나는 꼼짝없이 서 있었다. 고집을 부렸던 게 아니다. 몸이 움직이지 않았다. 그대로 사라지고 싶었다. 도대체 이 일을 어떻게 수습해야 할지 눈앞이 캄캄했다. 얼마나 그렇게 서 있었나 모르겠다. 엄마가 내 손목을 잡고 밖으로 데리고 나갔다.

조금 떨어진 자리에 당황한 분위기로 모여 있던 친구들이 엄마를 보고는 어색하게 인사했다. 엄마가 바로 옆 편의점으로 우리를 데려가서 아이스크림을 하나씩 사 주었다. 나는 먹지 않겠다고 했고, 엄마도 굳이 권하지 않았다.

아이스크림을 먹는 친구들과 함께 돌아갔다. 중간에 목이 마르다는 애들도 있었는데, 다행히 그중 하나가 다니는 교회를 지나던 차라 교회에 들어가서 물을 마셨다. 그러다 교회에서 걔네 엄마를 만났고, 애들은 우르르 그 집으로 놀러 갔다.

너는 안 가니?

아줌마가 그렇게 물었던 것 같다. 애들은 아무도 묻지 않았고. 나는 고개를 젓고 집으로 돌아갔다.

그다음으로는 딱히 기억이 없는 것으로 보아 별다른 일은 없었던 것 같다. 나도 그 일을 금세 잊었다. 잊었다고 생각했다.

그런데 언제 다시 그 일이 생각났을까? 6학년 때? 아마도 그랬을 것이다. 학교 끝나고 엄마를 따라 어린이집에 진주를 데리러 갔을 때. 엄마아! 하고 달려와 안기던 진주를 봤을 때. 혹은 다른 어떤 때.

은기한테 그냥 다 말할 걸 그랬다는 생각을 했다. 그러다 얘기하지 않기를 잘했다는 생각이 들기도 했다. 그래서 뭐. 어렸을 때 엄마 아빠한테 혼난 적 없는 애가 어디 있다고. 그래도 조금은 얘기를 할 걸 그랬다는 쪽으로 마음이 기울었다. 그런 생각을 하다 보니 어느새 나는 울고 있었고, 이러다 내일 눈이 붓겠다 싶은 생각이 들었다. 침대에 누운 채 몇 번인가 심호흡을 했다.

눈앞에 내 손을 가만히 펼쳐 보았다. 손, 나는 혼자 손을 꼭 쥐어 보았다. 아무런 힘도 느껴지지 않았다. 손톱이 뾰족하게 찌르기나 할 뿐.

그날 치 인강을 하나도 못 들었지만 그냥 불을 껐다. 어둠 속에서 부드럽게 손을 오므려 봤다. 아주 조금이면 되었다. 은기는 손이 컸다. 그 손을 느낄 수 있었다.

은기에게서는 연락이 없었다. 잘 들어갔냐고 물어 올 만도 했는데. 혹시 우느라 문자도 못 보내나. 그럴 때 손을 꼭 잡아 주면 마음이 달래지는데. 나는 그렇다는 걸 알게 됐는데.

11

아침에 교문에서 마주친 성미가 나를 보자마자 대뜸 물었다.

"은기는?"

어쩐지 뜨끔했다. 성미는 늘 그렇듯 싱글거리는 것뿐이었는데.

"학교 오고 있겠지, 뭐. 벌써 왔나?"

나는 계속 걸으며 교실을 올려다봤다. 창문은 모두 닫혀 있었다. 창문을 열어 두기에는 추운 날씨였다. 그래도 알 수 있었다. 은기는 교실에 있을 것이다. 언제나 나보다 먼저 와 있고는 하니까.

성미만이 아니었다. 애들이 자꾸 나한테 그랬다. 은기는 어쩌고? 은기는? 은기는 집에 갔어? 그때마다 나는 무심히 대답했다. 몰라. 은기가 뭐? 안 갔을걸? 별 뜻 없는 질문에 뜻이 없는 게 아니듯, 나의 무심함도 그런 거였다.

애들이 자꾸 당연하다는 듯 은기에 대해 묻는 게 신경 쓰였다. 별 뜻으로 느껴졌다. 애들이 은기한테도 그럴까 궁금해졌다. 호정이는? 하고. 은기도 나처럼 대답할지 궁금하기도 했다. 그럴 거라는 생각이 들었고, 그러면 어쩐지 서운해졌다.

그런 걸 은기한테 물어볼 수는 없었다. 평소처럼 내가 교실에 들어서자 은기가 돌아봤고 우리는 인사를 했다. 나란히 수업을 듣고 쉬는 시간이면 각자 사물함으로 갔다가 또 다음 교실에 나란히 앉았다. 앞뒤로 앉거나. 점심을 같이 먹고 야자를 같이 했다. 그랬다, 그냥.

내 손은 그냥 손이 되어 있었다. 볼펜을 쥐거나 숟가락을 들거나 책장을 넘기거나 문을 열거나 머리를 쓸어 넘기기도 하는, 익숙하고 시시한 손.

야자를 마치고 은기랑 둘이 같이 나오다 우리는 교문 앞에서 걸음을 멈추게 되었다. 왜 그런지 머뭇머뭇. 그러다 은기가 혼잣말인 듯 한마디를 툭 던졌다.

"춥다."

가장 흔한 말, 날씨 얘기. 그런데 나는 그 한마디에 마음에서 촉각이 섰다. 춥다. 그래서? 나도 무언가 말을 해야 할 것 같았다. 별 뜻 없어 보이지만 사실은 뜻이 깊은 말. 나는 자전거 보관소를 힐긋 봤다.

"그러게. 춥겠다, 이제. 자전거 타고 다니려면."

"아니야. 한겨울에도 타. 장갑만 끼면 괜찮아. 달리면 금방 더워지거든."

얼굴이 확 달아올랐다. 코앞에서 문이 닫혀 버린 듯 민망했다. 마침 아는 애가 지나가고 있었다.

"아, 그래. 그럼 조심해서 가. 안녕."

나는 얼른 인사하고 그 애를 따라 횡단보도를 건너 버렸다. 그 애도 마침 잘됐다는 듯 나를 반기더니 신나게 수다를 떨었다. 하지만 무슨 말인지 하나도 귀에 들어오지 않았다. 서운했다. 뭐가 서운하냐고 물으면 할 말이 없는데도. 지하철역에 미치지 않아 살 게 있다는 핑계로 친구를 먼저 보내고 편의점에 들어갔다. 그냥 나오기도 뭣해서 괜히 진열대 사이를 지나가는데, 컴퓨터용 사인펜이 보였다.

그제야 생각이 났다. 다음 날이 1학년 마지막 학평이었다. 우뚝 걸음을 멈췄다. 너 정신이 나갔구나. 스스로에게 쏘아붙이게 되었다. 컴퓨터용 사인펜을 새로 샀다. 책상에 몇 개나 굴러다니고 있겠지만 어쩐지 기분이 그랬다. 편의점에서 나오니 바람이 뺨을 치듯 불어닥쳤다. 밤에 비가 온다는 예보가 있었는데, 눈보라라도 내리칠 기세였다.

그리고 다시 지하철역 쪽으로 걸음을 재촉하는데 문자 메시지가 왔다. 은기다, 그런 생각이 먼저 들었다. 하지만 그건 내 생각일 뿐이었다. 간단히 확인하면 될 일이었다. 그런데 나는 어쩐지 스마트폰을 주머니에 넣어 둔 채 계속 걸었다. 아닌가? 아니면 어쩌지? 그게 뭐라고 조마조마했다. 스마트폰을 꺼내 볼 엄두가 나지 않았다.

그런데 난데없는 얼굴이 눈앞에 불쑥 나타났다.

"짜잔!"

지후였다. 지후는 커다란 집업을 입고 후드까지 쓰고 있었다. 교복 위에 겹쳐 입은 거였다. 화장도 학교에서보다 더 진했다. 피부는 더 밝은 톤으로 하얗게, 입술은 더 빨갛게, 그게 지후 스타일 화장인데 평소보다 아이라인도 진했다.

"귀신이니?"

내가 말했다.

"헤헤. 무섭지?"

"이러고 학교도 오게?"

"그러면 좀 피곤하겠지. 학교는 순한 얼굴로 다닐 거야. 피곤한 거 싫어."

어울리지 않는 소리를 잘도 했다.

"야자도 안 하면서 여태까지 뭐 하니?"

지후는 어이없다는 양 웃으며 후드를 벗으며 고개를 크게 돌려 주변을 둘러봤다. 나도 그 눈길을 따라 봤다. 밤 10시의 홍대역 근처는 한여름의 해수욕장 같았다.

"여기가 우리 학교 앞으로 보이냐? 여긴 홍대라고, 홍대. 친구들하고 좀 놀았지. 지하철 타러 가다 너를 만났고. 근데 은기는?"

지후도 그랬다. 스마트폰이 또 진동음을 울렸다. 빨리 확인하라고 아우성이었다. 그래도 나는 무시하고 지후에게 되물었다.

"너야말로 여기가 학교니? 우리 반 애를 찾게?"

지후가 가뜩이나 호러 콘셉트인 눈으로 나를 흘겨봤다.

"이러기냐?"

"뭐가?"

그건 정말 영문 모를 소리였다.

"쳇. 내가 친구를 잃은 마당에 스캔들까지 잃어야겠냐? 아, 미안, 미안……. 이성끼리 친하다고 무조건 성애적인 프레임으로 몰고 이러는 건 옳지 않은데……."

"뭐라는 거야, 대체."

"아무튼, 근데 그렇게 보이는 걸 어떡해? 감이 그런 걸."

무슨 프레임 어쩌고는 모르겠지만, 지후의 그 감은 짐작이 갔다. 스마트폰도 숨죽여 듣고 있는 것만 같았다. 다른 애라면 몰라도 지후였다. 뭐래, 하며 무시하고 가 버릴 수는 없었다. 내가 머뭇대는 사이에 지후가 다시 말했다.

"농담 아니거든. 내가 워낙 통이 커서 그렇지. 야, 까딱하면 우정에 금 갈 상황이라고, 요즘."

"알아듣게 말해, 좀. 무슨 우정 타령이야?"

"솔직히 그렇잖아. 너랑 나랑 나래랑 친했는데, 오보람이 끼어들었지. 그러더니 난데없이 전학생까지. 그 바람에 나는 떨려 났잖아. 친구를 잃은 거지. 한남들 때문에."

나는 얼른 주위를 살폈다. 남자들이 우글거렸다.

"그런 소리는 좀 작게 해."

"뭐. 한남이 뭐? 한국 남자 아니냐, 그럼?"

지후는 외려 목소리를 높였다. 그래, 내가 잘못했다. 하지 말라는 소리는 지후를 도발하는 가장 쉬운 방법이었다.

"알았어, 알았다고. 근데 무슨 네가 떨려 나? 너는 점심도 문예반 애들하고 먹고, 야자도 안 하고, 그러다 보니 그런 거지."

"그래서 나는 까맣게 잊고 니들끼리만 놀러 다니냐? 커플들끼리만?"

"커플은 무스은!"

나는 진심으로 펄쩍 뛰었다. 그러면 지후가 혀를 차며 말해 주어야 한다. 그쯤 되면 커플이지, 그럼! 하고. 커플인 이유까지 하나하나 읊어 주어야 한다. 그게 친구의 마땅한 도리다. 그러나 지후는 지후였다.

"그런가? 아니면 미안. 사람이 역시 책으로는 잘 교정이 안 돼. 내가 중학교 때 로맨스 판타지 웹툰 덕후였잖아. 아직도 그 버릇을 못 버려서 남녀만 보면 성애로 엮고 그런다니까."

"아, 몰라. 머리 아픈 소리 그만해. 나 갈 거야."

"알았어. 잘 가!"

그러고 돌아서서 마침 초록불로 바뀐 횡단보도로 들어서는데, 지후가 "야!" 하더니 큰 소리로 말했다.

"근데 나 진짜 좀 서운해! 나 빼놓고 너네끼리 재밌어 보여서 샘난다고!"

횡단보도 신호음이 나를 재촉했다. 타야 할 버스가 신호에 걸려 있었다. 나는 지후에게 되돌아갈 여유가 없었다. 그래도, 창피스럽지만, 사실 나랑 꽤 어울리지 않는 짓이지만, 두 팔을 들어 하트를 그려 주고 뛰어서 길을 건넜다.

버스에 타고 나서 얼른 창밖을 봤다. 지후는 보이지 않았다. 어쩌면 후드를 쓰고 다시 자기만의 세상으로 사라졌는지도 몰랐다. 지후는 그런 애다.

지후한테 좀 미안해졌다. 그런가. 서운하게 했나. 미안했고, 그 미안한 마음의 자리에는 얼마쯤 온기가 돌고 있었다. 지후는 늘 바빠 보여서, 읽고 쓰는 일에만 마음을 쏟는 것 같아서, 지후의 마음에 내가 있는 줄은 몰랐다. 내 마음에 지후가 있다는 것도 잊고 있었다. 지후 말이 맞았다. 지후를 까맣게 잊고 있었다. 지후를 서운하게 했다.

서운하다는 건, 누군가를 위해 마련해 둔 자리에만 생겨 나는 마음이다. 누군가를 좋아한다는 건 서운해지기도 하는 일인 모양이다. 나는 그제야 스마트폰을 꺼내 문자 메시지를 확인했다.

—맞네. 추워. 달리면 금방 더워진다는 소린 어떤 멍청이가 한 거야?

소리 내어 쿡, 웃었다. 그래 놓고 얼른 주위를 봤지만, 아무도 내 웃음을 알지 못했다. 하지만 은기는 알 것 같았다. 지금 내가 웃고 있다는 것을. 그 문자에 웃을 수 있는 사람은 나밖에 없었다. 나는 우리만 아는 말로 답장을 했다.

—장갑 있는 멍청이가 한 소리겠지.

크리스마스 선물로 장갑을 사 줄까. 그런 생각을 했다가 얼른 마음으로 고개 저었다. 아니, 장갑을 낀 손으로는 아무것도 전해지지 않을 것이다.

그러면 뭐가 좋을까, 생각하다 버스에서 내릴 때쯤에 새로운 고민이 떠올랐다.

그런데 어떻게?

12

중학교 때 두 번 사귄 적이 있었다.

한 번은 초등학교 동창이었다. 같은 반일 때도 결코 친하다고 할 수는 없는 애였는데, 어쩌다 걔가 내 친구랑 사귀면서 다시 얼굴을 보게 됐다. 그런데 얼마 못 가 둘은 깨졌고, 그 뒤 남자애가 나한테 연락을 해 왔다. 나도 걔가 싫지 않았다. 그래도 신경이 쓰여서 친구한테 물었더니 이제 아무 관심 없다고 했고, 그래서 그 남자애랑 잠깐 사귀었지만 금방 깨졌다. 내 친구가 그 남자애랑 헤어진 데는 다 이유가 있었던 것이다.

또 한 번은 우리 학교 근처 남중에 다니는 애였는데, 건너 건너 페이스북으로 친구 신청을 해 왔다. 한동안 페이스북으로 메시지를 주고받다 결국 만나게 됐다. 메시지에서는 말이 참 잘 통하는 애여서 나는 꽤 설렜다. 마침 처음 만나는 날이 화이트 데이였다. 돌이켜 생각하면 어둠의 끝을 보여 주는 역사인데, 나는 어느 친구랑 같이 걔네 집에서 초콜릿도 직접 만들었다. 분홍색 하트 모양 상자에 담기까지 했다. 그런데 처음 만난 날부터 그 남자애가 덥석 내 손을 잡았다. 끈적거리는 것 같기도 했지만 뿌리치기도 애매해서 참았다. 그런데 두 번째로 만나 같이 영화를 본 날에는 백 허그를 하면서 내 머리카락에 입을 맞추었다. 여자 친구가 생기면 제일 해 보고 싶었던 거라면서. 백 허그에 대한 로망이 없는 사람이야 있을까마는, 남의 백 허그엔 그렇게 설레더니 막상 현실은 달랐다. 그 애가 내 머리카락에 입을 맞출 때 찝찝하다는 생각밖에 안 들었다. 내 허리를 감은 그 애 팔이 가슴에 닿을 것만 같아서 조마조마하기도 했다. 그날 밤 페이스북 메시지로 이별을 통보했고, 구질구질한 소리를 하기에 차단해 버렸다.

같은 수학 학원에 다니는 3학년 오빠한테 내가 먼저 고백한 적도 있었는데, 그 자리에서 거절당했다. 그날은 창피해서 좀 울었지만 곧 잊었다.

어쩌다 보니 다른 학교 애들만 만나게 됐다. 어차피 곽근 이후로 우리 학교에서 나랑 사귈 애가 있었을지 모르겠지만.

아무튼 그런 일이 어려웠던 적은 없었다. 연애 상담으로 친구들을 도울 정도는 아니지만, 내 쪽에서 도움을 구해야 할 정도도 아니었는데.

13

현관에서 신발을 신고 있는데, 그때까지 내복 차림으로 엄마한
테 안겨 있던 진주가 갑자기 고개를 번쩍 들더니 나한테 말했다.

"언니 시험 잘 봐. 백 점 맞고 와야 돼."

나는 얼른 엄마를 봤다. 진주를 안은 채 나를 배웅하고 섰던 엄마
는 좀 당황한 눈치였다.

"얘가 요즘 못 하는 게 없어. 내 스마트폰 캘린더를 보고 온갖 참
견을 다 한다니까."

"학평인 건 어떻게 알았어?"

"2학기 일정표가 문자로 왔었지, 학기 초에. 그때 캘린더에 이것
저것 입력해 놨어."

아침 메뉴는 전복죽이었다. 시험이라 일부러 그랬나……. 잠결
에 주방에서 달그락거리는 소리가 들려왔던 기억이 났다. 그때 식
탁에서 전복죽을 먹고 있던 아빠가 현관 쪽을 내다보며 말했다.

"우리 딸, 파이팅! 긴장하지 마, 알았지? 너는 정시라 수능만 잘

보면 되는 거잖아. 실력 테스트다, 생각해. 그리고 혼자 하기 무리다 싶으면 얘기하고. 아빠가 손목이 부러져라……."

"다녀오겠습니다."

그대로 집을 나섰다. 우리 아빠는 꼭 한 마디를 더 한다. 아니 열 마디, 스무 마디, 백 마디. 좀 짜증이 났지만, 내가 좋아하는 전복죽이라 모처럼 아침을 든든하게 먹은 덕분인지 컨디션이 좋았다. 아침마다 개운치 않은 느낌이곤 했는데 머리가 맑았다.

시험을 잘 봤다. 잘 본 것 같았다. 중간고사 때처럼 기분과 등수는 아무 상관 없는지도 모르지만, 아무튼 학평의 결과는 저만치 있었다.

학교를 나서는데 모처럼 나래랑 둘이었다. 보람이는 곽근이랑 같이 영문 추리소설 동호회 소속인데, 그 모임이 있다고 했다. 내가 교문 앞에서 나래랑 같이 엄마 차를 기다려 주었다.

"고마워, 친구야."

나래는 나를 끌어안고 어리광 부리는 소리를 내며 좋아했다. 뭐든 혼자 하는 걸 못 견디는 애다. 하지만 그런 나래를 위해서 같이 있어 준 것만은 아니었다. 나래랑 둘이 얘기를 좀 하고 싶었다. 그냥, 아니 그냥은 아니지만 아무튼.

그런데 나래는 나한테 통 관심이 없었다. 다른 애들이 아무 말 안 할 때는 수상하다느니, 설렘 주의보라느니 호들갑을 떨더니만. 나래의 관심은 온통 백 일에 가 있었다. 백일이벤트 같은 해시태그가 달린 남의 인스타그램 게시물을 줄줄이 보여 주면서 부럽다, 좋겠다, 두고 봐라, 그런 소리만 하고 있었다. 보람이는 선물로 뭘 준비하고 있을까, 나는 뭘 준비하면 좋을까, 그러다 또 한숨을 쉬면서 이벤트는커녕 밥 한 끼도 같이 마음대로 못 먹는다고 한탄을 하기도 했다. 그러다 나래가 불쑥 내게 물었다.

"그날, 너네 집에서 잔다고 거짓말하면 안 될까?"

하마터면 입에 물고 있던 캔 커피를 뿜을 뻔했다. 나래는 얼른 지나가는 애들 눈치를 살피고는 내 등을 가볍게 때렸다.

"무슨 생각을 하는 거야? 좀 늦게까지 놀려고 그러는 거지. 근사한 데서 저녁도 먹고, 팔짱 끼고 돌아다니고……. 그래도 백 일인데 어린애처럼 대낮에 헤어지긴 그렇잖아."

"그럼 나랑 저녁 먹는다고 하면 되잖아."

"그러고 너네 집에서 너랑 같이 밤새 수다도 떨고 그러게. 나, 너네 집에서 재워 주면 안 돼?"

친구가 우리 집에 놀러 온 게 언제였지? 기억도 나지 않았다. 초등학교 때. 그리고 중학교 1학년인가 2학년 때까지는 몇 번 있었던 것도 같다. 그래도 자고 간 적은 한 번도 없었다.

"안 돼."

꼭 그 때문만은 아니었다.

"왜 안 돼?"

"나더러 밤새 너네 백 일 타령을 들어 주라고?"

"칫."

그러고서 엄마 차가 나타날 쪽을 잠깐 보더니 나래가 다시 나를 돌아보며 물었다.

"근데 은기는?"

170

나래한테는 시치미를 뗄 수도 없고, 그럴 생각도 없었다.

"도서관 간다던데."

"도서관? 걔 책 읽는 타입이니?"

"아니. 좀 자고 싶대."

"어쩐지."

그러고서 나래는 다시 차도로 고개를 돌렸다. 그러다 나래 엄마가 오고 말 참이었다. 내가 먼저 말을 꺼내는 수밖에 없었다.

"근데 있지, 애들이 자꾸 물어봐."

나래가 나를 돌아봤다. 통 모르는 얼굴이었다.

"아니, 자꾸 나한테 은기 얘기를 물어보잖아. 너처럼. 은기는? 은기는 어쨌어? 그러고."

나래가 품, 하고 웃었다.

"당연하지. 그렇게 붙어 다니는데. 곽근도 보람이한테 그랬다더라? 우리 넷이 더블 데이트냐고."

"여기서 곽근이 왜 나오니?"

짜증을 내고 말았다. 곽근의 이름만으로 장르가 바뀌었다. 로맨스가 아닌 스릴러. 아니, 장르라는 고급스러운 말도 과하다. 영화가 아닌 현실. 영화가 끝나고 남은 팝콘과 콜라를 던져 넣는 비상계단 옆 쓰레기통 같은.

나래도 내 기분을 눈치챈 듯 얼른 말을 돌렸다.

"그래서? 애들이 물어봐서?"

그러더니 나래는 나를 다시 학교 안쪽으로 몇 걸음 데리고 들어갔다.

"시간이 없으니까 일단 오늘은 속성으로. 내가 봤을 때, 은기 걔
는 먼저 사귀자고 할 애가 아니거든?"

"왜?"

나도 그렇게 느꼈던 거지만 그래도 물었다.

"몰라. 그냥 내 촉이 그래. 애가 좀…… 뭐랄까, 약간 구경꾼 같은
데가 있잖아? 연애 말고 뭘 하더라도 말이야. 약간…… 속을 모르
겠달까? 그렇다고 응큼해 보인다는 뜻은 아니야. 그랬으면 내가 너
랑 안 붙여 줬지."

"뭘 붙여? 네가 딱풀이냐?"

"딱풀이지. 내가 괜히 점심시간마다 은기를 챙겼겠니? 언니가
다 알아보고 이렇게 저렇게 이어 주고 그런 거야. 너네 잘 어울리잖
아. 딱 보고 알았는데."

"무슨."

그렇게만 말하려고 했는데, 그만 웃음이 비어져 나오고 말았다.
나래는 신이 나서 낄낄거렸다.

"그러니까 네가 먼저 사귀자고 해. 나는 사실 여자가 먼저 사귀
자고 하는 거에 반대하는 입장이거든? 아, 지후가 들으면 또 한 소
리 하겠다. 아무튼 내 생각은 그래. 그치만 뭐 어떡해? 하는 수 없는
경우도 있는 거지. 사귀자, 그래."

"그런 말을 어떻게 해."

이실직고하고 말았다. 나래는 혀를 찼다.

"물론 나라면 일을 그렇게 안 만들지. 사귀자는 말이 나오게 만
들지, 어떻게든. 보람이를 봐라? 걔는 내가 아무것도 모르는데 저

혼자 좋아하다 고백해서 내가 받아 준 줄 알아. 그거 아닌 거, 내가 알고 네가 알잖아."

그건 사실이었다. 보람이가 나래에게 고백하기 전에 나래가 만들어 낸 그 수많은 우연과 필연들. 보람이는 그물에 걸린 한 마리의 물고기 같았다, 그땐.

"근데 너는 그렇게 못 하는 애란 말이야. 얼굴에 다 티가 나는데, 뭐. 그러니까 되지도 않게 머리 쓰지 말고, 그냥 사귀자고 해. 은기야, 우리 사귀자, 그래. 내가 장담하는데, 그러면 강은기는 분명 배시시 웃을걸. 아유, 설레라! 이때가 제일 좋은 건데."

나래한테 말을 듣는 것만으로도 나는 얼굴이 뜨거워졌다. 사귀자,라니. 그게 뭐야. 학원에서 그 오빠한테 고백할 때 그런 말을 한 적 있기는 했다. 그때는 그냥 말해 버리긴 했는데. 하지만 은기라니, 절로 고개를 흔들게 됐다.

"아휴, 답답해. 그럼 일단 밥 먹자고 해. 둘이서만. 그렇게 시작하는 거지."

나는 그저 입을 꼭 다물고만 있었는데, 나래가 잡아먹을 듯 눈을 크게 떴다.

"너!"

"아니, 그때…… 중간고사 마지막 날, 너랑 보람이랑 가 버리는 바람에 할 수 없이……. 그리고…….'

"그리고? 그리고오?"

"저번에…… 만두 먹으러 갔었어. 합정…….'

만둣집 이야기가 나오기 전에 입을 다물었다. 그 이름을 함부로 말해서는 안 될 것 같았다. 나래는 더 캐묻지 않았다. 나래에게 중요한 건 메뉴가 아니었다.

나래는 펄펄 뛰었다. 어떻게 네가 나를 속일 수 있냐, 우리가 겨우 그런 사이였냐. 그것이 애초에 연애에 대한 대화였는지 우정에 대한 대화였는지 헷갈릴 지경이었다. 한동안 흥분을 하고서야 나래의 호기심이 다시 고개를 들었다.

"그래서? 만두를 먹고, 또?"

그때 나래 엄마가 등장했다.

"나래야!"

나래 엄마는 교문 앞에서 나래를 향해 손을 들어 보였다. 베이지색 트렌치코트 차림에 긴 생머리를 나부끼며 로고가 선명한 열쇠고리를 단 차 키를 손에 쥐고서. 나래 엄마를 본 건 그게 세 번째였다. 볼 때마다 감탄하게 됐다. 돈이 많다는 건 저런 거구나, 싶었다. 단지 샤넬 백이나 비엠더블유 로고 때문이 아니었다. 나래 엄마를 둘러싼 모든 것이 그랬다. 표정과 자세와 샴푸 광고에서처럼 찰랑이는 머리카락과 나로서는 집어낼 수도 없는 모든 것이.

우리 엄마는 한 번도 가져 보지 못한, 살아 보지 못한 것. 아마 나도 그럴 거라는 생각이 들었다. 거긴 어딘가 다른 세계였고, 나로서는 건너갈 길 없는 세계인 게 분명했다.

"어, 엄마! 잠깐만!"

그러고 다시 나를 돌아보는 나래는, 그냥 내 친구 나래였다.

"아무튼 내가 백 일까지는 좀 정신이 없고…… . 며칠 안 남았으니까 그때 다시 얘기하자. 간다!"

나래와 보람이의 백 일이라면 하도 들어 나도 외우고 있었다.
12월 5일.

14

그 무렵에는 다이어리에 적지 않아도 외워진 날들이 있었다. 12월 5일, 12월 1일, 11월 30일 그리고 11월 27일.

종례가 끝난 뒤, 저녁 급식을 먹으러 가려는 참인데 은기가 내게 다가왔다.

"오늘은 밖에 나가서 먹자."

"왜?"

"오늘 급식 만둣국이야."

내 질문은 메뉴에 대한 것이 아니었고, 은기의 대답 또한 내게는 그랬다. 나는 슬쩍 교실을 둘러봤다. 정해진 멤버랄 순 없지만 저녁 급식 때는 성미가 우리랑 같이 먹는 날이 많았다.

성미는 몇몇 여자애들이랑 같이 얼마 전 한 여자 아이돌이 SNS에 올린 사진 때문에 남자들의 악플에 시달리게 된 일을 성토하고 있었다. 성미가 말하는데 듣는 애들이 아무도 웃지 않는 건 참 드문 일이었다. 아무튼 성미는 바빠 보였다. 아니면 그 애들이랑 같이 먹고 싶은 날인지도 몰랐다. 굳이 그걸 확인할 마음은 내게 없었다.

"그러자."

지갑을 챙겨 들며 말하는 내 목소리는 그리 크지 않았다. 은기도 성미에 대해 아무 말이 없었다.

우리는 학교 근처 일본식 카레집에서 카레우동을 먹었다. 은기는 새우튀김을 토핑으로 추가하면서, 세상에서 제일 좋아하는 게 새우튀김이라고 했다. 그다음은 만…… 하다가 입을 다물었다. 나는 그냥 웃었다. 만…… 다음에 무슨 말이 나오건, 그게 뭐라고 얼른 입을 다무는 은기가 귀여웠다. 내가 편하게 웃는 걸 보고 은기도 웃음 지었다. 마음이 놓이는 얼굴로.

나도 은기에게 내가 가장 좋아하는 걸 말해 줬다.

"나는 파인애플피자."

은기는 우유에 고춧가루를 뿌려 먹는 사람이라도 본 것 같은 표정이 됐다.

"편견을 버려. 맛있다고."

"편견이 아니라 과학이야. 피자랑 파인애플은 아니지."

"나도 너랑 같이 청양고추만두 먹어 줬거든."

그런 말이 그냥 나왔다. 은기도 아무렇지 않은 얼굴로 대꾸했다.

"알았어. 그럼 같이 파인애플피자 먹을게. 딱 한 번만."

"이번에는 네가 먹다 우는 거 아니야?"

나는 그런 농담도 했다. 은기가 웃음을 터뜨렸다. 우리는 옆자리 사람이 돌아볼 만큼 큰 소리로 웃었다. 우스울 거 하나 없는 얘기에도 웃을 수 있었다. 웃지 않을 이유가 없었다. 우리는 열여덟 살을 앞두고 있었고, 파인애플피자가 약속되어 있었다. 감자탕도.

학교로 돌아오는 길에 은기가 말했다.

"내일부터는 진짜 마음잡고 기말고사 준비해야지."

"누가 들으면 공부 열심히 하는 학생인 줄 알겠네."

"왜 이래? 야자 한 번 안 빠지는 모범생인데."

정말이지 뻔뻔했다. 그게 왜 그리 웃겼는지 나는 또 낄낄대고 웃었다. 은기도 덩달아 웃으며 물었다.

"왜 웃어?"

"책상 앞에 앉아만 있으면 공부야?"

"티 나?"

은기가 놀란 표정이 됐다. 아니라고 해 줄 수는 없었다. 은기는 패배를 인정하듯 고개를 끄덕였다.

"흠, 그렇지만 내일부턴 진짜 공부할 거야. 백 년 만에 공부라는 걸 해 봐야겠어. 그래서 말인데……."

은기가 걸음을 멈췄다. 교문에서 사오 미터쯤 떨어진 은행나무 아래였다. 나도 멈춰 서며 은기를 봤다. 은기의 뺨이 조금 붉어진 것 같았다. 나는 가슴이 두근거렸다. 말하지 않아도 안다는 건 이런 거겠지. 은기가 하려는 말을 알 것 같았다. 이미 듣고 있었다.

"내일부턴 자전거 안 타고 다니려고."

심장 박동이 더 빨라졌다. 얼른 대답을 해 주고 싶은데, 입을 열면 내 심장 소리가 은기에게까지 들릴 것 같았다. 나는 간신히 조그맣게 물었다.

"그럼…… 버스 타?"

"응."

은기의 대답이 곧장 나왔다. 그리고 은기는 두 손으로 제 뺨을 몇 번인가 쓸어내리고서 소리 내어 숨을 내쉬었다. 나는 발아래 굴러가는 은행잎들만 보고 있었다. 그래도 은기가 보였다. 은기의 마음이 들렸다.

"있지……."

은기가 다시 입을 열었다. 나는 잠시 기다렸지만 은기는 더 말이 없었다. 그제야 내가 눈을 들었다. 은기가 물었다.

"괜찮아?"

버스 얘기였다. 또한 그건 우리 얘기였다.

"괜찮아."

내가 대답했다. 그걸로는 부족했다. 나는 한마디를 더 했다.

"좋아."

은기가 환히 웃었다. 내 마음도 그렇게 환했다. 은기가 내게 손을 내밀었다.

"그럼 이제 같이 다니자."

나는 홀린 듯 은기의 손을 잡았다. 은기의 손가락 사이로 내 손가락이 미끄러져 들어갔다. 풀 수 없는 매듭처럼 우리는 꼭 들어맞았다. 손을 꼭 쥐었다.

얼굴이 달아올랐다. 나는 뜨거워졌다. 마주 잡은 은기의 온도도 나와 다르지 않았다. 우리는 빈틈없이 손을 잡은 채 학교로 돌아갔다. 이따금 서로의 얼굴을 훔쳐보기도 하면서.

밤이 되면서 비가 억수같이 쏟아졌다. 남아 있던 은행잎들이 남

김없이 떨어져 내려 비에 젖은 밤거리를 노랗게 수놓았다.

그날, 가을이 저물었다. 하룻밤 사이에, 그렇게나 곱게도.

15

진주는 영어 학습지를 새로 시작해서 신이 나 있었다. 새벽부터 집 안에 영어 동요가 울려 퍼졌다. Twinkle twinkle little star······. 진주는 내복 차림으로 소파에 올라가서 엉덩이를 흔들며 요상한 발음으로 노래도 따라 불렀다. 그러다 문득 식탁으로 뛰어와 시리얼을 먹는 내 얼굴을 빤히 보더니, 엄마한테 말했다.

"엄마. 나도 화장품 사 줘."

기가 막혀 시리얼이 입으로 들어가려다 말았다. 내가 진주에게 물었다.

"화장하고 싶어?"

"응! 화장하니까 예쁘네. 언니 오늘은 더 예쁘다. 화장하면 더 예뻐."

어째 뜨끔했다. 진주 이마에 딱밤을 먹이는 시늉을 했다.

"화장은 무슨. 네 나이 때는 아무것도 안 하는 게 제일 예뻐."

"하하하하."

싱크대 앞에 있던 엄마가 웃음을 터뜨렸다. 내가 돌아보자 엄마는 시치미를 떼듯 입을 꾹 다물었다. 그래도 엄마 입가에 웃음이 감돌고 있었다. 나도 웃음이 났다. 엄마랑 나는 공모자 같은 눈웃음을 주고받았다. 엄마랑 그렇게 웃은 게 얼마 만인지 몰랐다. 쑥스러운 기분이 들어 슬쩍 눈을 돌리고는 시리얼 볼에 남은 우유를 후루룩 마시고 일어섰다. 그러면서 진주한테 기어이 한마디를 했다.

"화장 안 돼!"

진주 앞에서는 꼰대같이 굴게 된다. 내가 꼰대라서가 아니라 사랑하니까 그런 거다. 걱정되니까, 다 저 좋으라고……. 그런 말을 진주라고 그냥 듣고 있을 리 없었다.

"돼!"

진주는 나한테 빽 소리치고서 엄마 다리에 매달리며 말했다.

"엄마! 나도 화장품 사 줘! 왜 언니만 사 줘?"

"나는 내 돈으로 샀거든."

"나도 돈 있거든! 엄마. 내 돈 어딨어? 엄마한테 맡겨 뒀잖아."

아침부터 공들여 화장했더니 엉뚱한 데서 반응이 왔다. 엘리베이터에서 거울을 보니 과연 화장이 잘되긴 했다.

밤새 내린 비로 하늘이 말갰다. 오늘부터 겨울 1일이라는 듯 추웠지만, 알싸한 바람 속으로 나서는 기분이 나쁘지 않았다. 은정서점 앞으로 가자 은기가 나와 있었다. 그러기로 약속한 일이지만, 기다리고 있는 은기를 보니 새삼 가슴이 뛰었다. 버스 정류장 의자에 앉아 있던 은기는 나를 보고 일어나 횡단보도 앞까지 걸어 나왔다.

한달음에 달려 건너고 싶은 걸 참느라 애를 먹었다. 온 세상이 아득히 물러나고 은기와 나만 남은 것 같았다. 우리만 환했다. 은기는 몇 걸음인가 마중하듯 횡단보도로 걸어 들어왔다. 손을 뻗으면 닿을 수 있는 거리까지 오자 우리는 그렇게 했다. 손을 잡고 길을 건넜다.

"토요일에 뭐 해?"

은기가 물었다. 단 두 마디에 나는 또 가슴이 뛰기 시작했다. 스스로도 믿을 수 없을 만큼 유치해졌다. 모르는 척 물었다.

"갑자기 왜?"

그런데 은기 입에서 엉뚱한 소리가 나왔다.

"왜긴. 생일 파티 해 주려고 그러지."

은기는 거의 으스대는 표정이었다. 가만, 내가 지금 감동을 해야 하는 건가? 하지만 그럴 수는 없는 일이었다. 내 표정을 보고 은기가 당황했다.

"너 그날…… 생일 아니야?"

"아닌데. 내 생일 8월 10일인데. 갑자기 뭔 소리야?"

은기는 몹시 실망한 얼굴이 되고 말았다.

"뭔 소리냐고."

내가 다시 묻고서야 은기가 시무룩하게 말했다.

"내가 딱 맞췄다고 생각했는데……. 아니, 그때……. 너 스마트폰 비밀번호 누르는 게 보였거든. 그게 딱 생일 같았는데."

비밀번호? 퍼뜩 감이 왔다. 은기가 전학 왔던 날, 지도 앱 때문에 스마트폰을 빌려줄 때의 일이었다. 스마트폰이 내 얼굴을 못 알아보는 바람에 비밀번호를 눌렀는데, 그게 얼핏 은기 눈에 보였던 모양이었다. 그리고 은기는 여태 기억하고 있었고. 나는 무척 놀랐다. 기뻤다. 그렇게 놀라고도 기뻐 보긴 처음이었다. 은기를 와락 안아 주고 싶었다.

내 입에서 마음과 다른 소리가 나온 건, 그런 나를 달래기 위해서였을 것이다.

"누가 바본 줄 알아? 그런 걸로 비밀번호를 하게."

"그게 왜 어때서!"

그렇게 발끈하는 은기를 보니 감이 왔다.

"너는 설마 그래? 생일이 비밀번호야?"

"어? 아, 아냐. 무슨……. 나 그렇게 단순하지 않거든!"

은기가 펄쩍 뛰니 나는 확신이 들었다. 그렇다고 거짓말을 할 리는 없고…….

퍼뜩 떠오르는 대로 넘겨짚었다.

"뭐 자릿수라도 바꿨다, 이거야? 설마 5025?"

그저 던진 농담이었는데, 은기는 뜨끔한 얼굴이 됐다.

"아니거든."

토라지기라도 한 척 대꾸했지만, 은기의 입가에는 미소가 뱅글거렸다.

그때 버스가 왔다. 우리는 깔깔 웃으며 버스에 탔다. 그렇게 나란히 서서 학교에 가면서 나는 주민 등록증에서 봤던 은기 생일을 다시 떠올렸다.

5월 25일.

아직 반년은 남아 있었다. 멀어도 너무 멀었다. 지금 당장이라도 축하해 주고 싶은데. 무엇이든, 은기에 대한 무엇이든. 이래서 백일로도 부족해 별별 기념일까지 챙기는구나. 비로소 이해가 갔다.

그런데 버스에서 내리자마자 지후를 만났다. 우리는 더 이상 손을 잡을 수도, 스치거나 스칠 듯할 수도 없게 되었다.

애들한테 언제, 어떻게 말하나 걱정이 됐다. 광고하듯 널리 알릴 생각은 없지만, 그래도 나래랑 지후에게는 말해야 했다.

점심시간에 마침 틈이 생겼다. 보람이는 자율 동아리 모임이 있다며 곽근을 따라가고, 은기도 노아한테 끌려간 참이었다. 옆 학교 밴드부랑 농구로 무슨 내기를 했다면서, 연습을 한다고 밴드부도 아닌 은기를 데려간 거였다.

나랑 나래만 남았다. 그래도 입이 쉽게 떨어지지 않았다. 화장실 거울 앞에서 같이 이를 닦으며 나래 눈치를 살폈다. 평소라면 나래가 그런 내 눈치를 몰라줄 리 없지만, 그날 나래는 며칠 뒤로 다가온 백 일 생각에만 빠져 있었다.

그러고 있는데 안쪽 칸에서 나온 성미가 우리에게 물었다.

"생리대 있어?"

"어. 잠깐만."

내가 말했다. 그러고는 칫솔을 입에 문 채 사물함으로 갔다. 안쪽에 있던 파우치를 꺼내고 사물함을 닫았다.

그때 누가 나를 불렀다.

"정호정!"

우리 반 박인석이었다. 그 애가 전에 내 이름을 불러 본 적 있었나? 없었을 것이다. 학년이 끝날 때까지 그랬을 것이다. 졸업하고 나면 같은 반이었다는 사실조차 기억하지 못했겠지. 그날이 아니었다면.

박인석이 내게 물었다.

"너, 강은기랑 친하지?"

정답은 '네가 무슨 상관이야.'였을 것이다. 아니면 '어?' 하거나 무시하거나. 그런데 나는 그만 입이 붙어 버렸다. 맞아,라고 하고 싶었기 때문인지도 모른다. 혹은 어떤 예감에 얼어붙었는지도. 나는 모른다. 그때도, 지금도, 어쩌면 앞으로도.

그 틈으로 파고들듯 박인석이 다시 물었다.

"걔 수원에서 전학 왔냐?"

심장이 쿵 떨어졌다. 그만 얼굴이 굳어 버렸다. 찬 바닥을 뒹구는 심장처럼. 나래는 늘 그게 내 약점이라고 했다. 얼굴에 다 티가 나는 것.

박인석은 입술 한쪽을 치켜들고 묘하게 웃으며 내 쪽으로 몇 걸음 다가왔다. 나는 박인석을 처음 보는 것만 같았다.

나보다 공부도 못하고, 키도 작아 보이는 남자애. 만만한 선생님들한테는 악의적으로 무례하면서 성깔 있는 남자 선생님 앞에서는 고분고분한 애. 욕을 빼면 말을 못 하는 애. 교실에서 더러운 농담을 소리 내어 지껄이는 애. 일본 애니메이션의 메이드 캐릭터를 페이스북 프로필 사진으로 걸어 놨다가 금세 NO JAPAN으로 바꾸는 애. 시시하기 짝이 없는 애. 박인석은 내가 가장 하찮게 생각하는 부류였다. 곽근 무리 중 하나, 그저 그런 보통 명사에 불과한 애.

그런 박인석 앞에서 나는 겁에 질려 있었다. 박인석이 나의 치명적인 부분을 움켜쥐고 있었다. 그 하찮은 손으로.

"그리고 우리보다 한 살 많지?"

박인석이 또 물었다. 그때 나래가 다가왔다.

"뭐야?"

나래는 한 팔로 나를 감싸 안듯 했다. 무언가가 나래로 하여금 그렇게 움직이게 만들었을 것이다. 무슨 일이 일어났는지 모르는 채로도. 그건 꽤 효과가 있었다. 나는 그제야 입이 떨어졌다.

"아니야."

이미 늦었다. 박인석은 내 대답에 더욱 확신에 찬 듯 싱긋 웃더니 휙 돌아서서 남자애들 사물함 쪽으로 걸어가며 외쳤다.

"맞대! 정호정이 다 맞대!"

사물함 뒤에서 곽근이, 그리고 몇몇 남자애들이 불쑥불쑥 나타났다. 독버섯처럼. 우와. 미친. 완전. 소름. 존나……. 그런 소리들이 터져 나왔다. 사이코패스냐? 그런 소리도 있었다. 그 애들은 독버섯의 포자 같은 소리를 터뜨리며 5교시를 기다리는 수학 교실 쪽으로 몰려갔다.

그중에는 보람이도 있었다. 보람이는 그 애들과 달리 난처한 얼굴이었고, 나래와 나의 눈을 피하며 쭈뼛거렸다. 나래가 보람이의 손목을 잡아 복도 저쪽으로 끌고 갔다.

사이코패스. 이상하게 그 말이 나를 진정시켰다. 그건 절대 은기가 아니었다. 미친 새끼들. 속으로 욕을 하면서 사물함으로 돌아가 책을 챙겼다. 그제야 은기한테 생각이 미쳤다. 은기는 어딨지? 농구대에 가까운 복도 끝으로 가서 창밖을 내다봤다. 은기는 밴드부 애들이랑 농구를 하고 있었다. 걱정이라고는 하나도 없이. 멀리서도 은기의 환한 마음이 느껴졌다. 덩크 슛을 시도하다 나뒹굴듯 넘어지는 모습에 내 얼굴에도 웃음이 떠올랐다.

그러나 나는 입 안이 바싹 말라 있었다. 침 한 방울 남아 있지 않았다. 이를 닦다 헹구지도 않은 채였다. 아직 칫솔을 손에 들고 있었다. 그런데도 운동장의 은기에게서 눈을 뗄 수가 없었다. 고개를 돌리면 은기가 그대로 사라져 버릴 것만 같았다. 예비종이 울렸다. 은기가 멀리서 턱도 없는 슛을 쐈고, 공은 보드에 맞고 튕겨 나왔다. 노아가 그 공을 주워서 은기에게 던졌다. 둘은 장난스럽게 싸워 대며 교실로 돌아오고 있었다.

나는 그제야 화장실로 달려가 대충 입 안을 헹구고 수학 교실로 갔다. 뒷문으로 들어서는데, 박인석과 몇몇 남자애들이 창가에 모여 있다 일제히 나에게 눈을 돌렸다.

"호정아, 이게 무슨 소리냐?"

내게 그렇게 물어 온 건, 지후였다. 지후가 내게 제 스마트폰을 내밀었다. 일 년쯤 지난 기사가 열려 있었다. 남자애 하나가 우리 반 단톡방에 링크를 올린 거였다. 평소라면 나는 절대 열어 보지 않았을, 누군가의 불행을 커다랗게 도려낸 기사.

가정 폭력이 부른 비극, 아버지를 살해한 아들.

나는 가장 가까운 의자에 주저앉았다. 이미 다른 애 책이 놓여 있던 자리지만, 그 애는 잠자코 책상에서 제 책을 가져갔다. 그 애도,

다른 애들도, 나한테 한마디도 하지 않았다. 다들 내 눈치를 봤다. 그랬을 것이다. 그때는 그런 줄도 몰랐지만.

"돌았나, 진짜."

내가 그렇게 말했던 것 같다. 그렇게 생각했던 것만은 분명하다. 단톡방에 올라온 링크가 다섯 개나 됐다. 링크 옆의 숫자가 빠르게 줄어들었다. 그에 대한 말은 얼마 되지 않았다. 말이라고 할 것도 없는 소리 같은 글자들.

설마, 누군가의 그 말에 나는 정신이 드는 것 같았다. 그래, 무슨 소리를 지껄이는 거야, 대체? 은기가 수원에 살았고, 우리보다 나이가 한 살 많아서, 뭐? 그래서 뭐? 그게 뭐? 기사를 얼핏 봤을 때 A군, 그렇게 써 있었다. 이름도 없었다. 그게 왜 은기야, 그게? 그따위 선정적인 기사를 보고 그걸 은기라고 생각하는 거야, 니들? 박인석 따위가, 곽근 무리 따위가 지껄이는 말을 사실이라고 믿는 거야, 니들?

하지만 나는 안다. 그때 교실에서 그걸 가장 확실히 믿었던 건 나였다. 다름 아닌 나였다.

나래와 보람이도 교실로 들어왔다. 보람이는 뒷문 가까운 자리에 앉아 버렸고, 나래만 눈이 빨개져서 내 쪽으로 왔다.

"호정아, 있지……."

그때 은기가 노아랑 교실로 들어왔다. 전학 온 날 입고 있던 동복 재킷을 허리에 둘러맨 채, 셔츠 첫 단추를 풀고 넥타이를 느슨하게 늘어뜨린 채, 먼지 묻은 농구공을 손끝으로 빙글빙글 돌리면서. 교실 문턱을 넘으며 은기가 공을 떨어뜨렸다. 장난스럽게 "이크"하며 공을 주워 들고 몸을 일으켰다. 그러고는 어리둥절한 표정으로 교실을 둘러보았다.

교실은 정적에 잠겨 있었다. 한마디 말도 없이, 소리도 없이, 모두의 눈길이 은기를 향해 있었다.

은기의 눈길이 내게로 왔다. 무슨 일이야, 호정아? 은기가 내게 묻고 있었다. 그건 내가 은기에게 묻고 싶은 말이기도 했다. 무슨 일이야, 은기야?

"야, 강은기!"

그렇게 부른 건 곽근이었다. 은기가 의아한 눈으로 곽근을 봤다. 내가 박인석을 보던 눈도 그랬을 것이다. 네가 왜, 나를?

곽근이 다시 입을 열었다.

"네가 그 강은기냐? 수원 살던 강은기?"

"A 군!"

그렇게 외친 건 박인석이었던가? 혹은 박인석들이었던가?

그 한마디가 은기의 심장에 화살을 꽂은 듯했다. 얼굴에서 단숨에 핏기가 가셨다. 곽근은 느긋하게 의자에 등을 기댄 채 계속 말을 이었다.

"너 우리보다 한 살 많고, 수원 살다 왔고, 맞지? 정호정이 그랬다는데?"

은기의 놀란 눈이 내게로 날아들었다.

아니야. 아냐. 은기야. 그런 게 아니야. 나는 필사적으로 생각했다. 그런 말을 하려고, 그런 몸짓을 하려고 했다. 그러나 도무지 속을 감출 줄 모르는 게 문제인 내 얼굴이 그때만은 그저 얼어 있었다.

"잠 깨자!"

수학 선생님이 여느 때처럼 기운찬 목소리로 들어왔다. 교탁에 프린트물을 내려놓다 문득 의아한 눈으로 교실을 둘러봤다.

"뭐냐, 이 분위기? 싸웠냐? 너네 아직 젊구나. 반장!"

그 순간 은기는 농구공을 떨어뜨리고 교실에서 나갔다. 그리고 두 번 다시 돌아오지 않았다.

4부

침몰

1

많은 말들이 있었다.

아버지를 살해한 혐의로 고등학생 A 군(16)을 붙잡아 조사 중. 근데 사람을 죽였는데 학교에 다닐 수 있어? 수원에 아는 사람 없냐? 가정 폭력이면 아버지한테 맞다가 욱한 거네. 완전 감쪽같이 속았네. 우리 할아버지 수원 사는데. 정당방위면 무죄야? 사람을 죽였는데 어떻게 무죄냐? 걔 카톡도 안 하는 거 알아? 어쩐지 이상하다 했지. 가정 폭력으로 인한 살인에 대한 최초의 정당방위 판결. 어디서 전학 왔냐니까 비밀이라면서 웃기만 하더라고. 소년원에 있었나, 그럼? 맞다. 중학교 때 수원으로 전학 간 친구 있는데. 페이스북도 찾아봤는데 없더라. 그 얘기 좀 그만해. 의무 교육이잖아, 의무 교육. 그런다고 아무나 다 학교에 다닐 수 있어? 집이 부잔가? 아버지를 죽이다니, 넷플릭스냐? 아, 나 걔한테 만 원 빌리고 아직 안 갚았는데. 넌 죽었다, 이제. 낄낄. 가정 폭력으로 인한 사망 사건에 대한 최초의 정당방위 인정. 선생님들은 알고 있었겠지? 사람

겉만 봐선 모른다. 학교 앞에서 걔네 엄마 본 적 있는데. 애가 잘 웃고 그래도 약간 싸한 데가 있기는 했지. 우리 반에 살인자가 있다니 나는 믿기지가 않아. 그럴 애처럼 안 보였는데, 정말. 어젠 사이코패스는 원래 인상 좋은 거라면서? 그럼 걔가 다시 오면 좋겠냐? 진짜 괜찮아? 그렇게 도망을 쳤으니 그게 자백이지. 나 걔랑 가끔 밥도 먹었어. 나는 같은 조로 수행 한 적도 있어. 소년법이 어쩌고 그러더니 이래서 그러는 거구나……. 그럼 소년은 살인을 안 하겠냐? 우리 학교에서 안 받아 주려고 했는데 걔네 엄마가 교장실에 가서 무릎 꿇고 빌었대. 의무 교육이라니까, 멍청아. 웃기는 참 잘 웃는 애였는데. 나는 하얗게 질린다는 말이 무슨 뜻인지 처음 알았잖아, 이번에. 딱하긴 하더라. 아무튼 소름 끼쳐. 사람이 아버지를 죽여 놓고 어떻게 웃고 살지?

2

많은 말들이 있었다. 은기가 사라진 자리에서 기어 나오는 말들, 은기를 파먹는 말들.

그 말들이 나를 물어뜯었다. 속닥속닥 귓속으로 파고들어 머릿속까지 갉아 댔다. 교실에서, 급식실에서, 복도에서, 운동장에서, 자판기 앞에서, 편의점에서, 떡볶이집에서, 그러니까 은기가 있던 모든 자리에서. 은기가 없던 자리에서조차. 머리가 아팠다. 타이레놀 두 알을 한꺼번에 삼켜도 소용없었다.

단톡방에 기사 링크가 잇달아 올라오며 소문이 퍼지고 있을 터였다. 어쩌면 페이스북에도, 인스타그램에도. 알림을 꺼 놓았는데도 내 귀에 그 소리가 쉬지 않고 울렸다.

그 많은 말들 중 어디에도 은기는, 내가 찾는 은기는 없었다. 은기는 어디로 사라졌는지, 어디에 있는지, 나를 얼마나 미워하고 있는지.

은기는 나를 원망하고 있을 것이다. 미워하고 있을 것이다. 나와의 모든 순간을 후회하고 있을 것이다. 증오하고 있을 것이다. 그건 마땅하고 옳은 일이다.

수원? 하고 곧장 시치미를 떼지 못한 건, 어쩌면 뜻밖이어서가 아닌지도 모른다. 뭐래? 하고 잘라 말하고 돌아서지 못한 건, 당황했기 때문이 아닌지도 모른다. 나는 정말로 놀라서, 당황해서, 불길한 예감에 겁에 질려서, 단지 그런 이유로 하찮은 박인석 앞에 얼어붙어 버렸던 걸까.

그 순간 나는 또한 알았을 것이다. 박인석이 뭔가, 내가 은기에게 물을 수 없었던 것들을 알고 있다는 사실을.

인간은 어째서 모르면 좋은 것을 그냥 덮어 두지 못할까.

나는 그것을 물으면 은기가 뒷걸음치리라는 것을 알았고, 그래서 은기에게 묻지 않았다. 하지만 내 마음은 내내 묻고 있었던 것이다.

박인석의 손에 은기를 물어뜯을 괴물이 든 상자가 있었다. 나는 박인석이 상자를 열까 봐 겁이 났고 또한 그 안에 든 것이 궁금했다. 그 잠깐의 망설임이었다.

정말로 치명적인 것은 거대한 모습을 하고 있지 않다. 이름 모를 바이러스나 천박한 호기심 같은 것들은.

나는 보기 좋게 덫에 걸렸다. 철컥. 그리하여 은기를 물어뜯을 괴물을 상자 밖으로 풀어 주었다.

내가 등장한 것만으로 교실의 공기가 달라졌다. 복도도, 급식실도, 횡단보도마저도. 우리 반 애들만이 아니라 전교가 다 알았다. 수원에서 전학 온 A 군에 대해. 그리고 A 군의 여친에 대해. 그 일이 우리를 공인된 커플로 만들어 주었다.

살인자랑 사귀었던 애랑은 밥 안 먹어! 그런 유치한 소리를 하는 애는 없었다. 살인자랑 사귄 기분이 어떠냐? 뾰족하게 날을 세운 소리를 하는 애도 없었다.

하지만 내가 들어서는 순간 볼륨을 낮춘 듯 교실의 소음이 일제히 잦아들었다. 급식실에서도 호기심 어린 시선들이 나를 따라다녔다.

나한테 쫓아와서 목소리를 높인 건, 노아가 유일했다.

"너도 은기랑 연락 안 돼?"

마지막 영어 수업과 종례를 잇달아 끝낸 뒤였다. 나는 못 들은 척 책을 챙겼다.

"걔 어쩌면 이럴 수가 있냐? 그러고 가 버리면 어떡해? 적어도 우리한테는 무슨 얘기라도 해야 되는 거 아니냐? 맞으면 맞다, 틀리면 틀리다……."

"집에 가자."

김동원이 노아의 손목을 잡아끌었다. 노아는 더 이상 고집부리지 않고 교실 밖으로 끌려 나갔다.

"밖에 나가서 떡볶이 먹을까?"

성미가 다가와 물었다. 꾸며 낸 밝은 목소리. 성미는 웃긴 애지만 개그맨으로 크게 성공하지는 못할 것 같다. 연기력이 좋진 않았다. 그래도 나는 속아 주었다. 태연한 얼굴로 그냥 급식 먹자고만 대꾸했다.

우리 학교는 원래 서울대 진학률이 높진 않아도, 4년제 진학률로는 서울에서 손꼽힌다는 학교다. 적당한 성적에 적당히 올바른 애들. 다들 바쁘기도 했을 것이다. 기말고사가 코앞이었다.

곽근마저도 그랬다. 중학교 때 급식실 사건 이후 나는 한동안 시달려야 했다. 곽근이 나한테 뭘 어쩌는 건 아니었다. 그 애들은, 그러니까 곽근과 그 무리들은 그냥 숙덕거릴 뿐이었다. 내가 지나가기만 하면. 내가 지나갈 만한 곳에 매복해 있는 것 같기도 했다. 숙덕거리고 낄낄거렸다. 눈알을 이리저리 굴려 대면서. 무슨 말인지 들리지 않았지만, 그 애들의 눈초리만으로 충분했다. 들으라는 듯 목소리를 돋운 한두 마디도 있었다. 그 애들은 나를 멋대로 상상 속의 진창에 굴리고 있었다. 학폭으로 찌를까 하는 생각도 해 봤다. 하지만 대체 뭐라고 한단 말인가? 그 애들이 자꾸 웃는다고? 그러다 어느 날 끝났다. 이유는 모르겠다. 지겨워졌는지, 다른 애가 걸려들었는지. 어차피 졸업이 얼마 남지 않은 때였다.

곽근은 상자를 열어 괴물을 풀어놓았을 뿐, 그 이후로는 흥미를 잃은 것 같았다.

그래도 나는 알았다.

곽근이 정말로 공격하고 싶었던 것은, 나였다. 은기는 내 옆에 있었을 뿐이다. 내가 은기의 손을 잡았을 뿐이다.

3

곽근과 나 사이에는 사실상 아무 일도 없었다.

기승전결을 갖춘 이야기가 될 만한 일도, 서론, 본론, 결론으로 구성된 보고서가 될 만한 일도. 차분한 해설이 흐르는 동영상이 될 수도 없을 것이다. 의미 없는 장면으로 어지러운 브이로그라면 모를까.

소문이 있었고, 급식실에서 작은 소동이 있었을 뿐이다.

중학교 때 곽근은 키가 컸다. 일찍 성장을 멈추는 유형인지 고등학교에 와서 중키가 됐지만, 중학교 때는 눈에 띄게 컸다. 잘생겼다고 말하기 어려울진 몰라도 인상이 좋았다. 어딘가 잘사는 집 애 같은 데가 있었다. 귀태가 났다. 공부도 잘하는 편이었고, 게임도 축구도 농담도 적당히 잘했다. 영어 말하기 대회에 학교 대표로 나가 교육청에서 무슨 상을 받아 오기도 했다. 노는 애들하고도 잘 어울렸다. 한마디로 곽근은 잘나가는 남자애였다. 우리 학년 중에서 곽근을 모르는 애는 아무도 없었을 것이다. 곽근에게 찍히고 무사히 학교를 다닐 수 있는 남자애도 없었을 테고.

여자애들 사이에서도 곽근은 꽤 잘나갔다. 근이는 참 좋은 애야, 나는 근이를 좋아해, 같은 건 아니었다. 곽근의 여친이 되는 게 괜찮은 일인 거였다. 그건 뭔가 잘나가는 일이었다.

곽근은 초등학교 때부터 그랬다고들 했다. 5학년 때 6학년한테 공개적으로 고백한 적이 있다고 했다. 점심 방송 시간에 신청곡과 함께 사귀자는 사연을 적어서 보낸 거였다. 그 6학년이 다름 아닌 방송부 부장이었다. 선생님한테 걸려서 방송은 못 나갔지만 온 학교에 소문이 났다고 했다. 그러고 둘이 사귀었을까? 그건 모르겠다. 듣고 잊었는지, 애초에 소문은 거기까지였는지.

중학교 때도 마찬가지였다. 나랑은 1학년 때 같은 반이었는데, 곽근이 누구랑 사귀네 마네 하는 말이 참 자주도 들려왔다. 으아, 불공평해! 그렇게 외치는 남자애들도 있었다. 여친이 아홉 번째라는 둥 열 번째라는 둥 그랬다. 나는 그런 말을 듣고 그냥 웃었다. 내가 곽근과 엮이게 될 거라는 생각은 추호도 해 본 적이 없었다.

2학년 때는 반이 달라졌다. 어쩌다 복도에서, 급식실에서 보았을 뿐이었다. 그럴 때 서로 인사를 하기나 했나? 그조차 모르겠다. 그러다 학교 축제 때 유기견 돕기 바자회에서 몇 시간 같이 일한 적이 있다. 학생회에서 주최한 행사였는데, 나는 유기견이라는 말에 바로 도우미 신청을 했다. 곽근은 거기에 왜 있었는지 모르겠다. 학생회 일을 했나? 아무튼 끝나고 회장 언니가 도우미들을 데려가서 떡볶이를 사 줬다. 그게 다였다.

그런데 얼마 후 급식실에서 친구랑 같이 자리를 찾고 있는데, 곽근네 반 남자애들이 나를 보고 "우우……." 울부짖는 소리를 냈다. 처음에는 나한테 하는 소리인지도 몰랐다. 그냥 왜 저래, 하고 말았다. 그런 일이 반복되었다. 교문 앞에서, 복도에서, 운동장에서, 마을버스에서. 우리 반 애들이 나한테 묻기 시작했다.

"곽근이 너 좋아한다며?"

나는 아니라고 했다. 처음부터, 내내. 솔직히 처음에는 조금 으쓱한 기분이었다. 학교에서 제일 잘나가는 남자애가 나를 짝사랑한다는 데야. 대체 왜 이런 소문이 도는지 모르겠다고 투덜대기도 했다. 하지만 어느 쪽으로도 진지했던 건 아니다. 잠깐이면 지나갈 해프닝인 줄 알았다. 곽근과 나 사이에는 아무 일도 없었으니까. 아무 일도.

그런데 말들이 자꾸 부풀어 갔다. 곽근이랑 사귄다며? 아니야. 곽근이랑 어떻게 되어 가냐? 아니라고. 와, 좋겠다. 남친도 생기고. 아니라니까. 아니긴 뭐가 아니야. 아, 내숭.

아무리 진지하게 말해도 애들은 웃기나 했다. 이미 정해진 것처럼 굴었다. 곽근이 나를 찍은 걸로 얘기는 끝나 있었다.

곽근네 반 남자애들은 계속 우우거렸고, 여자애들까지 나를 힐금힐금 봤다. 그때 곽근이 어쩌고 있었는지는 모르겠다. 나는 곽근이 있는 쪽은 절대 쳐다보지 않았으니까.

그러던 어느 날, 급식실에 자리 잡고 앉은 참인데 곽근이 내 앞에 나타났다. 같이 온 내 친구를 슬쩍 어깨로 밀어내고 내 앞자리에 앉았다. 마치 그렇게 정해져 있었던 것처럼.

"뭐야……."

친구가 짜증스럽게 말했고, 나는 얼굴이 붉어졌다. 곽근네 반 애들 쪽에서 우우거리는 소리가 어느 때보다 컸다. 우리 반 애들뿐 아니라 다른 반 애들까지 호기심 어린 눈으로 우리 쪽을 봤다.

그 순간 곽근이 싫어졌다. 관심이 없는 걸 넘어, 진저리 나게 싫었다.

곽근이 그동안 떠벌렸던 연애들, 그게 정말 다 연애였을까? 그제야 그런 생각이 들었다. 과연 그 여자애들도 그걸 곽근이랑 사귀었던 거라고 기억할까?

여기서 일어나면 그 또한 소문이 되겠지. 정호정? 걔 성깔 장난 아니잖아. 둘이 깨졌나? 역시 둘이 사귀었네. 근데 안 사귄다고 시치미는 왜 떼냐? 아주 짧은 순간에 많은 생각들이 떠올랐다. 심지어 곽근을 걱정하는 생각마저 들었다. 내가 이러고 가 버리면 곽근은 진짜 제대로 망신인데. 그렇게 망신을 당할 만큼 잘못했나? 그냥 나를 좋아했을 뿐인데.

나는 혼란스러운 지경에 몰려 있었다. 아무 짓도 하지 않았는데, 아무런 마음조차 없었는데. 그런 생각이 나를 움직이게 했다. 아닌 건 아닌 거다. 곽근과 나 사이에는 아무 일도 없었다. 곽근의 전 여친이 될 생각은 조금도 없었다.

나는 그대로 자리에서 일어섰다.

곽근이 눈을 크게 떴다. 여유롭게 기대고 있던 등을 얼른 바로 세웠다. 테이블 너머로 팔을 뻗어 내 손을 잡으려 했다.

"야, 앉아 봐."

"뭐?"

그러면서 나는 식판을 들었고, 곽근은 반쯤 일어서서 내 쪽으로 손을 더 내밀었다. 그걸 피하려다 나는 조금 중심을 잃었다. 식판이 기울어지며 곽근의 교복 셔츠에 육개장이 쏟아졌다. 그리 뜨겁지는 않았지만, 아쉽게도.

곽근이 표정을 일그러뜨리며 나를 노려보았다. 급식실이 일순 조용해졌다.

"무슨 일이니?"

선생님들 테이블에서 어느 선생님이 일어나 물었다. 아이들은 다시 점심을 먹기 시작했다. 눈으로는 나랑 곽근을 흘금거리면서.

나는 배식대로 돌아갔다. 급식 도우미 선생님이 내 식판을 보더니 아이구, 하고 혀를 차고는 새 식판에 점심을 다시 담아 주었다. 나는 원래 같이 먹으려던 친구랑 다른 자리에 앉아 점심을 먹었다. 애들도 어느새 자기 밥 먹느라 바빴다.

쾅!

굉음이 급식실을 울린 것은, 내가 밥을 두어 숟가락 먹었을 때였을 것이다.

곽근이 식판을 퇴식대에 집어 던지는 소리였다. 담겨 있던 음식이 사방으로 튀었고, 식판은 비스듬한 입구에 맞고 튕겨 나와 바닥에 나뒹굴었다. 쇳소리가 그치고 몇몇 남자애들이 곽근을 따라 나갔다.

나는 아무것도 모르는 척 계속 밥을 먹었다. 밥 한 톨 남기지 않았다.

그건 사실상 나하고는 상관없는 일이었으니까.

4

그러므로 나는 아무 말도 할 수 없었다.

더 이상 곽근의 소문이 되고 싶지 않았다. 내가 어떤 말을 해도 그 역시 소문의 한 조각이 될 것 같았다. 무시하는 게 최선이라고 생각했다. 아니, 그 밖의 다른 방법을 몰랐다. 그건 유일하고 또 마땅한 방법이었다. 곽근이랑 나 사이에는 아무 일도 없었으므로.

아무 일도 없었던 건 아니잖아요?

의사가 물었다. 아니, 말했다? 의사의 의도가 어느 쪽이건, 나는 되물었다.

그럼 무슨 일이 있었는데요?

다시금, 곽근과 나 사이에는 아무 일도 없었다. 달리 내가 무슨 말을 할 수 있나. 중학교 때 잘나가던 애가 나를 좋아했다고? 내가 거절하는 바람에 그 애가 나를 좀 씹는 거 같았다고?

은기와 나도 그런 것이다. 은기랑 내가 사귄 것도 아니다. 오늘부터 1일, 우리는 그런 말조차 한 적이 없다. 둘이 그런 사이 아니야?

하는, 어쩌다 친구 주머니에 들어 있던 먹다 남은 과자 같은 이야기. 이야깃거리.

은기라고? 그 애랑 고작 석 달을 알았을 따름이다. 떡볶이를 먹었을 뿐이다. 걸었을 뿐이다. 만두를 먹었을 뿐이다. 조금 울었을 뿐이다. 손을…… 잡았을 뿐이다.

지금껏 수천 번, 수만 번은 잡았을 손. 엄마랑, 아빠랑, 진주랑, 친구들이랑, 선생님들이랑. 설사 그건 좀 다른 것 같았다 해도, 내가 몰랐던 손의 일이 있었다 해도. 그래서? 나는 개랑 손도 잡은 사이였잖아. 흑흑흑?

그 애가, 은기가 사라진 일이 대체 내게 뭐란 말인가?

학교가 그렇게 싫었던 적이 없었다. 그래도 꼬박꼬박 학교에 갔고, 야자 시간에 자리를 지켰다. 그러지 않을 이유가 없었다. 달리 내가 무슨 일을 할 수 있단 말인가.

어째서 지나간 일들이 지나가지지 않는 걸까. 어째서 끝난 일들이 끝나지 않는 걸까. 어째서 나는 지나간 일에 엎어져서 울고 있는 걸까.

아니, 나는 울지 않는다. 울지 않는 애다.

만두를 먹으며 울지 않았어야 했다. 얼마나 시시했을까, 나의 눈물이라는 게. 은기에게는. 나는 우는 이유를 말하지 않았지만, 그건 틀림없이 시시한 눈물이었을 것이다.

그러므로 나는 울지 않는다. 울지 않는 애다, 나는.

5

앞머리에 헤어 롤을 감는다. 할머니한테 받은 용돈으로 서클렌즈를 새로 샀는데, 만 원 차이로 착용감이 완전히 달랐다. 베이스를 바른 뒤 프라이머로 모공을 정돈한다. 쿠션을 두드리고 컨실러로 보정을 한다. 파우더로 마무리한 다음 아이 팔레트를 조심스럽게 열었다. 얼마 전 진주가 떨어뜨려 섀도에 금이 가 버렸다. 브러시로 살살 달래듯 섀도를 덜어 눈두덩이에 펴 바른다. 아이라이너를 그린다. 펜이 그리기는 편하지만 아무래도 젤 라이너 쪽이 선명하다. 눈꼬리까지 매끄럽게 선을 그리자 쌍꺼풀 수술을 한 듯눈매가 또렷해졌다. 속눈썹을 너무 바짝 집어 올리는 바람에 눈이시큰거렸다. 몇 번 깜빡여 눈을 진정시킨 뒤 마스카라로 속눈썹을말아 세우고 하이라이터로 애굣살을 만든다. 셰이딩으로 콧대를강조하고 블러셔로 생기를 더한 뒤 픽서로 마무리한다.

이상하게 손이 더뎠다. 생각하지 않고서는 다음 과정으로 움직여지지 않았다. 설명서를 보아 가며 13세용 레고를 조립하는 진주처럼 하나하나, 그래도 잘 끝내긴 했다.

그런데 나래가 나를 보자마자 눈썹을 치켜세우며 말했다.

"아이브로 안 그렸네?"

나래가 건네준 손거울을 봤다. 뭔가 허전하다 했더니, 눈썹이었다. 나는 눈썹이 선명하지 않은 편이라 아이브로를 빠뜨린 얼굴은 흐리멍덩해 보였다. 화장도 떴다. 과연 피부의 가장 큰 적은 수면 부족이었다.

"안 되겠다, 가자."

나래가 나를 사물함으로 데려갔다. 눈썹만 그리면 모든 걸 바로잡을 수 있다는 듯이. 그런데 나래가 사물함을 여는 순간 쇼핑백이 바닥으로 툭 떨어지면서 안에 든 옷이 쏟아졌다. 손수건만 한 깅엄체크 스커트. 엄마랑 백화점에 갔다가 건졌다며 자랑한 옷이었다. 보람이와의 백 일 이벤트 때 입을 거랬는데. 그러고 보니 12월 5일이었다.

평일인데 학원은 어쩌고? 엄마한테 뭐라고 거짓말을 했나? 기말고사가 코앞인데. 그런 생각이 들었지만 묻지는 않았다. 크게 궁금하지도 않았다. 미안한 얼굴로 내 눈치를 보며 허둥지둥 옷을 챙겨넣는 모습에 짜증이 났을 뿐.

못 본 척 나도 사물함을 열었다. 그런데 내 파우치가 없었다. 아침에 분명 챙겼다고 생각했는데. 나래가 나를 돌려세웠다. 이미 펜슬을 꺼내 들고 있었다. 나래는 입을 반쯤 벌린 채 온 영혼을 바쳐 내 눈썹을 그려 줬다.

나래의 아이브로펜슬에서 좋은 냄새가 났다. 바비브라운 펜슬이었다. 나래랑 친구가 되기 전까지 나는 세상에 그런 브랜드가 있는 줄도 몰랐다. 로드 숍에서 고급 라인이라도 사면 사치인 줄 알았지. 아무리 그렇다고 아이브로펜슬에 향수를 담기라도 했나? 값비싼 파우치에 들어 있으면 절로 좋은 향이 배나? 나래가 내 눈썹을 그려 준 건 하루 이틀이 아닌데, 그 향이 거슬렸다. 누군가에게는 흔해 빠졌겠지만, 나는 가질 수 없는 것들. 나래는 때로 내게 그런 것들을 상기시켰다. 새삼스러운 일은 아닌데, 그날따라 짜증이 났다.

한발 물러나 내 눈썹을 살피는 나래의 얼굴은 그저 흐뭇해 보였다. 나도 나래의 마음을 모르지 않았다. 나를 걱정하는 거겠지. 나는 웃는 척이라도 하려고 애썼다.

"됐다. 이제 완벽해. 내 이 금손을 어쩌면 좋아. 내일도 아이브로는 그리지 말고 와. 내가 그려 줄게."

나래는 그렇게 말하며 최선을 다해 웃었다. 최선을 다하는 마음이 고스란히 드러나도록, 혹은 그 마음을 드러내면서. 너한테는 내가 있잖아, 호정아. 괜찮아.

나는 네가 이러는 게 정말 싫어, 모르겠니?

일종의 진화인지 고등학교 버전인지, 곽근은 그날 이후 나에게 아무런 관심도 보이지 않았다. 곽근네 무리들도.

그러므로 어떤 의미에서 나를 계속 괴롭히는 건, 나래였다. 지후였고, 성미였고, 또 다른 애들이었다. 아무 일 없었다는 듯이 말을 거는 애들. 평소보다 다정한 투로 말을 걸면서 평소와 다름없다는 듯이 구는 애들. 괜찮아, 아무 일 없었어.

그 애들이 싫었다. 나는 조금도 괜찮지 않았다. 괜찮지 않을 것이었다. 내가 어떻게 그래? 내가? 나만? 괜찮지 않다는 것만이 유일하게 괜찮게 느껴지는 일이었다. 나는 괜찮아지고 싶지 않았다.

아니, 대체 내가 괜찮지 않을 이유가 뭐란 말인가. 괜찮아. 아무일 없었어. 그건 내가 스스로에게 내내 하고 있는 말이었다.

그러니 다들 저리 가, 날 좀 내버려 두라고.

은기가 사라진 날 밤에 나래는 페이스북으로 잇달아 메시지를 보내 왔다. 보람이를 추궁해서 알아낸 사실들이었다. 어떻게 남자애들이 은기에 대해 알게 됐는지, 그 애들이 얼마나 야비한지, 보람이가 얼마나 미안해하고 있는지. 나는 그런 메시지에 하나도 답장을 보내지 않았다.

그 후로 나래는 더 이상 은기 이야기를 꺼내지 않았다. 아마 본인은 그렇게 생각했을 것이다. 호정이가 불편해하니까 은기 얘기는 꺼내지 말아야지,라고.

그러나 점심시간이 되면 나래는 보람이가 아니라 내 팔짱을 끼고 급식실로 갔다. 지후도 문예반 애들을 놔두고 우리랑 점심을 먹었다. 그렇게 나는 또 넷 중 하나가 됐다. 나래가 시켰는지, 밥 먹기 전에 보람이가 따뜻한 물을 떠 왔다. 원래 우리는 그렇게 넷이었다는 듯, 달라진 것도 사라진 것도 없다는 듯.

보람이와의 백 일 다음 날에는 나래가 국어 학원에서 받은 기출문제도 챙겨다 줬다. 프린트물을 건네는 나래 손에 반지가 빛나고 있었다. 올리브영에서 한 뭉치씩 파는 머리끈처럼 가느다란, 하지만 한눈에 봐도 그건 로즈골드였다. 밥알보다 작지만 선이 또렷한 하트가 달려 있는 로즈골드 반지.

그저 반지가 보였다. 보여서 봤을 뿐이었다. 그런데 나래가 얼른 왼손을 감추듯 내 앞에서 치웠다.

"지난 5년간 우리 학교 국어 시험 문제가 다 있어. 다른 학교 것도 유형별로 정리되어 있고, 핵심 사항도 요약되어 있고. 국어는 이걸로 끝내. 어차피 시간도 없고."

"나 정시 본다니까."

"그래도. 공부해서 나쁠 거 없잖아? 공부가 남는 거지."

정말 모르겠어? 나는 네가 이러는 게 너무너무 싫다고. 나 좀 가만히 내버려 두라고. 저리 가라고. 하지만 나는 그냥 프린트물을 받았고, 사물함에 처박아 두었다. 야자 내내 머리가 아파서 엎드려 있었다. 진통제를 먹어도 낫지 않았고, 그런데도 엎드려 있으니 이상하게 잠이 쏟아져서 정신없이 자다가 애들이 깨워서야 일어났다.

교문 앞에 섰는데 막막해졌다. 버스 정류장까지 가는 길이 한없이 멀게 느껴졌다. 집까지 가야 한다고 생각하니 눈앞이 캄캄했다. 택시를 탈까 하는 생각마저 들었다. 하지만 무서웠다. 돈도, 택시도.

내 발로 걷는 수밖에 없었다. 어떻게든 버스 정류장까지 갔지만, 늘 타고 다니는 버스는 그냥 보냈다. 은정서점 앞으로 갈 자신이 없었다. 더 기다렸다 다른 버스를 탔다. 좀 돌아가는 버스라 멀미가 났다. 집에 도착할 즈음에는 엘리베이터 버튼을 누르기도 힘들었다.

"어디 아파?"

엄마가 물었다. 내 대답은 정해져 있었다.

"피곤해."

방으로 들어와 불도 켜지 않고 침대에 누웠다. 그대로 자고 싶었다. 하염없이. 오래오래. 영영 깨어나지 않을 것처럼. 하지만 막상 침대에 누우니 잠이 오지 않았다. 몸은 무겁고 머리는 아픈데, 정신은 그렇게 맑을 수가 없었다.

뇌가 고장 난 것 같았다. '자다'와 '깨다'의 신호 체계에 이상이 생긴 것이다. 뇌를 꺼내서 박박 문질러 씻고 싶었다. 그게 내가 하고 싶은 유일한 일이었다.

6

아침에 엄마가 깨워서야 겨우 일어났다. 그건 내게 드문 일이었고, 엄마는 당연히 걱정을 했다.

"피곤해서 그래. 시험이라고."

내신에 신경을 안 쓴다 해도 나는 대한민국 고등학생이고, 그보다 확실한 알리바이는 없었다.

아무리 피곤해도 흉한 꼴로 나갈 수는 없어서 거울 앞에 앉았지만, 파우치를 들여다보기만 하다가 그냥 일어났다. 헤어 롤을 감는다, 베이스를 바른다, 프라이머를…… 그렇게 머리에서 일일이 명령을 내려도 손이 움직이지 않았다.

결국 머리를 질끈 묶고 마스크를 쓴 채 학교에 갔다. 그러기를 잘한 셈이었다. 시험 내내 엎드려서 잤다. 일부러 그런 건 아니었다. 머리가 아팠다. 졸리기도 했다. 대충 찍고 엎드리자마자 잠에 빠져들었다. 두 과목 만에 시험이 끝나서 아쉬웠다.

시험 기간에는 교실 한 군데에 모여서 야자를 했다. 기말고사야 아무래도 상관없지만 그래도 자리를 잡고 앉았다. 하지만 인강 하나를 채 못 보고 잠이 들었고, 감독 선생님이 깨워서 일어났다. 두 번이나 그러고 나니 계속 있기도 민망했다. 학교에서 나와 거리를 쏘다니다 스타벅스에 앉아 그래도 억지로 인강 두 개를 보고 집으로 가는 버스를 탔다.

그래서, 말도 안 되는 하루를 보내서 그랬을 것이다. 너무도 피곤해서 그랬을 것이다. 나는 은정서점 앞에 서는 버스에 탔다. 타고 말았다.

내려야겠다는, 다른 버스에 타야겠다는 생각조차 하지 못했다. 고약한 무언가가 나를 그 버스로 끌어들인 것 같았다. 그날과 같았다, 모든 것이.

버스에는 아직 빈자리가 많지 않았다. 맨 뒷줄은 비어 있었지만, 서 있는 사람들이 통로를 막고 있었다. 뒷문 바로 다음다음 2인석 중 한 자리가 비어 있었다. 통로 건너 자리도 비어 있었다.

나는 홀린 듯 뒷문 쪽 빈자리에 앉았다.

어두운 차창에 내가 비쳤다. 내 모습이 사각의 유리창에 온전히 담겼다. 창에 비친 내가 물끄러미 바라보고 있는 것은 나였다. 나를 바라보고 있는 것은 나였다. 오직 나였다.

헝클어진 머리를 대충 묶고 구겨진 마스크를 쓴 채 의자에 머리를 기대고 흔들리는 나. 기말고사에 아무렇게나 답을 찍고 엎드려 자던 나. 수시니 정시니 잘도 핑계가 좋은 나. 머리가 아프다, 졸린다, 갖은 핑계로 공부를 미루고 있는 나. 고작 그런 나.

가만히 손을 펼쳐 보았다. 대체 언제 손을 씻었는지 기억도 안 났다. 꼬질꼬질한 몰골하고는. 이 손으로 뭘 할 수 있을까. 언제나 이 꼴이겠지. 뭐든 사고 싶으면 다 사는 나래가 부럽고, 더없이 꿈이 확실한 지후 앞에서 초라해지면서도 아닌 척, 혼자 어른스러운 척, 세상 물정 다 아는 척, 언제까지고 이따위로 살겠지. 무엇도 되지 않겠지. 가질 수 없는 것들에 둘러싸인 채 안간힘을 쓰기나 하겠지. 이런 몰골로.

"다음 정류장은 산성터 시장, 산성터 시장입니다……."

버스 안내 방송도 그날과 같았다. 나는 훈련에 따르는 것처럼 자리에서 일어나 하차 버튼을 눌렀다.

그런데 버스 정류장에 아빠가 있었다. 버스 문이 열렸다. 그 순간 아빠가 전화를 받으며 오른쪽으로 몸을 돌렸다. 나는 고개를 푹 숙인 채 버스에서 내려 어둑한 아파트 단지 뒷문으로 재빨리 걸어 들어갔다. 뒤도 돌아보지 않았다. 호정아! 그렇게 부르는 소리를 들은 것도 같았다. 때마침 오토바이 한 대가 굉음을 울리며 지나갔다. 그건 수정이일 수도, 호영이일수도, 이름 같은 건 아닐 수도 있었다.

나는 빠른 걸음으로 아파트 단지를 지났다. 홍제천으로 내려가는 갈림길도 그대로 지나쳤다. 앞만 보고 뛰듯이 집까지 갔다.

비밀번호 누르는 소리를 듣고 엄마가 현관 앞으로 와 있었다. 엄마 손에 책이 들려 있었다. 『오즈의 마법사』였다.

"언니! 잘 자!"

진주가 방 안에서 소리쳐 인사했다.

그대로 방에 들어갔다. 불도 켜지 않고 허둥지둥 교복을 갈아입고 침대에 누웠다. 엄마가 방문을 살짝 열었다가 그대로 닫았다.

나는 기말고사 시험 기간 중인 고등학생이었다. 늦게까지 야자를 하고 왔으니 쓰러져 자는 건 지극히 자연스러운 일이었다. 식구들이 모두 잠들 때까지 그렇게 쓰러져 있을 생각이었다.

그런데 가쁜 숨이 진정되었다 싶을 무렵, 비밀번호 누르는 소리에 이어 현관문이 왈칵 열렸다. 그 기세에 내 방문까지 덜컹거렸다. 곧 방문이 열렸다.

"정호정."

아빠였다. 낮고 분노에 찬 목소리였다. 나는 그대로 누워 있었다. 난 시험공부에 지친 고등학생이라고, 아빠. 날 좀 그냥 내버려 두라고.

"여보, 무슨 일이야?"

엄마의 긴장한 목소리가 들려왔다. 아빠는 엄마 말에 대답도 하지 않고 다시 나를 불렀다.

"정호정."

"아빠……."

진주도 방에서 나온 모양이었다. 겁에 질린 소리였다. 아빠가 진주한테 말했다.

"가서 자."

진주를 쳐다보지도 않고 말했을 것이다. 등 돌려 누워 있어도 다 느껴졌다. 엄마가 다정한 소리로 진주를 달래서 방으로 데리고 들어간 것 같았다.

"정호정. 일어나."

아빠가 다시 말했다. 그러고는 침묵. 깊은 침묵. 분노로 응어리진 침묵. 나 또한 침묵 말고는 아무 할 말이 없었다. 아빠, 날 좀 내버려 둬. 오늘만이라도, 제발.

"너 아까 아빠 봤지?"

봤다. 물론. 아빠가 현관문을 여는 서슬에 내 방문이 덜컹거렸을 때 알았다. 아빠도 나를 봤던 것이다. 그래서? 날 좀 내버려 둬. 내가 언제 마중 나와 달라고 했어?

"그런데 아빠를 못 본 척하고 가 버려? 못 볼 거라도 본 것처럼? 너 도대체 왜 그래? 왜 이렇게 못돼 먹었어?"

나도 몰라. 하지만 맞아. 못돼 먹었어. 그러니까 제발 나 좀 가만 두라고. 나 같은 건 그냥 내버려 두라고, 제발……. 울고 있다고 생각했다. 나는 울고 있었다. 그런데 눈물이 흐르지는 않았다. 울음소리도 나오지 않았다. 나는 그저 벽을 향해 둥글게 몸을 웅크리고만 있었다.

"대체 내가 뭘 그렇게 잘못했어? 우리가 너한테 뭘 그렇게 잘못했어?"

몰라? 모르겠어? 발딱 일어나 소리를 지르고 싶기도 했다. 하지만 그럴 기운도 없었고, 할 말도 없었다. 대체 무슨 말을 하지? 모든 건 오래전 일일 뿐인데. 다 끝난 일인데. 사소한 말들, 만두라거나 곰국이라거나 자전거라거나 뭐 그런, 도무지 심각한 문장에 어울리지 않는 말들뿐인데.

"아무리 철이 없어도 그렇지, 어떻게 이렇게 제멋대로야? 아빠가 종일 힘들게 일하다가 온 거 몰라? 그래도 네가 걱정돼서 나간 건데, 어떻게 이렇게 엄마 아빠 마음을 몰라?"

몰라. 나는 몰라. 모른다고. 그러니까 저리 가라고. 우리가 언제는 서로 알았어? 우리는 원래 이랬잖아. 아빠가 나에 대해 뭘 알아? 엄마는 나에 대해 뭘 아는데? 갑자기 왜 이래?

"대답 안 해!"

마침내 아빠가 소리쳤다. 설마 그런 빤한 소리까지 할까 했는데, 정말로 했다.

"너, 아빠 말이 말 같지 않아?"

말 같지 않아. 그래. 말 같지 않다고. 하지만 그렇게 말할 수가 없어. 한마디도 할 수가 없어. 입이 떨어지지 않는다고. 소리라는 걸 낼 힘이 없어. 아빠. 제발 나가. 날 좀 내버려 둬.

"말 같지 않냐고!"

그때 엄마가 다시 나왔다.

"왜 이래. 나중에 얘기해, 나중에. 애 시험 기간이라고."

"시험? 그게 뭐? 그거 무서워서 벌벌 떨다가 애 꼴을 봐! 그래서, 이따위로 싸가지 없게 굴어서 공부는 잘해? 공부라도 잘하냐고!"

"여보오!"

"공부하기 싫으니까 사춘기가 핑계지! 오만 짜증을 내는 통에 네 엄마가 학원 다니라는 말 한마디 못 하고 속만 끓여! 엄마 만두 빚다가 손목 나간 거 몰라? 어떻게든 뒷바라지해 주려고 한 푼에 벌벌 떨고 있는데, 이따위로밖에 못 해?"

맞아. 이따위로밖에 못 해. 이게 나야. 이게 아빠야. 이게 우리야. 그러게 왜 갑자기 자상한 아빠인 척해? 왜 다정한 가족인 척해? 나는 진주가 아니야. 그런 건 진주한테나 해. 진주는 잘할 거야. 진주는 잘 알거든. 다정한 게 뭔지. 난 몰라. 그러니까 제발 가, 가라고. 나가라고.

"나가."

내가 말을 했다고 생각했다. 하지만 내 말은 제대로 형체를 갖추지 못했다.

"뭐?"

아빠가 물었다.

"나가라고."

이번에는 말이 되었다. 쿵쿵거리는 발소리가 났다. 아빠가 이불을 휙 걷었다.

"하지 마!"

엄마가 달려와 아빠 손에서 이불을 빼앗아 얼른 도로 덮어 주었다. 상관없었다. 그리고 둘이 서 있으면 어차피 마찬가지였다. 이불 같은 건 있으나 없으나.

"당신이 이렇게 싸고도니까 애가 이따위잖아! 뭘 하지 마? 내가 못 할 말 했어? 자식이 이따윈데 부모가 몰라라 해, 그럼?"

"뭘 몰라라 해! 내가 따로 말할게. 알아서 잘하는 애잖아!"

"알아서 하긴 뭘? 중학교 때 반짝 공부 잘한 거? 그게 뭐? 그래서, 서울대라도 갈 거야? 가면 뭐 해? 서울대를 간들 인간이 안 되면 무슨 소용이냐고!"

서울대라는 말에 하마터면 웃음이 나올 뻔했다. 별걱정을 다 하시네요. 저는 서울대를 가지도 않을 거고요, 네, 인간도 안 될 것 같네요.

"엄마……."

진주가 울먹이는 소리가 들렸다. 곰돌이가 그려진 잠옷 아래에 내복 바지를 입었겠지. 정품은 결코 아니라는 걸 온몸으로 증명하는 라푼젤 봉제 인형을 안고 있겠지. 얼마 전 파마한 머리를 길게 늘어뜨린 채 눈물을 글썽이고 있겠지. 그런 꼴을 한 번도 본 적 없으니 얼마나 놀랐을까. 겁이 났을까.

미안하다, 동생아. 하지만 이게 인생이란다. 이게 우리 집이란다. 그동안 몰랐지? 웰컴 투 정 씨네 가족.

"나가."

내가 다시 말했다. 그 역시 말이 되지 않았지만, 엄마는 알아들었다. 그런 것 같았다.

"나가, 나가."

엄마가 그렇게 말하며 아빠의 등을 떠밀고 나갔다. 아빠……. 진주의 목소리에는 이제 확연히 울음이 배어 나왔다.

"후우……."

아빠가 분노에 찬 한숨을 터뜨리며 떠밀려 나가는 것 같았다. 방문이 닫혔다. 곧 다시 왈칵 열렸다.

"오늘은 붙잡고 얘기를 해 보려고 했더니, 끝까지 네 멋대로지. 그래, 상관 안 할게. 어디 한번 네 멋대로 해 봐."

다시 방문이 닫혔다. 어둠이 나를 감싸 안았고, 진주가 울먹이는 소리가 흘러 들어왔다. 진주야, 놀랐지? 괜찮아. 너 혼낸 거 아니야……. 아빠가 그렇게 말하자 엄마가 덧붙였다. 아빠가 언니 사랑해서 그러는 거야……. 아빠, 이제 무섭게 안 할 거지? 진주가 어리광 섞인 목소리로 말했고, 아빠는 미안하다고 했다.

미안해? 미안하다고? 진주네 집에서는 그런 말이 그리 어색하지 않다.

7

나는 너무 빨리 태어난 아이였다.

엄마 아빠는 나를 임신하는 바람에 선수촌을 떠나야 했다. 그토록 힘들게 국가 대표 상비군으로 선발되었는데, 올림픽은커녕 국제 대회에 제대로 서 보지도 못하고 선수촌을 떠나 도장을 차렸다. 같이 운동했던 친구들이 올림픽 메달을 따고 뉴스에서 인터뷰를 하는 동안에.

엄마 아빠가 아직 이십 대일 때 나는 이미 일곱 살이었다. 내 처지를 눈치챌 만큼 자라나 있었다.

할머니 댁에 엄마 아빠에 대한 울분이 가득하던 어느 날, 나는 혼자 조용히 할머니 댁을 나섰다. 내가 다니던 단지 내 유치원은 온통 깜깜했지만, 경비실 주변은 대낮처럼 밝았던 기억이 난다. 재활용 쓰레기 분리수거를 하는 날이었던 것 같다. 마대 자루에 담긴 것을 꾹꾹 눌러 밟고 있는 경비 아저씨를 지나 아파트 입구로 걸어갔다. 상가 방향이 아니라, 놀이터 뒤 쪽문으로 향했다.

아파트 단지 안이라도 그쪽은 어두컴컴했다. 가로등은 그리 밝지 않았고, 오래된 아파트라 무성한 나무들이 불빛을 가리고 있었다. 밤의 놀이터는 낮과 전혀 다른 세상이었다. 미끄럼틀 아래에서 도시 괴담의 주인공이 튀어나온대도 전혀 놀랍지 않을 일이었다. 그런데도 나는 할머니 댁으로 돌아갈 생각을 안 했다. 무섭다는 기분이 들지도 않았다.

기분이 좋았다. 발이 둥둥, 부드럽게 떠가는 것 같았다. 나는 들떴고, 자랑스럽기도 했다. 마침내 가야 할 곳으로 가고 있었다. 왜 진작 이 생각을 못 했나, 싶기도 했던 것 같다.

그날 무슨 더 분노할 일이 있었는지는 모르겠다. 아무튼 그날은 고모가 특히 화를 냈다. 저녁을 먹다가 큰소리가 오갔고, 할머니가 울었다. 나는 모르는 척 계속 밥을 먹었다. 곰국에 밥을 말아서, 할머니가 잘게 잘라 물에 담가 둔 깍두기랑 같이. 곰국은 우유처럼 진하고 밥알은 보들보들했다. 깍두기도 아삭하고 달콤한 맛이 났다. 그리고 나는 비참했다. 비참하다는 말을 모른다고 해서 비참한 마음을 모르는 건 아니었다. 말보다 마음이 먼저 생겨났을 것이다.

밥그릇을 깨끗하게 비웠다. 그러고 나니 정말로 난처해졌다. 큰소리는 그쳤지만, 식탁에는 할머니의 조용한 눈물 그리고 고모와 삼촌의 분노가 흐르고 있었다. 나는 정말이지 어찌할 바를 몰랐다. 눈을 내리뜬 채 바닥이 드러난 국그릇을 숟가락으로 살살 긁기만 했다. 무언가 먹을 것이 더 있기를 바랐다. 그때 고모가 내 쪽으로 눈을 돌리며 물었다.

"맛있냐?"

나는 고개를 끄덕였다. 곰국이 맛있긴 했다. 내게는 그 밖에 많은 마음이 있었지만, 그중 내가 이름을 아는 마음은 맛있다는 것뿐이었다. 고모가 어이없다는 듯 코웃음을 치고는 신경질적으로 웃었다. 짜증이 난다고 중얼거렸던 것 같기도 하다. 삼촌은 고개를 절레절레 흔들었다. 질렸다는 듯이. 어쩌면 그런 말을 했던가?

"그만 들어가서 자, 호정아."

할머니가 눈물을 닦으며 말했다. 할머니는 내게 다정하려 했던 것 같지만 그 또한 나를 난처하게 했다. 아직 이도 안 닦았고, 씻지도 않았는데. 그래도 뭐든 할 수 있어 다행이었다. 나는 화장실로 들어가 양치를 하고 세수도 했다. 옷에 물도 별로 흘리지 않았다. 베이비 로션까지 바르고 나니 약간 뿌듯한 기분도 들었다.

거실로 나오니 삼촌이 설거지를 하고 있었다. 고모랑 할머니는 보이지 않았다. 고모는 자기 방으로 들어간 것 같았고, 안방에서는 텔레비전 소리가 흘러나왔다.

나는 화장실 앞 발 매트 위에 꼼짝 않고 서 있었다. 곰돌이 푸와 친구들이 그려진 발 매트. 그건 언젠가 엄마 아빠랑 할머니랑 같이 마트에 갔을 때 내가 졸라서 산 거였다. 엄마가 사 준 거였다. 그건 내 것이었다.

엄마 아빠가 보고 싶었다. 그리움에 눈이 시렸다. 그래도 꾹 참았다. 울어서는 안 될 것 같았다. 거기에 내가 울어도 되는 자리는 없었다.

나는 조용히 거실을 가로질러 운동화를 신고 현관을 나섰다. 엄마 아빠한테 가기로 했다.

엄마 아빠가 할머니의 소개로 만난 성당 신자의 만두 가게에서 일하던 때였다. 가게는 지하철로 열 정거장쯤 떨어져 있는 곳이었지만, 갈아타지 않고 한 번에 갈 수 있었다. 지하철보다는 역까지 가는 게 문제였다. 그때 내 걸음으로는 이십 분, 어쩌면 삼십 분쯤 걸렸을 것이다.

그래도 나는 갔다.

지하철역까지는 할머니랑 종종 가 본 적이 있었다. 그쪽에 마트랑 백화점이 있기 때문이었다. 단지 사이로 난 공원 길로 곧장 가기만 하면 됐다. 고모랑 영화를 보러 간 적도 있고, 삼촌이랑 간 적도 있었다. 할머니랑 같이 엄마 아빠를 만나러 갈 때도 그 길로 갔다. 나는 그 길을 모르려야 모를 수가 없었다.

공원 길은 아파트 단지보다 어두웠다. 인적도 조금씩 끊겨 가는 때였다. 그래도 나는 계속 갔다. 바쁜 걸음으로 퇴근하는 사람들을 지나, 배드민턴 치는 가족들을 지나, 벤치에 앉아 있는 교복 차림의 학생들을 지나, 운동 기구에 매달린 사람들을 지나, 산책하는 강아지들을 지나.

지하철도 쉽게 탔다. 대화행이나 수서행 같은 말을 읽을 줄은 알지만 뜻은 몰랐다. 그래도 엄마 아빠에게 가는 쪽이 어디인지는 알았다. 할머니를 따라 엄마 아빠를 만나러 가던 날, 모든 걸 얼마나 낱낱이 봐 두었는지 모른다. 꼬마김밥집 옆 개찰구 가로대 아래로 허리를 숙여 들어가 지하철을 탔다. 방송을 듣고 지하철에서 내렸을 때는 좀 헷갈렸지만, 위층으로 올라가니 다시 길이 보였다. 양말 가게와 빵집과 핸드폰 용품점을 표지판 삼아 출구를 찾았다.

그러는 동안 어른들 중 누구도 내게 관심을 보이지 않았다. 얘, 이 시간에 혼자 어디 가니? 같은 말들. 길 잃은 아이처럼 보이지 않았기 때문이 아닐까 싶다.

지하철역 바깥의 거리는 대낮 같았다. 내게는 그렇게 느껴졌다. 출구에서 이십여 미터 떨어져 있는 만두 가게의 입간판이 얼마나 눈부시게 빛났는지 모른다. 그 불빛만으로 이미 엄마 아빠에게 안긴 듯했다. 유치원에서 선생님이 읽어 준 그림책에서도 늘 그랬다. 주인공은 때로 어두운 터널을 지나지만 그 끝에는 밝은 세상이 있다. 간절히 바라는 일이란 얼마나 감쪽같은 거짓말인지.

나는 만두 가게로 한달음에 달려갔다.

엄마가 그리고 아빠가 바로 거기 있었다. 주방이나 뒷방이 아니라, 가게 앞에 나와 서 있었다. 엄마 아빠를 보는 순간 울음이 터져 나왔다. 내 엄마, 내 아빠다. 나를 기다리는, 나를 기다리느라 발을 동동 구르는.

"엄마! 아빠!"

처음에 엄마 아빠는 나를 알아보지 못하는 것 같았다. 너무도 비현실적인 광경이었나 보다. 그러다 엄마가 내 이름을 외치며 달려왔고, 아빠가 뒤따라왔다. 엄마는 울음을 터뜨리며 나를 안았고, 아빠는 삼촌에게 전화를 걸었다.

"찾았어! 여기 있어. 그래, 애가 혼자 여기 왔다니까!"

나는 온몸에서 힘이 쭉 빠져나갔다. 마침내 집에 왔다. 그곳이 바로 내 집이었다. 그대로 엄마 품에 쓰러지듯 안겼다. 그런데 엄마가 어깨를 잡아 나를 바로 세웠다.

"너 이게 무슨 짓이야?"

엄마는 내 엉덩이를 몇 대 때렸다. 세게 때린 건 아니었지만, 탈진한 일곱 살의 온몸이 흔들리기에는 충분했다. 아빠는 한숨을 쉬며 가게 안을 힐긋힐긋 살폈다.

지하철역 근처에서 24시간 영업하는 그 가게에는 식사 시간이 지난 뒤에도 손님이 많았다. 엄마는 앞치마로 눈물을 닦고 일어섰다. 엄마랑 아빠는 잠깐 의논을 하고는 나를 가게로 데리고 들어갔다. 나는 맨 구석, 배달용 종이 상자가 쌓여 있는 테이블에 앉혀졌다. 엄마 아빠는 주방으로 들어가 버렸다.

잠시 뒤 어떤 아줌마가 내 앞에 찐만두를 갖다 놓았다.

"아이구, 애기가 똑똑하네. 그런데 똑똑한 애기가 이렇게 엄마 속을 썩이면 어떡해."

그 만두 냄새가 얼마나 지독했는지 모른다. 돼지고기와 마늘, 파 냄새가 제각각 경쟁하듯 진하게 풍겨 왔다. 곰탕을 먹은 게 체했는지도 모른다. 토할 것 같았다. 거기에 토해서는 안 된다는 생각도 들었다.

나는 이를 악물고 가게에서 나왔다. 신물이 가득한 입을 꽉 다문 채 주위를 둘러봤다. 화장실 같은 건 보이지 않았고, 거리는 무서운 곳으로 변해 있었다. 눈물이 났다.

그때 엄마가 뒤쫓아 나왔다.

"너 대체 왜 이래? 왜 이렇게 속을 썩여?"

엄마는 다시 내 엉덩이를 때렸다. 나는 그대로 속에 든 것을 다 토해 내고 말았다.

그다음에 있었던 일은 사진처럼 드문드문 남아 있을 따름이다. 아빠가 화난 얼굴로 토사물을 치웠고, 엄마는 도로 가게에 들어가려다 마지막으로 내게 말했다.

"한 번만 더 이런 짓 해 봐. 다시는 너한테 안 가. 알았어?"

삼촌이 나를 데리러 왔다. 나는 삼촌이 차 문을 열어 주는 대로 뒷자리에 탔다. 창밖을 내다봤을 때 엄마 아빠는 더 이상 보이지 않았다.

그로부터 이 년이 지난 뒤 엄마는 진주를 갖게 되었다. 그 가게를 그만두고 우리 가게를 따로 차렸다. 진주가 태어날 무렵에는 우리에게도 집이라는 게 다시 생겼다. 나는 할머니 댁을 떠나 엄마 아빠랑 같이 지금 살고 있는 집으로 이사를 왔다.

엄마는 가게 일에서 반쯤 손을 뗐다. 집에서 진주를 돌봤고, 진주가 어린이집에 다니게 된 뒤에도 밤까지 일한 적은 없었다. 저녁은 당연히 엄마가 해 주는 거였다. 밤이면 아빠가 집에 돌아왔다.

우리 가족.

초등학교 때 그런 그림을 그리기도 했다. 엄마와 아빠와 커다란 아기, 그리고 나.

나는 우리 집이 생겨서 너무 좋았다. 동생이 생겨서, 학교에서 돌아오면 집에 엄마가 있어서, 날마다 아빠가 집에 돌아와서, 비로소 내가 그런 애가 되어서.

나는 좋은 집의 좋은 애가 되려고 했다.

누가 시켰던 건 아니다. 억지로 그랬던 것도 아니다. 내가 좋아서 그랬다. 학교에서 칭찬만 받고 싶었고, 엄마 아빠한테 그런 나를 보여 주고 싶었다. 공부도 잘하고 싶었고 열심히 했다. 잘했다. 엄마 아빠가 기쁜 얼굴로 웃으면 벅차도록 기뻤다. 그런 내가 좋았다. 모든 게 좋을 것 같았다, 이제.

도대체 어쩌다 이렇게 됐을까. 어쩌다 나는 이렇게 비뚤어지고 말았을까. 엉망진창이 되고 말았을까.

일곱 살 때의 일을 내내 생각하고 있었던 건 결코 아니다. 곰국이 들었던 대접 바닥을 긁는 숟가락 소리 같은 걸 대체 누가 기억한단 말인가. 엄마가 홧김에 엉덩이를 몇 대 때린 일을 일일이 기억하는 애가 대체 어디 있단 말인가. 엄마가 무슨 아동 학대를 하듯 때린 것도 아닌데, 아빠가 잡아먹을 듯이 소리를 지른 것도 아닌데. 삼촌이, 고모가 나를 괴롭힌 것도 아닌데. 할머니가 나를 굶긴 것도 아닌데.

그런데 어쩌다 그런 일들이 되살아나게 됐는지 모르겠다. 어째서 그런 일들을 자꾸 생각하게 되는지 모르겠다. 어째서 아홉 살이나 어린 내 동생, 눈에 넣어도 안 아프게 사랑스러운 내 동생의 웃음소리가 내 가슴을 후벼 파는지 모르겠다. 『오즈의 마법사』를 읽는 엄마 목소리에 속이 뒤틀린다. 어두운 버스 정류장에 서 있는 아빠 모습이 진저리 나게 싫다, 나는.

내가 왜 이런 인간인지 모르겠다. 도저히 모르겠다.

나는, 나를, 내가.

자고 싶었지만 머리가 터질 듯했고, 정신을 차리고 싶었지만 머릿속이 미세 먼지 가득한 하늘처럼 부옇다. 나는 그저 눈을 감고 있었다.

어둠 속에서. 어둠보다 더한 어둠 속에서, 아침이 되도록 어둠 속에서.

8

마지막 시험까지 비몽사몽으로 지나갔다. 그래도 영어 시험은 웬만큼 봤다. 듣기 평가 문제가 나오자 나도 모르게 듣게 되었고, 답도 찾았다. 그렇게 다음 문제, 다음 문제 하다 보니 다 풀긴 풀었다. 잘 본 것 같은 느낌이 들기도 했다. 마지막 통합사회 시험 시간에는 또 정신없이 잤지만.

나래가 내 어깨를 흔들어서 일어나니 시험이 끝나 있었다. OMR 카드도 보이지 않았다. 앞자리 애가 조용히 가져간 모양이었다.

"정호정, 쎄다, 쎄. 아무리 정시로 갈 거라고 해도 1학년 기말고사부터 이렇게 확실히 제끼냐? 나도 최선을 다했는데."

최선을 다한다는 말은 어째 지후랑 어울리지 않았다. 나래도 그렇게 말했다.

"잘도 최선이겠다."

"정말이거든."

"그래 봤자 호정이보다 못 봤을 거잖아."

"닥치라고."

지후가 짐짓 화난 척을 했다. 온 얼굴이 웃고 있으면서.

닥쳐. 닥치라고. 나야말로 그렇게 말하고 싶었다. 그래 봤자 호정이보다 못 봤을 거라니. 나래는 내 성적에 대해 늘 그런 식으로 말했다. 너는 공부를 잘하니까 그렇지, 같은. 그때마다 나는 낯이 뜨거워졌다. 누가 들었나 싶어 주위를 살폈다. 5등급이 3등급더러 공부 잘한대, 깔깔깔.

다행히 교실에는 아무도 없었다. 학년의 마지막 시험이 끝난 학교는 이미 무덤처럼 조용했다. 무덤에 들어가 본 적은 없지만 그곳은 조용하겠지. 평화롭겠지.

나는 그 애들이 이만 가 줬으면 했다. 하지만 둘은 물러설 기미가 전혀 없었고, 오히려 나를 더 몰아세웠다.

"뭐 먹고 싶은지 생각해 봤어?"

나래가 물었다. 뭐? 내 표정이 그랬을 것이다. 나래가 서운하다는 듯 눈을 흘겼다.

"오늘 같이 놀기로 약속했잖아."

"나도."

그러면서 지후가 나래의 팔짱을 척 꼈다. 자석이 달라붙듯이.

내가? 약속을 했다고? 당황스러울 만큼 기억이 없었다. 설마 둘이 나란히 거짓말하는 건 아닐 텐데. 약속이라고? 지후랑 나래가 다가와서 뭐라 말을 걸었던 일이 떠오르기는 했다. 하지만 그건 일곱 살 때의 일보다 흐릿했다. 어제였나? 지난주? 지난달? 아니면 꿈이었나? 무슨 말을 했는지 전혀 기억나지 않았다. 짜증스러운 기분만 기억에 남아 있었다. 저리 좀 가. 말 시키지 말라고. 그러다 내가 고개를 끄덕거리기도 했나 보다. 그래야 너희들이 꺼져 줄 것 같아서 그랬던가?

"어…… 미안. 나는 좀 피곤해서."

그러면서 손가락으로 내 얼굴을 가리켰다. 거울을 안 봐도 뻔했다. 내 얼굴은 흉악할 것이다. 민낯으로는 편의점도 가기 싫다는 나래의 눈에는 경악스러울 것이다. 그래도 나래는 물러서지 않았다. 내 앞자리 의자에 앉아서 외려 내 얼굴을 열심히 들여다봤다.

"그러게. 너 요새 좀…… 알지? 쯧쯧. 아무리 내신을 무시한대도 역시 시험은 청소년을 병들게 한다니까."

그러고는 우쭐한 얼굴로 웃으며 가방에서 파우치를 꺼냈다.

"그래서 언니가 싹 준비했지. 너는 가서 세수만 하고 와."

나래는 파우치에서 헤어밴드까지 꺼냈다. 헤어밴드를 만지작거리는 나래의 손가락에 반지는 없었다. 쌀알만 한 하트가 달린 가느다란 로즈골드 반지, 보람이와의 백 일 기념으로 받았을 그 반지를 나래는 일부러 빼 둔 게 분명했다. 내 눈에 띌까 봐. 내가 부러워할까 봐, 그러다 그만 엉엉 울게 될까 봐. 그까짓 반지, 그게 뭐라고. 이런 네가 나는 싫어. 모르겠어?

"나도 화장 다시 할까?"

그렇게 물은 건 지후였다. 지후는 평소처럼 창백할 만큼 하얗게 피부 화장을 하고 발색이 지나친 빨간 틴트를 바르고 있었다. 누가 봐도 뭐 하나 잡아먹은 얼굴이었다. 곧 다시 사냥에 나설 게 분명했다. 하지만 화장을 다시 할까 물으며 나를 보는 지후의 얼굴에는 나래와 꼭 닮은 베이비핑크 톤 미소가 걸려 있었다.

왜 이래, 정말? 로드 숍 알바야, 뭐야? 아니면 자원봉사 하러 나왔니? 봉사 점수 필요해? 불쌍한 애랑 하루 놀아 주고? 호정아, 괜찮아. 다 잊어버려. 우리가 위로해 줄게. 실연의 아픔에는 우정의 후시딘이지. 그 애들은 고작 그런 생각밖에 못 했다. 그것밖에 못 하는 애들이었다. 너네가 나에 대해 뭘 알아? 너네는 모르겠지. 뭘 알겠어? 5등급인 주제에 이대 보내 준다는 엄마랑 쇼핑이나 다니는 네가? 만원 버스에 시달려 본 적도 없는 네가? 비 오는 날 버스 정류장에서 학교까지 오는 길이 얼마나 짜증스러운지 알아? 상상이나 해? 문창과 간다고 소설 나부랭이나 들여다보고 사는 네가 뭘 알아? 소설? 그게 대체 뭔데? 문창과가 아니면 대학 같은 데에 갈 이유가 없어, 그러면서 방학하자마자 또 일본에 있는 언니한테 가겠지. 아, 일본 가서 쓸모없고 예쁜 거 구경 다니고 싶어……. 또 그런 소리를 지껄이고 다니겠지. 그래, 그러라고. 제발 너네 자리로 가라고, 좀. 나는 내버려 둬. 나는.

나래와 지후가 난처한 눈빛을 주고받았다. 내가 생각을 말로 했던가? 그러지는 않았던 것 같았다. 그럴 수 없었다. 너무 많은 생각들이 한꺼번에 들끓고 있었다. 나도 미처 몰랐던 생각들, 있는 줄도 몰랐던 마음들. 패닉에 빠져 출구로 한꺼번에 몰려가는 미친 군중 같은 생각들. 혼란의 현장에서 압사로 인한 피해자가 속출했습니다.

그 애들은 거기서 멈췄어야 했다. 파우치를 가방에 다시 넣고 저희들의 세상으로 물러났어야 했다. 정호정, 좀 이상하지 않아? 아, 몰라. 우리끼리 놀자, 하면서.

하지만 나래는 그러지 않았다. 지후도 그 베이비핑크 톤 미소를 고집하고 있었다. 나래가 미소를 잃지 않은 채 내게 말했다.

"그래. 너는 피부가 좋으니까 세수 안 해도 되겠다. 어머, 얼굴에 기름기 하나 없는 거 좀 봐. 하여간 나는 기름종이 없이 사는 애들이 제일 얄밉더라. 이리 와 봐. 그럼 미스트 좀 뿌리고……."

나래가 파우치에서 꺼낸 미스트를 내 얼굴 쪽으로 가져왔다. 나는 거의 반사적으로 나래 손을 쳐냈다. 랑콤 미스트가 옆 책상에 맞고 바닥에 떨어졌다. 치익, 하고 미스트가 뿜어져 나오는 소리가 들렸다. 고급스러운 화장품 냄새가 훅 끼쳤다.

"야아……."

나래가 울상을 하고 미스트를 주워 들었다.

"미안. 내가 물어 줄게."

내가 말했다. 나래가 고개를 번쩍 들어 나를 봤다. 원망스러운 눈이었다. 마치 내가 심한 말이라도 한 것처럼. 왜? 랑콤 미스트쯤이야 우정으로 가뿐하게 넘길 수 있니, 너는? 하지만 나는 네가 아니야. 그러니까 저리 가. 제발 저리 가라고. 나는 나래의 손에서 미스트를 빼앗아 들었다.

"이걸 뭐라고 읽는 거니? 랑콤 르 블랑 하이드로……."

나는 피식 웃었다. 몹시 고의적으로, 악의적으로. 그리고 이어서 말했다.

"비싼 화장품은 역시 이름도 비싸구나. 읽기도 어렵다, 나는. 그러니까 얼만지나 알려 줘. 돈으로 줄게."

"호정아, 그만해."

지후 목소리가 들렸지만, 나는 계속 나래를 쳐다보며 말을 이었다.

"그리고 이 화장품들…… 솔직히 난 좀 그래. 너는 학교에 꼭 이런 걸 들고 다녀야 되니? 하긴 학교용으로 로드 숍 화장품을 따로 살 수도 없고, 어쩔 수 없기는 하겠다. 그러니까 너나 실컷 써. 이렇게 비싼 화장품을 쓰면 나는 피부에 트러블이 생길 거 같거든."

나래의 두 눈에 눈물이 그렁그렁했다. 나는 속이 더 뒤틀렸다. 왜 울어? 내가 뭘 어쨌다고 울어? 이게 뭐라고 울어?

"정호정, 왜 이래?"

그렇게 묻는 지후의 목소리에 날이 서 있었다. 나는 낚싯바늘에 낚인 물고기처럼 지후에게 고개를 획 돌렸다.

"너네야말로 왜 이러는데? 할 일이 없냐? 저리 가, 제발."

지후가 얼굴을 붉혔다. 발색이 진한 틴트보다 더 붉게.

"야, 정호정. 너 힘든 건 알겠는데, 이건 아니지. 그냥 슬프면 슬프다고 해. 힘들다고 해. 그건 자존심 문제도 아니고……."

"닥치라고."

나는 책상을 밀치며 일어났다. 나래 파우치가 바닥으로 나뒹굴었다. 비싼 화장품들이 또 놀랐을 것이다. 나래도, 지후도. 나는 계속 말했다.

"네가 뭘 알아? 알아먹지도 못하는 소리를 소설이랍시고 쓰고 앉았다고 네가 무슨 작가라도 되냐?"

"야!"

"호정아…… 제발……. 너 왜 이렇게 못되게 말해……."

나래가 울먹이기 시작했다.

나는 못되게 굴고 있었다. 못되게 굴고 싶었다. 나래가 울고 있다면, 지후가 정떨어진 얼굴로 나를 노려보고 있다면, 그건 내가 아주 잘 해냈다는 뜻이었다.

친구란 그런 거였다. 무엇을 좋아하는지만큼 무엇을 아파하는지도 잘 아는 사이. 그러니까 치명적인 위험이 잠복해 있는 사이.

나래가 울고 있었다. 입술을 꼭 다문 채 소리 없이 눈물만 주룩. 마음이 쓰라리게 아팠다. 하지만 내 안에 뭔가 있었다. 나는 모르는 누군가, 아니 어디서 본 듯한 낯익은 누군가. 그건 나였다. 그게 진짜 나인지도 몰랐다. 아니, 진짜 나였다. 못돼 먹은 애. 다 망쳐 버리는 애. 나래도, 지후도 그리고 은기도. 진주의 웃음으로 가득한 집, 우리 집도.

나는 그대로 가방을 챙겨 들고 교실에서 나갔다. 나래도, 지후도 나를 잡지 않았다.

그런데 누군가 문 앞을 가로막듯 서 있었다. 라진 샘이었다.

9

라진 샘을 순순히 따라간 건 어떤 기대감이 있었기 때문은 아니
었다.

나는 다만 잠깐 보자는 선생님 말에 됐거든요, 하고 돌아서는 종
류의 학생이 못 되기 때문이었다. 교실에 있던 나래와 지후가 따라
나올지 모른다는 생각이 들어서이기도 했다. 그런 짓을 해 놓고도.

은기가 그렇게 사라진 뒤 라진 샘은 한 번도 은기를 언급한 적이
없었다. 그다음 날 조회를 마치고 반장과 부반장을 따로 불러냈을
뿐이었다. 둘은 1교시 시작종이 울리고서야 헐레벌떡 과학실로 들
어왔다. 무슨 일이냐며 궁금해하는 애들이 있었지만, 반장도 부반
장도 별일 아니라고만 했다. 그런 소리를 믿는 애들은 없었을 테고,
반장도 부반장도 그렇다는 걸 알았을 터였다.

그 후 며칠 동안 라진 샘은 얼굴이 안 좋았다. 나는 알았다. 그렇
게 담임의 얼굴을 열심히 본 것은 초등학교 이후 처음이었다. 조회
와 종례를 하러 라진 샘이 교실로 들어올 때마다 긴장으로 심장이

조여들었다. 조용히 심호흡을 했다. 은기는 심한 감기 몸살로 며칠 결석하게 됐어요. 은기는 자전거를 타다 넘어져서 다리가 부러졌어요. 은기는 체험 학습을 신청하고 가족 여행을 갔어요. 그러니까 곧 돌아올 거예요. 소문? 무슨 소문이요? 은기는 몸이 안 좋아서 일 년 휴학을 하는 바람에 여러분보다 나이가 한 살 많아요. 그게 어떻다는 거죠? 은기는 수원에서 전학을 왔고, 그곳에는 정조 대왕이 아버지를 기리며 세운 화성이 있어요. 야경이 아주 근사한데, 가 본 적 있어요? 그런데 은기가 갑자기 유학을 가게 됐어요. 전학을 갔어요. 유괴를 당했어요……. 그래서 은기는 떠나기 전에 인사할 겨를이 없었을 뿐이랍니다. 다만 겨를이, 그럴 겨를이.

호정아, 호정아. 그만 일어나. 수업 시간에 이렇게 자면 어떡하니? 너는 이런 애가 아니잖아. 정시로 간다는 말은 핑계라는 거 다 알아. 정신 차리고 공부하자. 은기? 우리 반에 그런 애는 없는데.

하지만 라진 샘은 은기에 대해 그 어떤 말도 하지 않았다. 이 친구는 강은기야, 그렇게나 다정하게 데려와 놓고서.

날마다 있는 영어 수업에서도 그랬다. 라진 샘의 영어 수업은 늘 그렇듯 알차지만 졸렸고, 라진 샘은 이따금 착잡한 눈으로 교실을 둘러보고는 수업을 계속했다.

수학 선생님은 다음 날 교실에 들어와 혀를 쯧쯧 차고 말했다.

"시간 많냐? 많아? 남 일에 신경도 쓰고 그럴 여유가 있어? 심심해? 과제가 부족해? 더 줘?"

그 말에는 잠시 은기가 떠나던 순간만큼이나 긴장된 분위기가 감돌았지만, 그냥 말뿐이었다. 누군가 낮은 소리로 투덜거렸다. 왜 우리한테 짜증이야.

국어B 선생님은 이육사의 「절정」을 설명하다 말했다.

"어떤 의미에서 이육사의 시대가 오히려 쉬웠을 거예요. 선과 악, 친일과 반일, 그조차 모호하거나 모순된 경우도 더러 있었겠지만요. 하지만 지금의 우리에게는 모든 게 더더욱 모호하죠. 법적인 처벌과 도덕적인 단죄가 다를 수 있고, 사회적인 시선과 개인의 사정이 다를 수 있고. 여러분도 이제 그런 모순을 알 만한 나이죠. 그러나 우리는 기말고사를 앞두고 있을 뿐이고."

마지막 말은 농담 투였지만 아무도 웃지 않았다. 앞서 한 말도 아무런 반향을 부르지 못한 건 마찬가지였다.

한국사 선생님은 다른 반에 가서 2반은 분위기가 안 좋다고 말했고, 그게 우리 반으로 전해져서 애들이 투덜대기도 했다. 아, 진짜. 자기네 반은 얼마나 분위기가 좋다고.

다른 반에도 물론 소문이 났다. 급식실에서, 복도에서, 사물함에서, 운동장에서 지나가는 애들이 나를 흘금거리는 것 같았다. murderer……라는 말과 함께 괴상한 소리를 지르며 나를 지나쳐 달려간 남자애들도 있었다. 어쩌면 그건 내 착각이었는지도 몰랐다. 미세 먼지도 없는 청명한 겨울날 민낯에 마스크를 쓰고 다니는 몰골이 잠시 눈길을 끌었던 것뿐인지도.

그 모든 일이 일어나는 동안 라진 샘이 나를 따로 부른 적은 없었다. 평소와 다른 눈길을 보낸 적도 없었다. 그런데 나를 새삼 교내 카페로 데려온 거였다.

"커피 마실래?"

"아니요."

내 대답은 마시지 않겠다는 뜻이었는데, 라진 샘은 교사 전용인 주방 코너로 가서 유자차를 두 잔 만들어 왔다.

"너랑 얘기를 한번 해야지 했어."

라진 샘의 말에 다시 심장이 조여들었다. 더 이상 어떤 기대도 없다고 생각했는데, 라진 샘에게도, 그 무엇에도. 나는 눈을 들어 담임을 열심히 쳐다보고 싶어졌다. 그러지 않기 위해 온몸에 힘을 주어야 했다.

내게는 어떤 기대감이 있었던 것이다. 그때까지도. 아니, 온통 기대감에 차서 라진 샘을 따라온 것이다. 은기가 너한테 꼭 전해 달라고 했어. 그건 다 헛소문이래. 집에 사정이 생겨서 당분간 학교에 못 나오게 됐대. 너하고는 상관없는 일이래. 너는 은기를 다치게 한 적이 없대. 은기는 줄곧 너를 기다리고 있대. 어째서 전화 한 번 안 하냐고 그러던데. 무서워서? 아니 뭐가 무서워? 그 애는 은기야. 너의 은기.

그러나 라진 샘은 말했다.

"나도 사정을 들어서 알고는 있어. 너희도 짐작하고 있겠지만. 네가…… 은기와 각별히 친했다는 것도 알아."

식어 가는 유자차만 쏘아보고 있었지만, 라진 샘의 표정이 느껴졌다. 안타까운 표정을 짓고 있겠지. 내 기대는 그저 무참한 것이었다.

나는 두 손으로 얼굴을 감쌌다. 돌부리에 걸려 넘어지듯 몸이 앞으로 기울어졌다. 유자차가 든 잔이 머리에 닿았다. 라진 샘이 조심스럽게 잔을 옆으로 치웠다. 나는 그대로 굳어 있었다. 쓰러져 있었다.

담임의 말은 선고 같았다. 교실에서 떠도는 백 마디 말보다, 은기가 열흘 넘게 학교에 나오지 않고 있다는 사실보다, 그러면서 나에게 단 한마디 없다는 사실보다, 그런데도 나는 은기한테 문자 한 통보내지 못하고 있다는 사실보다 더. 더 명백한.

담임이라는 사람들은 우리에 대해 아무것도 모르지만, 많은 것을 알기도 한다. 우리 자신조차 잊고 있거나 혹은 모르는 것들에 대해. 가령 A 군이 과연 누구인가 하는 것에 대해.

"네가 마음이…… 안 좋겠네. 괴로운 입장이기도 할 테고. 진작너랑 얘기하고 싶었는데. 호정아, 미안해. 나는 네가 궁금해하는 것들에 대해 대답해 줄 수가 없어……."

나는 고개를 들어 담임을 봤다. 쏘아보는 눈이었을 것이다. 내가뭘 궁금해하는데요? 선생님이 알아요? 어쩌면 묻는 눈이었을지도모른다. 내가 뭘 궁금해해야 하는데요? 너무 많은 질문들이 있었다. 하지만 그것들은 말의 모양을 갖추고 있지 않았다. 나는 그 마음들의 이름을 몰랐다. 나는 그저 아팠다.

"그래도 얘기를 했어야 하는데, 선생님이 되어서……. 미안하다. 어째, 해야 하는 일보다 해서는 안 되는 일들이 더 많네. 점점."

"그럼 나를 왜 불렀어요?"

단 하나의 명확한 질문이었다. 나는 몸을 똑바로 일으켜 앉았다. 담임 앞에서 꼴사납게 엎어져 있었던 게 문득 수치스러웠다.

"그래도 아까는 너한테 차 한잔 마실 시간이 필요한 것 같았어."

나는 유자차에 손도 대지 않았다. 식어 버린 유자차에 씨앗 두 개가 둥둥 떠올라 있었다. 싹을 틔워 볼 기회 같은 건 가져 보지 못한 씨앗들. 하지만 차 한잔 마실 시간, 어쩐지 그 말에 눈시울이 뜨거워졌다. 나는 필사적으로 이를 물었다. 담임 앞에서 우는 꼴까지 보일 순 없었다.

라진 샘이 따듯한 물을 가져와 내 앞에 놓았다. 물로 된 거라면 얼마든지 줄 수 있는 모양이었다. 나는 물을 조금 마셨다. 그리고 입을 열었다.

"은기는······."

마음속으로 몇 번쯤 되뇌어 봤다. 은기는······ 은기는······. 그 말이 그렇게 어려울 수가 없었다. 은기가 떠난 뒤 그 이름을 소리 내어 말해 보기는 처음이었다.

"은기는······ 안 돌아오나요?"

라진 샘은 잠자코 나를 보기만 했다. 더 이상은 말할 수 없어. 개인 정보 보호는 되게 중요한 거거든. 그 침묵에 담긴 말이었다. 그래도 한참 만에, 라진 샘이 입을 열었다.

"학교에······ 그러니까 우리 학교로는 안 돌아올 거야. 그리고 학교에서 더 이상 자기 이름이 거론되지 않았으면 좋겠다고 했어. 그게 어머니를 통해서 전해 온 마지막 부탁이었어."

누구 맘대로? 화가 치밀었다. 나는 아직 할 말이 많았다. 내 마음은 은기를 거론하고 있었다. 하고 또 하고 있었다. 은기에게 수없이 말하고 있었다. 사실 나도 그 애들처럼 궁금했다고, 박인석이 아는 것을 알고 싶었다고, 그래서 너에 대해 티끌만큼 알고 있는 것을 박인석에게 던져 줬다고.

"내가 박인석한테 은기에 대해 말해 줬어요. 알죠?"

알아. 너 도대체 왜 그랬니, 호정아? 나는 아마 그런 대답을 기대했던 것 같다. 그러나 라진 샘은 아무 말이 없었고, 나는 계속 말했다.

"은기는 수원에서 전학 왔고, 우리보다 한 살이 많아요. 나는 알고 있었어요. 박인석이 물어보기에 알려 줬어요. 그래서 걔들이 확신하게 된 거예요. 반장이 선생님한테 다 말했잖아요. 왜 모른 척해요?"

이제 나를 욕해요. 야단을 쳐요. 너 때문에 은기가 떠났잖아. 너야, 네가 은기를 내쫓았어. 그래 놓고 네가 왜 괴로운 척을 해? 왜 울어? 나는 울고 있었다. 어느새. 꼴사납게도.

하지만 라진 샘은 조용히 주방으로 가서 티슈를 가져와 내 앞에 놓아 주고는 천천히 고개를 가로저었다.

"아니야. 반장도 부반장도 네 얘기는 안 했어. 너랑 은기가 각별히 가깝다는 건 전부터 내가 그냥 알고 있었던 거야. 호정아, 애들은 이제 그 일에 그렇게 큰 관심이 없어. 그냥 잠깐 떠들썩했던 거야. 나래랑 지후는 관심이 지나친 것 같더라마는."

라진 샘은 우리 사이에만 통하는 농담이라도 한 것처럼 어색하게 웃었다. 나는 고개를 돌려 버렸다. 라진 샘이 웃음 따위 사라진 목소리로 다시 말했다.

"사랑은 항상 모자라거나 넘치더라고. 적당한 법은 없지."

인생 상담 같은 걸 하겠다고 담임 앞을 지키고 앉은 게 아니었다.

그럼 대체 뭘 기대한 거야? 스스로에게 짜증이 치밀었다. 두통이 밀려왔다. 진통제 약효가 네 시간도 가지 못했다.

나는 옆에 두었던 백팩을 집어 들었다. 라진 샘은 서두르는 말투로 다시 입을 열었다.

"호정아, 있지……. 너한테는 뻔하게 들리겠지만, 때로는 뻔한 게 정답이거든. 위 클래스 선생님이랑 얘기를 좀 해 보는 건 어떠니?"

정말이지 빤했다. 위 클래스도 소문의 하나였던 거 몰라요? 정말 그렇게나 아무것도 몰라요? 나는 대답도 하지 않고 일어났다. 라진 샘도 일어나 배웅하듯 따라 나왔다.

"안녕히 계세요."

인사하고 돌아서는데, 라진 샘이 다시 말했다.

"호정아, 언제든 다시 얘기하자. 선생님 번호 저장해 놨지?"

그러면요? 무슨 얘기든 대답해 줄 건가요? 그건 정말이지 아무 쓸모 없는 인사였다. 페이스북에서 다시 만난 초등학교 동창끼리 우리 언제 한번 보자, 하는 것보다 더.

1층 현관을 나서니 매서운 바람이 몰아쳐 왔다. 명백한 겨울이었다.

학교는 조용했다. 수능이 끝난 지 한 달이나 지난 별관은 버려진 건물 같았다. 새로운 먹잇감을 기다리며 겨울잠에 빠져 있는 건지도 몰랐다. 본관 음악실 쪽에서 희미하게 첼로 소리가 들려왔다. 광고에서 들어 본 것 같은 곡이었는데, 그다지 능숙하지 못했다. 뚝 끊겼다가 같은 구간을 몇 번인가 되풀이하다 그만 그쳤다. 고의적인 듯 엔진 소리를 크게 울리는 마을버스가 지나가고 교문 밖 거리도 텅 비었다. 학교 담장 위로 높이 솟은 은행나무들은 빛나는 날 같은 건 하루도 없었던 듯 앙상해져 있었다.

온 학교가 고요에 잠겨 있었다. 깊은 호수에 잠겨 든 것처럼. 차 갑고도 어두운 호수에, 얼어붙은 호수에.

손끝도 달싹할 수 없었다. 손끝을 움직인대도, 울며 소리친대도, 아무 소용 없을 것이다. 잔물결 하나 일지 않을 것이다. 누구에게 도, 그 무엇도 전해지지 않을 것이다.

한때 그곳이 따스했다는 게, 푸른 잎이 노랗게 빛날 만큼 햇살이 가득했다는 게 믿기지 않았다.

나는 천천히 옆을 돌아보았다. 자전거 보관소가 고작 몇 걸음 떨 어진 자리였다. 그곳에 자전거가 있었다. 짙푸른 프레임의 삼천리 자전거. 멀리서도 한눈에 알아봤다.

아니, 그럴 리가 없었다. 그런 생각을 하면서도 나는 자전거 보관 소로 다가갔다. 정말로, 거기 있었다.

사실 그건 아주 흔한 모델이었다. 남자애들이 가장 많이 타는 자 전거. 대리점에 가면 대여섯 대가 줄지어 서 있을 법한 자전거. 더 이상 새것으로 보이지도 않았다. 두 칸 건너에 세워진 바퀴가 두툼 한 산악자전거만큼이나 더러웠다.

그러나 나는 자전거 앞에 쪼그리고 앉았다. 체인에 연결된 자물 쇠에 비밀번호를 입력했다.

0525.

주민 등록증에서 봤던 숫자였다. 내 스마트폰 다이어리의 내년 캘린더에 이미 입력해 둔 날짜이기도 했다. 하지만 자물쇠는 꿈쩍도 하지 않았다.

맥이 탁 풀렸다. 현기증이 나서 그만 차가운 시멘트 바닥에 주저앉았다. 한동안 그러고 있던 나를 겨우 다시 일으킨 것은 추위였다. 엄마 말대로 롱 패딩을 꺼내 입고 왔어야 했다. 억지로 몸을 일으키는데 머릿속에서 은기의 목소리가 울렸다.

나 그렇게 단순하지 않거든!

눈물이 부옇게 차올랐다. 그날의 내가, 은기가, 우리가 떠올랐다. 고스란히 느껴졌다. 우리는 얼마나 따듯했던가. 그러나 그날은 더없이 멀었다. 남은 것은 그저 네 자리 숫자뿐이었다.

0525.

나는 우선 앞자리부터 바꿔 보았다. 5025. 철컥, 자물쇠가 풀렸다.

10

자전거가 왜 거기에 있는지 알 수 없었다.

은기는 그날 나랑 같이 버스를 타고 왔는데. 홀린 듯 자전거만 쳐다보고 있었다. 그러다 추위에 얼굴이 뻣뻣해질 때쯤에야 생각이 났다. 그래, 카레우동을 먹은 날……. 은기는 나랑 같이 버스를 타고 집에 돌아갔다. 내일부터래 놓고선 그날 저녁부터 바로.

다음 날 나는 누구보다 먼저 학교에 갔다. 도둑질이라도 하듯 조마조마한 마음으로 은기 사물함을 열었다. 5025, 철컥. 맞았다.

교과서와 공책과 문제집과 프린트물 그리고 위 클래스 홍보 리플릿도 있었다. 칫솔과 치약과 교문 앞에서 받았을 홍보용 티슈들 그리고 뜻밖에 핸드크림도 있었다. 은기가 핸드크림을 바르는 애였나? 그건 올리브영에서 흔히 파는 핸드크림이었다. 매장 밖 바구니에 수북이 쌓여 있는 미끼 상품. 나는 핸드크림을 조금 발라 봤다. 부드러운 제형으로 바르는 즉시 촉촉하게 흡수되었고, 특별할 것 없는 비누 향이 났다.

은기 손은 부드러웠던가? 그랜드 피아노를 칠 것처럼 손가락이 길었지만 악기라고는 실로폰밖에 모른다던 손. 홍제천을 걸으며 이따금 스치던 손. 그냥 뭐, 하며 앞머리를 쓱쓱 훑어 내리던 손. 조용히 내 손을 감싸던 손. 손가락을 얽어 살며시 힘을 주면 딸깍하고 잠기는 것 같던 손. 언제고 그 자리에 있을 것 같던 손.

나는 은기가 미웠다. 처음으로 은기가 미워졌다. 은기는 떠났다. 라진 샘의 유자차가 더없이 명백한 증거였다. 나에게는 단 한마디의 설명도 없이, 단 한마디 변명의 기회도 주지 않은 채.

사물함에 든 물건을 전부 꺼냈다. 칫솔이랑 치약이랑 핸드크림은 패딩 주머니에 쑤셔 넣었다. 홍보용 티슈들은 바닥에 떨어지는 대로 뒀다. 교과서랑 문제집이랑 공책이랑 프린트물을 차곡차곡 쌓아서 안아 들었다. 이것들은 버려져야 한다. 거짓말처럼 사라질 거라면 다른 모든 거짓말도 사라져야 하지 않나, 마땅히?

은기 짐을 잔뜩 끌어안고 쓰레기장 쪽으로 가는데, 하나둘 등교하는 애들이 있었다. 부반장 김동원이 나를 보고 눈을 휘둥그레 떴다. 뭘 봐? 남의 물건 멋대로 내다 버리는 애 처음 봐? 마음대로 생각하라지. 그대로 1층으로 내려가 쓰레기장에 놓여 있던 반쯤 채워진 대형 종량제 봉투에 모두 던져 넣었다. 지킴이 선생님이 보면 호통을 치겠지. 학생! 그걸 그렇게 버리면 어떡해? 종이는 분리수거를 해야지. 아니요. 이것들은 모두 불태워져야 해요. 주머니에 넣어 왔던 것들도 쓰레기봉투에 던져 버렸다.

내 손은 이미 건조해져 있었다. 싼 건 꼭 티를 내지. 보습력이 삼십 분도 못 갔다. 나는 핸드크림도 쓰레기통에 던져 넣고 교실로 갔다.

11

나래랑 지후는 나한테 말을 걸지 않았다. 눈길도 보내지 않았다. 다른 애들도 더 이상 특별한 관심을 보이지 않았다. 라진 샘도 유자차는 까맣게 잊은 것 같았다. 내가 거기 있다는 사실조차 모두 잊은 듯했다.

나는 평화로웠다. 강력한 배리어에 둘러싸여 있었다. 그곳은 춥고 다소 쓸쓸했지만, 안전했다.

점심은 혼자서 혹은 우연히 같이 줄을 선 애들하고 먹었다. 우리 영양사 샘 다시 왔으면 좋겠다. 출산 휴가면 3월에는 돌아오나? 기간제한테 그런 게 어딨냐? 그럼 계속 이따위 걸 먹어야 돼, 2학년 때도? BTS 새 뮤비 봤냐? 초딩 때가 좋았지. 너 나랑 넷플릭스 같이 쓸래? 우리 엄마가 내 거 정지시켰어…… 같은 얘기들. 내가 아닌 그 누구라도 상관없는 얘기들 속에.

그런 시간이 길었던 것만 같다. 한 달? 한 학기? 하지만 고작 며칠이 지났을 뿐이었다. 기말고사 이후의 시간은 비현실적으로 느리게 흘렀다. 저녁 급식도 야자도 없었는데. 방학까지 남은 시간을 분 단위로 세고 있는 기분이었다.

하지만 방학을 하면? 그러면? 학교에 안 간다고 해서 다른 어딘가 갈 곳이 있는 건 아니었다. 고모가 준 스타벅스 기프트 카드 잔액은 진작 바닥나 버렸는데. 통장에서 돈을 찾아 스터디 카페를 끊었다. 엄마한테 말하면 그 정도는 해 주겠지만, 돈 얘기 같은 걸 하고 싶지는 않았다. 아르바이트를 할까 하는 생각도 들었다. 어쨌든 돈은 쓸모가 있겠지. 쓸모없는 애한테도.

학교에서 헤드폰을 쓰고 있을 때도 음악을 틀고 볼륨을 높였다. 한동안 십센치였는데 콜드플레이로 돌아왔다. 6집 『고스트 스토리즈』. 겨울 방학 공부 계획을 세워 보기도 했다. 인강으로 시간표를 짜다가 윈터 스쿨을 알아보기도 했는데, 2등급도 못 받는 애한테는 기회가 없었다. 어차피 그렇게 비싼 학원비는 말도 안 되는 일이었다. 학교의 소리는 거의 듣지 못했다. 여기저기 쏘다니다 수업 직전에야 교실에 들어갔고, 수업이 끝나자마자 나왔다.

그래서 나래의 일에 대해 내가 가장 늦게 알았다. 그나마도 우연히 알게 된 거였다.

점심시간이 끝날 때까지 음악을 들으며 돌아다녔는데, 헤드폰 배터리가 다 나갔다. 그래도 헤드폰을 쓴 채 사물함에서 교과서를 챙기고 있는데, 여자 탈의실 쪽에서 지후 목소리가 들려왔다.

"이건 네가 울 일이 아니야. 네가 숨을 일이 아니라고. 네가 뭘 잘못했는데? 내가 그 새끼 가만 안 둬. 학폭으로 신고할 거야."

"그러지 마⋯⋯."

울먹이는 소리는 나래였다.

나는 그대로 굳어 버렸다. 학폭이라고? 나래가 이어서 무슨 말인가를 했지만 울음이 섞인 데다 숨죽인 소리라 알아들을 수가 없었다.

그때 종이 울렸고, 나래랑 지후가 탈의실에서 나오는 기척이 났다. 나는 얼른 돌아서서 사물함을 뒤지는 척했다. 나래랑 지후가 내 뒤를 지나 사물함 구역에서 빠져나간 후에야 돌아봤다.

지후가 나래를 감싸 안듯 하고 있었다. 나래는 지후에게 기대서 간신히 걷는 것처럼 보였다. 보람이는 거기 없었다. 사물함 근처에서 나래를 기다리지 않았다. 둘 사이에 무슨 일이 있었나? 설마…… 헤어졌나? 그렇다고 학폭이 될 리는 없었다.

통합사회 교실에 들어가 유심히 보니 아무래도 뭔가 있었다. 나래랑 보람이는 뚝 떨어져 앉아 있었다. 나래는 지후랑 같이 앞줄 창가 자리에, 보람이는 뒷문 근처에. 나래에게서만 떨어져 앉은 게 아니었다. 보람이는 평소 곧잘 어울리던 남자애들, 그러니까 곽근이라거나 하는 애들하고도 떨어져 앉아 있었다. 부반장 김동원과 밴드부 박노아 같은 애들 사이에.

나래 손가락에 반지가 있나? 그걸 확인하기에는 나와 나래 사이가 너무 멀었다. 아무튼 무슨 일이 있기는 한 모양이었다. 내가 상상할 수 있는 최악은 보람이가 나래를 찬 거였다. 바람을 피워서? 그건 말도 안 되는 상상 같았고, 설령 그랬다 해도 그게 학폭거리는 아닐 터였다. 보람이가 나래를 때렸나? 아니, 어떤 경우에도 보람이가 그럴 리 없다는 데 내 수능을 걸 수도 있었다.

오후 내내 나래한테 신경이 쓰였다. 헤드폰을 쓰고 있었지만 교실의 소리에 잔뜩 귀를 세웠다. 수업이 끝나도 부러 미적거리다 천천히 교실에서 나왔다. 그러고 보니 나래를 위로하는 건 지후만이 아니었다. 나래한테 불쑥 초콜릿을 내미는 반장의 얼굴에도 걱정하는 빛이 담겨 있었고, 성미도 개그와 전혀 상관없는 얼굴로 나래의 머리를 쓰다듬어 주었다. 나래는 그 애들의 위로에 안겨 있었다.

나는 오랜만에 나래 페이스북에 들어가 봤다. 페이스북도, 인스타그램도 사흘 전에 멈춰 있었다. 나래에게는 아주 드문 일이었다. 지후는 인스타그램 계정이 있지만 나처럼 그냥 다른 계정을 보기만 하는 애였다. 트위터를 한다는데 아이디를 알려 주지는 않았다. 그래도 가끔 페이스북에 뭘 쓰기도 한다는 기억이 났다. 지후 페이스북에 들어가 보니 이틀 전에 게시물이 올라와 있었다. 검은 바탕에 짙은 노란색 글씨로 새기듯 적어 둔 짧은 글이었다.

한마디만 더 해 봐라, 어디.

나래에게, 아니면 지후에게라도 메시지를 보낼까 몇 번이나 고민을 했다. 하지만 그래서? 서로 어색하게 웃게 되겠지. 나래랑 지후는 또 내게 물을 것이다. 넌 이제 좀 괜찮아? 어쩌면 그런 일조차 일어나지 않을지도 몰랐다. 나라도 내가 싫을 것이다.

어쩌면 대단치 않은 일인지도 몰랐다. 나래는 잘 우는 애고, 지후는 문제를 극단적으로 보는 면이 있다. 그 애들은 위로하고 위로받는 걸 좋아한다. 그래, 위로의 세계에서 마음껏 행복하려무나.

과연 위로란 대단한 건지, 다음 날엔 별다른 기미가 없었다. 나래와 보람이가 여전히 멀찌감치 거리를 두고 있기는 했다. 하지만 남의 사랑싸움에 내가 뭐라고.

나는 신경을 끄기로 했다. 음악 시간에는 모처럼 졸지 않고 수업을 듣게 됐다. 교과서 진도가 끝나서 「원스」라는 음악 영화를 보는 거였다. 잔잔하다 못해 좀 지루한 내용이었고, 남자와 여자 모두 이해가 가지 않는 캐릭터였지만 음악이 좋았다.

그런데 무슨 일인지 음악 선생님이 잠깐 교실을 비웠을 때였다. 지후의 짜증스러운 목소리가 여자 주인공의 슬픈 노래를 잘라 내듯 울렸다.

"아, 진짜 어이가 없네. 야, 너나 거울 좀 봐."

지후가 휙 몸을 돌려 앉아 뒷자리에 있던 남자애한테 쏘아붙이는 소리였다. 박인석하고 구분이 가지 않는 그런 남자애. 그 애도 지후한테 눈을 부라렸다.

"미쳤나……. 왜 남들 얘기하는데 끼어들고 난리야? 엿들었냐? 뭐, 너 나한테 관심 있냐?"

마지막 말을 하면서 실실 웃었다. 주변 남자애들, 그러니까 곽근과 박인석들도 웃었다. 보람이도 그 애들하고 같이 있었다.

지후가 책상을 밀치듯 하며 일어났다.

"너야말로 돌았냐? 뭐? 한 시간을 덜 자면 마누라가 달라져? 야, 네가 평생 24시간을 안 자 봐라. 어떤 여자가 너를 좋아하나."

"이지후, 그만해. 그냥 농담한 거야."

그렇게 말리고 나선 건 보람이였다. 보람이는 난처한 얼굴이었다. 지후의 분노에 찬 눈길이 보람이에게로 향했다.

"뭐? 농담? 어이가 없네."

지후는 입술을 비틀고 웃으며 허공으로 눈알을 굴렸다. 그 웃음기마저도 싹 사라진 얼굴로 다시 보람이를 봤다.

"오보람, 너 지금 쟤네 편드냐? 우정이다 이거냐? 그러고 싶냐, 네가?"

"지후야, 진정해. 상대하지 마."

건너편 자리에 있던 성미가 몸을 기울여 지후의 옷을 잡아당겼다. 지후는 못 이기는 척 자리에 앉으며 중얼거렸다.

"누가 한남 아니랄까 봐……."

"야!"

상관없는 일인 듯 스마트폰만 들여다보고 있던 곽근이었다.

"너 뭐라고 했어, 지금?"

곽근이 물었다. 아니, 그건 야단을 치는 투였다. 지후의 얼굴에 다시 비웃음이 떠올랐다.

"한남이라고 했다, 왜? 그럼 아니냐?"

박인석이 박차고 일어났다.

"이 미친년이 진짜!"

"녀언?"

그렇게 소리친 건 성미였다. 다른 여자애들 사이에서도 불만에 찬 소리가 터져 나왔다. 욕지거리를 씹거나 뱉어 내는 남자애들도 있었다.

그때 음악 선생님이 돌아왔다. 애들은 입을 다물고 서로를 흘기며 자리에 앉았다. 교실 모니터에서는 「원스」에서 가장 슬픈 노래가 흘러나오고 있었다. If you want me satisfy me……. 그러나 음악실에는 단 한 조각의 낭만도 없었다. 나는 당장 영화를 꺼 버리고 싶었다. 아일랜드로 달려가 그 여자를 붙잡고 소리치고 싶었다. 정신 차려요, 아줌마. 그 남자는 아니라고요. 어른이 되어 가지고 그것도 모르겠어요?

음악 선생님은 영문을 모르는 얼굴로 반장을 보며 무슨 일이냐고 물었다. 반장은 고개를 젓기만 했다.

음악 수업이 끝나고 종례를 하러 라진 샘 교실로 가는 길에 나는 성미를 붙잡았다.

"나래랑 오보람이랑 무슨 일 있어?"

"너 몰랐냐?"

성미는 놀랐다. 그러고는 나를 좀 탓하는 표정이 됐다.

"네가 모르면 어떡해."

내가 안다고 뭘 어쩌겠어? 무슨 일인지 모르면서 그런 생각부터 들었다. 그래도 물었다.

"무슨 일인데?"

"……나래한테 직접 물어봐. 나는 누구처럼 함부로 남의 얘기하는 인간은 되기 싫으니까."

성미 얼굴에 그 누구에 대한 혐오감이 떠올랐다. 무슨 일인지 모르지만 성미가 옳을 것이다. 그래도 나는 성미한테 듣는 수밖에 없었다. 성미가 한숨과 함께 다시 입을 열었다.

"나래랑 오보람이랑 백 일이었던 거 알지?"

물론.

"근데 나래가 마음대로 돌아다니지를 못하잖아. 남자 친구 있는 것도 엄청난 비밀이고. 그런데 개가 또 이벤트 같은 건 얼마나 좋아하냐? 마침 백 일 날 딱 한 시간 반이 비었대. 국어 학원 무슨 특강이라나? 나래랑 보람이랑 같은 국어 학원 다니잖아. 근데 마지막 시간은 보충이라 꼭 가야 하는 건 아니었대. 그래서 집에는 학원에 있다고 하고 잠깐이라도 이벤트를 하기로 했대."

거기에 대체 어떤 문제가 있는지 알 수가 없었다. 보람이는 그런 면에서 나래와 아주 잘 맞는 남자앤데. 성미가 주변을 살핀 뒤 목소리를 더 낮추어 말했다.

"보통 같으면 파스타도 먹고 인스타에 올리기 좋은 카페도 가고 그랬겠지. 근데 딱 한 시간 반밖에 없잖아. 그래서 둘이 룸 카페에 갔대."

보람이가 학원 수업에 빠지고 먼저 가서 준비를 했다고 한다. 풍선도 띄우고 촛불도 켜고, 장미 꽃다발도 준비하고, 하트 모양 케이크도 미리 사다 두고. 나래는 그 깅엄 체크 스커트를 입었을 것이다. 보람이는 나래 손에 귀여운 하트가 달린 로즈골드 반지를 끼워 주었을 것이다. 나래가 꿈꾸는 완벽한 백 일이었다.

그런데 나래의 반지를 본 남자애들이 보람이를 놀려 대기 시작했다. 꼬치꼬치 묻기도 했다. 그러다 보람이가 룸 카페에서 이벤트를 했다는 얘기를 하게 된 모양이었다. 으스대고 싶었던 걸까? 생각 없이 그냥 말한 걸까? 모르겠다. 아무튼 남자애들은 그 백 일에 대해 나와는 전혀 다른 상상을 했다. 그 애들은 룸 카페에 대해 멋대로 지껄여 대기 시작했다. 나래 앞에서, 뒤에서, 옆에서, 나래가 없는 곳에서, 있는 곳에서.

교실로 들어가려던 라진 샘이 우리에게 손짓했다. 다른 애들은 대부분 이미 자리에 앉아 있었다. 성미랑 나도 서둘러 들어가 빈자리를 찾아 앉았다. 그게 곽근 바로 뒷자리였다.

내 앞에 곽근이 있었다.

나는 곽근에게서 눈을 뗄 수가 없었다. 그렇게 곽근을 열심히 본 건 처음이었다.

솔직히 곽근은 꽤 근사했다. 반듯하게 넓은 어깨, 단정하게 자른 머리, 잘 손질된 교복. 옆자리 애가 무슨 말인가 하자 곽근이 그 애쪽으로 고개를 돌리고 조금 웃었다. 하여간 우리 반 참 가지가지 다이내믹해. 곽근이 그렇게 말했다. 적당한 바리톤의 목소리에 인상 좋은 웃음이었다. 공부도 잘하고 운동도 꽤 하는 애. 세련된 발음으로 영어를 하고 학생부 독서 이력에 교양 있는 책들이 빼곡한 애. 곽근은 박인석 같은 애들처럼 욕을 입에 달고 살지도 않았다. 혀를 내민 셀카 따위를 페이스북 프로필로 걸지도 않았다. 누구라도 남자 친구 삼고 싶어 할 만한 애였다.

곽근이 그렇다는 사실에, 그토록 그럴싸하다는 사실에 속이 뒤틀렸다. 불이 일었다. 수업이 끝나면 학원에 가겠지. 레벨 테스트에서 또 좋은 성적을 받겠지. 끝나면 학원 앞에 엄마 차가 기다리고 있겠지. 엄마, 배고파. 얼른 집에 가자. 엄마가 간식 준비해 뒀어. 아, 역시 엄마밖에 없어! 집에 돌아가 아빠한테 예의 바르게 인사를 하겠지. 다녀왔습니다. 그래, 우리 아들 고생이 많지? 헤헤. 고생이 많다고 하면 뭐 해 줄 건데? 그리고 말간 얼굴이 되어 방에 들어가 컴퓨터를 켜고 단톡방에 이런 말들을 쓰겠지. 우리 반 참 가지가지로 다이내믹하다니까. 룸 카페? 거기서 뭘 했겠냐? 뻔하지. 낄낄. 정호정, 요즘 좀 미친 거 같지 않냐? 걔는 중학교 때부터 상또라이였어.

나는 일어섰다. 내 손은 이미 음악책을 들고 있었다. 그대로 두 손을 치켜들어 곽근의 뒤통수를 후려갈겼다.

야!

누가 소리쳤다. 나였나? 곽근이었나? 그 소리가 기름을 부은 듯 나는 타올랐다. 곽근을 치고 또 쳤다. 내 손에서 음악책이 찢겨 나가는 게 느껴졌다.

"호정아!"

이름을 외쳐 부르며 나를 붙잡은 것은 지후였을 것이다. 성미였거나 혹은 둘 다였거나. 나는 모두 뿌리치고 교실에서 뛰쳐나갔다.

12

0525, 0525, 0525……. 몇 번을 틀리고서야 정신이 들었다. 5025. 자물쇠가 열렸다. 은기 자전거를 거치대에서 끌어냈다.

이것도 마땅히 버려져야 한다. 이것이야말로.

학교는 온통 시끄러웠다. 웃고 떠드는 소리며 책걸상이 삐걱대는 소리가 창밖까지 터져 나왔다. 지구 온난화를 실감하게 하는 날씨였다. 종례가 끝나자마자 튀어나온 애들도 있었다. 같이 가! 누군가 외치는 소리가 운동장에 메아리쳤다. 나를 부르는 소리는 아니었다. 그건 같이 가기로 약속된 사이에 하는 소리였다.

자전거를 탈 수는 없었다. 우리 학교 교복 치마는 통이 좁은 편이고, 물론 치마 길이도 줄여 둔 터였다. 은기 자전거는 핸들에서 안장까지 바가 있었다. 나는 자전거를 끌고 학교에서 나왔다.

학교 앞 인도와 나란한 자전거 길로 가다 주택가로 접어들었다. 주택가는 전과 다름없이 한산했지만 고요하지는 않았다. 쾅쾅거리는 굉음이 규칙적으로 들려왔다. 어느 빌라와 2층 주택 사이가 폭

격을 맞은 듯 무너져 있었다. 빈터에 철근이 듬성듬성 박혀 있고,
작업복을 입은 아저씨들이 바삐 움직이고 있었다.

그곳에 무엇이 있었든 사라지고 없었다. 근사한 새 집이 들어설
것이다. 그럼 고양이는? 과학B 선생님처럼 못마땅한 얼굴을 하고
있던 그 고양이는? 몇 걸음 뒤로 물러나 공사장 주변을 봤다. 똑같
은 집은 하나도 없지만 그렇다고 눈에 띄는 집도 없었다. 그때 그
고양이가 대문 아래로 나왔던 집을 찾을 수가 없었다. 대문 색깔조
차 기억나지 않는다. 고양이의 못마땅한 표정은 또렷하기만 한데.

눈물이 솟았다. 쏟아지기 전에 얼른 손을 눈가로 가져갔다. 그제
야 알았다. 나는 떨고 있었다. 방전 직전의 스마트폰처럼 제대로 작
동하지 않는 기분이었다. 그러고 보니 패딩을 사물함에 두고 나왔
다. 가방도, 심지어 운동화도. 삼선 슬리퍼를 신은 채였다.

그래도 계속 갔다. 슬리퍼가 바닥을 치는 소리가 꾸준히 울렸다.
은기의 자전거도 틱틱틱 발맞추어 굴렀다. 어디로 가는지도 모르
는 채 알지도 못하는 동네를 계속 걸었다.

오른손에 뻐근한 느낌이 들었다. 음악책을 움켜쥐던 느낌이 고
스란했다. 꽉 쥔 손가락 사이에서 책장이 찢겨 나가던 느낌까지도.
온 힘을 다해 곽근을 내리칠 때 내 안에서 타오르던 그것도.

내 안에 무언가 있었다.

곽근은 어떻게 됐을까. 나는 곽근의 그 반듯한 등에 칼을 꽂고
도망친 거였다. 음악이 아니라 가정 실습이었다면 정말로 그랬을
지도 모른다. 내 손에 들린 것이 음악책인지 칼인지는 중요하지 않
았다.

내 앞에 곽근이 있었다. 나를 아프게 한 것. 나를 아프게 하는 것. 나를 아프게 할 것. 나는 곽근을 찔러야 했다. 진작 그랬어야 했다.

그러나 자전거를 끌고 가는 건 힘에 부쳤다. 나에게는 나 자신을 끌고 갈 힘도 남아 있지 않았다. 몸의 떨림이 멈추지 않았다. 그리 추운 건 아니었다. 일기 예보대로 오후부터 날이 풀렸다. 어디선가 노란 은행잎이 날아든대도 이상할 게 없는 날이었다.

어느덧 주택가 끝에 이르렀다. 횡단보도를 하나 건너면 홍제천 산책로 입구였다. 하지만 더는 힘이 없었다.

마침 횡단보도 옆에 편의점이 있었다. 편의점이 없던 시절에는 다들 어떻게 살았을까. 편의점의 발명은 인류의 역사에 당당히 올라야 할 일이다. 하지만 자전거가 문제였다. 자전거 자물쇠는 챙겨 오지 않은 터였다. 다행히 편의점 앞 도로에 차가 많을 뿐, 인도는 텅 비어 있었다. 테이블도 창가 쪽에 있었다.

편의점으로 들어가 컵라면과 캔 커피를 카운터에 올려놓고서야 내게 지갑이 없다는 걸 깨달았다. 에어팟을 귀에 꽂은 알바생이 너 같은 애 잘 알지, 하는 표정으로 나를 빤히 봤다. 그 눈길에 정신이 든 듯 생각이 났다. 교복 재킷에 스마트폰이 있었고, 폰 케이스에 교통 카드가 있었다. 스마트폰을 꺼내 보니 전화가 여러 통 와 있었다. 나래와 지후 그리고 라진 샘. 나는 스마트폰을 끄고 교통 카드로 계산을 했다. 컵라면에 물을 받아 창가 테이블에 가서 섰다.

계속 창밖을 살폈다. 지나는 사람 하나 없는데도, 더 이상 새것도 아닌 흔한 자전거일 뿐인데도, 내다 버리려고 끌고 나온 것인데도. 유리창에 비친 내가 보였다. 엉망진창이었다. 화장이 번져서 눈가가 시커메져 있었다. 언제 내가 울었나? 공사장 앞에서 잠깐 눈이 시렸을 뿐인데. 곽근에게 음악책을 휘두를 때 나는 온통 뜨거웠다. 눈도 뜨거웠던가? 하지만 그건 눈물이 아니었다. 통째로 타올라 시커먼 연기를 내뿜느라 눈이 뜨거워졌을 뿐. 손바닥에 곽근을 때리던 순간의 감각이 되살아났다. 내 손은 잊지 않고 있었다. 곽근이 그때 설마 나를 본 건 아니겠지. 내가 울었다고 생각하는 건 아니겠지. 곽근은 나를 보지 못했을 것이다, 감히. 애들이 다 보는 앞에서 그런 꼴을 당했으니. 애들이 숙덕거리는 소리가 들리는 듯했다. 들었냐? 곽근이 여자한테 처맞았잖아. 그건 내게 약간의 힘을 주었다. 젓가락을 반으로 쪼개고 덜덜 떨리는 손으로 면발을 건져 올렸다. 라면은 퉁퉁 불었고 국물도 식었지만, 억지로 조금 먹었다.

자전거가 내 눈앞에 있었다.

문득 가야 할 곳을 깨달았다. 은기에게 가야 했다. 자전거를 돌려주어야 했다. 모든 것을 되돌려야 했다. 자전거를 없애면, 없애 버리면, 은기 앞에 자전거를 내동댕이쳐 버리면 나는 그때로 돌아갈 수 있을 것이다.

은기라는 애는 없었던 때로, 내 마음은 얼어붙은 호수와 같아 몹시 안전했던 때로.

13

홍제천 산책로는 그날보다 한산했다. 산책하는 사람은 얼마 되지 않았고, 왜가리도 보이지 않았다. 참새들이 이 나무 저 나무로 바삐 날아다녔다. 끄아악! 위협하듯 울며 내 눈앞을 가로질러 간 것은 까마귀였다. 까마귀를 그렇게 가까이서 본 건 처음 같았다. 무릎 위까지 오는 장화를 신은 할아버지가 홍제천에 발을 담그고 서 있었다. 우두커니, 하염없이 물속을 들여다보고 있었다. 대걸레처럼 어수선하게 털을 기른 개가 리드 줄도 없이 주인에게 딱 붙어 걸어갔고, 정말이지 똑같이 생긴 포메라니안 두 마리가 할머니 두 사람에게 각각 안겨서 갔다. 이따금 바람이 불면 빈 가지들이 우웅 하고 불길하게 울었다. 그때마다 나는 어깨를 움츠렸다. 바람은 무언가를 경고하는 것도 같고, 위협하는 것도 같았다. 그 모든 것을 빠짐없이 보려 했다. 기억하려 했다.

은기야? 오늘 홍제천에는 말이야……. 자꾸만 그렇게 시작하는 문장들이 머릿속을 휘저어 댔다. 그러려고 가는 길은 아니었는데,

자전거를 내동댕이치면서 소리를 질러 주고 싶은 것뿐이었는데.

멀리, 북한산 너머 하늘이 어둑해지고 있었다. 산은 이미 밤을 맞을 각오가 선 듯했다. 바람이 갈수록 차가워졌다. 핸들을 잡은 손이 시렸다. 산은 바로 눈앞에 있지만 쉽게 가까워지지 않았다.

자전거를 세우고 벤치에 주저앉았다. 교복 재킷 주머니에 손을 넣었다. 하지만 앉아 있으니 더 추웠다. 서둘러야 했다.

나는 은기의 자전거를 탔다. 높이가 맞지 않아 안장을 조정하는 데 조금 애를 먹었지만, 결국 탈 수 있었다. 힘껏 페달을 밟아 자전거 길을 달리기 시작했다. 맞은편에서 에일리언과의 전투를 앞둔 듯한 차림으로 자전거를 타고 오는 아저씨가 나를 힐긋 봤지만, 그 눈길이 닿기도 전에 나는 달려 나가 있었다.

왜 진작 이런 생각을 못 했을까? 자전거는 빠르다. 힘 있다. 바람을 가른다. 나는 바람을 거슬러 달린다. 힘껏, 빠르게.

은기가 자전거를 타는 마음을 비로소 알 수 있었다. 은기도 이렇게 달렸겠지. 바람을 타고, 바람이 우는 소리만 가득한 세계로. 그 세계는 안전했을 것이다. 수원도, 주민 등록증도, A 군도 없는 세계.

은기가 보고 싶었다. 은기에게 말해 주고 싶었다. 미안해. 보고 싶어. 나는 네가 좋아. 정말로 좋아. 너도 나를 좋아하잖아? 은기야. 괜찮아. 우리는 괜찮을 거야. 정말로? 아니. 나는 몰라. 네가 모르듯 나도 모르지만 그래도 괜찮다고 말해 줄래. 너에게. 그러니까 너도 나에게 말해 주지 않을래? 우린 괜찮을 거라고. 아무도 없는 바람 속에서는 괜찮을 거라고. 달리다 보면 괜찮은 곳에 다다를지도 모른다고.

사람은 어째서 자신의 마음을 모를까. 그 무엇보다 온전한 제 것인데.

은기가 웃으며 뛰어오던 모습이 눈에 선했다. 은행잎이 노랗게 물들기 시작하던 그 밤, 경계심이라고는 하나도 없이 웃으며 달려오던 모습이. 은기는 자전거를 잃었다는 사실마저 잊었는지도 모른다. 하지만 자전거를 보면 기억해 낼 것이다. 많은 것들을. 그러면 또 그렇게 환한 얼굴로 달려오겠지.

간절히 바라는 일이란 얼마나 실감 나는 꿈인지. 어떤 의미에서 그건 사실이기도 하다. 이미 마음에서 일어난 일. 명명백백한 마음. 다른 누가 아닌 자신에 의해 쓰인 사실. 그것을 어떻게 의심할 수 있을까.

그러나 홍제천을 벗어나자 내 앞에 놓인 것은 불빛으로 어지러운 언덕이었다. 도시의 불빛을 별밤에 비유한 모든 글은 틀려먹었다. 어떤 하늘도 그처럼 혼잡하게 빛나지 않는다.

나는 은기가 그 언덕 어딘가에 산다는 것밖에 몰랐다. 여기서 십 분쯤 더 가야 해. 그런 말을 들은 기억이 났다. 우리 빌라에는 엘리베이터가 없는데. 아랫집 개가 유난히 짖어서 계단을 올라갈 때면 도둑처럼 뒤꿈치를 들어야 한다고 했다. 바로 근처에 편의점이 세 개나 있어서 지구 멸망의 날이 와도 살아남을 거라고도 했다. 또 무슨 말을 했던가. 그래, 방에서 등산로 입구가 보이는데도 이사 온 지 여러 달이 되도록 북한산에는 발끝도 들이지 않았다고 했지.

서랍을 통째로 뒤집어엎듯 기억을 헤집으며 자전거를 끌고 언덕을 올라갔다. 하지만 너무 많은 집들이 있었다. 마을버스가 다니는 도로 양쪽으로 겨울나무가 가지를 뻗듯 골목들이 이어져 있었다. 윗동네에는 엘리베이터 없는 옛날 빌라가 많았다. 곳곳에 편의점이 있었다. CU, GS25, 세븐일레븐, 이마트24, 브랜드 없이 편의점이라고만 되어 있는 가게도 있었다. 온 동네 개들이 약속이나 한 듯 침묵하는 밤이었다.

어느 골목에선가 교복 입은 남자애가 나타났다. 남자애는 내게 등을 보인 채 위쪽으로 올라갔다. 그건 은기였다. 은기가 분명했다. 내게는 은기였다. 은기야? 나는 숨을 몰아쉬며 걸음을 재촉했다. 위쪽에서 버스가 달려 내려왔다. 헤드라이트가 그 애를 명백하게 비추었다. 우리 학교 교복이 아니었다. 색깔마저 달랐다.

놀랍지는 않았다. 그 애는 은기가 아니었다. 아니라는 걸 알고 있었다. 은기일 리가 없지 않은가. 자전거로 힘껏 달려오니 때마침 은기가 내 앞에 나타났다고? 짠! 하고? 나는 그런 드라마를 믿을 만큼 어리숙하지 않다, 더 이상. 처음부터 알고 있었다. 은기 집이 어딘지도 모르고, 은기가 과연 집에 있기나 한지도 모를 일이었다. 애초에 은기라는 애가 있었다는 사실마저도. 그러나 나는 그 애를 따라갔다. 달리 갈 곳이 없었다. 그 밖에 할 수 있는 일이 없었다.

마을버스 종점 근처에서 그 애가 사라졌다. 내 눈앞에는 등산로로 통하는 길만 시커먼 동굴처럼 열려 있었다. 막다른 자리였다.

나는 자전거를 버렸다. 거기서. 거기가 어디든 상관없었다.

그래도 여전히 무거웠다. 자전거를 버려도 나는 가벼워지지 않았다. 북한산의 어둠과 같은 것이 내 어깨에 올라타 있었다. 나를 짓누르고 있었다. 그건 자전거처럼 손잡이를 놓아 버릴 수 있는 게 아니었다. 나는 내가 무거웠다.

등산로로 통하는 길 입구에 허름한 슬레이트집을 개조한 식당이 있었다. 가게는 깜깜했다. 식당들이 문 닫을 시간은 아닌데, 아예 장사를 안 하는 건지도 몰랐다. 언젠가 엄마랑 아빠랑 진주랑 같이 가 본 적 있었다. 수제비를 먹었다. 파전인지 도토리묵인지도 곁들여서. 엄마랑 아빠는 막걸리도 좀 마셨다. 우리 엄마는 술을 조금만 마셔도 얼굴이 빨개지는데, 진주가 엄마 얼굴을 보고 무섭다며 울먹였던 기억이 났다. 그게 언제였을까? 그날은 즐거웠던 것 같은데. 올라가다 중간에 비가 내리기 시작해 내려왔고, 수제비를 먹는 사이에 날씨가 갰다. 무지개를 봤다. 어쩌면 그 또한 내 마음의 거짓말인지도 모르지만.

나는 버스 종점을 지나 그 가게로 갔다. 축대를 손으로 짚으며 힘겹게 계단을 올라갔다. 편의점에 놓여 있곤 하는 야외 테이블과 의자가 유리문 밖에 겹겹이 쌓인 채 방치되어 있었다. 가게 처마에는 먼지를 뒤집어쓴 차양이 드리워져 있었다.

비가 오는 것도 아닌데 나는 어쩐지 그 차양 아래에 섰다. 스르르 미끄러지듯 주저앉아 유리문에 등을 기댔다. 유리문이 덜컹거렸지만 누구도 나와 보지 않았다. 종점으로 들어오는 마을버스 불빛이 들이쳤지만 곧 꺼졌다.

몹시 고단했다. 고개를 세우고 있는 것조차 힘들었다. 눈꺼풀이 자꾸 내려앉았다. 밤마다 그렇게 잠이 오지 않더니 그 어둠 속에서는 터무니없을 만큼 졸렸다. 살갗이 아리도록 추웠다. 진통제를 먹은 지 한참 지났는데 머리가 아프지도 않았다. 나는 냉동 생선처럼 뻣뻣해져 있었다.

스마트폰을 꺼내서 전원을 켰다. 더 이상 추위조차 느껴지지 않았다. 하지만 어둠만은, 그 어둠만은 무서웠다. 나에게는 빛이 필요했다. 단 한 줄기의 빛이라 해도. 스마트폰은 온 산을 울릴 듯 진동하며 환한 빛을 쏘았다. 그러나 곧 다시 어둠이었다. 나는 스마트폰을 손에 꼭 쥔 채 다리를 움츠려 무릎을 끌어안고 어둠 속에 고개를 묻었다.

추운 데서 자면 얼어 죽는댔는데. 얼핏 그런 생각이 들었지만 저항할 도리가 없었다. 죽으려는 건 아니었다. 죽고 싶다는 생각조차 들지 않았다. 죽음이란 엄청난 사건이어서 그에 걸맞은 에너지가 필요할 것이다.

나는 다만 졸렸다. 그 밖의 다른 어떤 것도 느낄 수가 없었다. 그래서 잠이 들었다.

14

진정으로 고요한 세계다.

나는 텅 비어 가고 있다. 어떤 소음도 없이, 기억도 없이, 마음도 없이. 무거움이라고는 하나도 없이.

얼마 만에 이렇게 편한지 모르겠다. 조금도 힘을 쓸 필요가 없다. 잠으로 빠져들고 있다. 되돌아올 수 없는 잠으로, 그러므로 되돌아오려 애쓸 필요 없는 잠으로.

15

찾았어! 학생! 학생! 정신 차려! 여기야! 이쪽!

소란한 소리가 내 평화를 비집고 들어온다. 그 틈으로 온기가 스며든다. 따스한 무언가가 나를 감싼다.

나는 떠올랐다.

부드럽게, 고요하게, 마침내 잠에 빠져든다.

5부

호수의 일

1

마음에 떠오른 것을 의사에게 다 말한 건 아니다. 모두가 짐작할 만한 일들을 얘기했을 뿐이다. 그보다 조금 더 얘기하게 되기도 했다. 닫아 둔 문틈으로 말이 새어 나가는 것처럼.

"부모님이 무척 궁금해하실 거예요. 걱정하실 테고요."

의사가 말했다.

미성년자라 해도 내 나이쯤 되면 본인이 동의하지 않는 한 부모에게도 상담 내용을 알리지 않는다고 했다. 하지만 그렇게만 고집할 수는 없다. 나도 이미 알고 있다.

"입시 스트레스라고 해 주세요."

의사는 만우절 장난의 공범처럼 싱긋 웃고는 고개를 끄덕였다. 같은 병실의 어른들도 지레 그렇게 말하곤 했다. 학생이 공부하느라 힘들었나 보네. 틀린 얘기도 아니긴 했다.

"약은 좀 어때요?"

모든 건 수면 부족이 원인이었던 것처럼 몸이 가뿐하다. 두통도

없다. 그 대신 심한 열에 시달린 뒤처럼 기운이 없다. 그래도 오늘
은 상담을 받으러 오면서 휠체어를 타지 않았다. 간호사나 엄마의
도움 없이 나 혼자 걸어서 왔다.

약 때문인가. 의사가 준 약 덕분에 두통이 없고, 그 때문에 기운
도 없는 건가.

어느 쪽이든, 나는 고개를 끄덕였다. 지금의 상태가 나쁘지 않다.
위태롭게 흔들리다 가까스로 균형을 잡은 것 같다. 다리도 제대로
펴지 못하고 양팔을 엉거주춤 펼쳐 든 자세지만, 그래도. 이따금 안
도의 한숨을 쉬면서, 발밑을 흘금거리면서, 그렇게라도.

2

나는 사흘 만에 깨어났다고 한다.

나를 살린 건 스마트폰이었다. 아니 나래였다. 그 밖에 또 여러 사람들이 있었다. 나래와 지후와 라진 샘, 어쩌면 오보람과 나래 아빠까지 포함해야 하는지도 모르겠다. 그리고 엄마…… . 의식을 잃었던 그 사흘간 내 기억에 남은 건 오직 엄마의 손이다. 벼랑 끝에 매달린 것처럼 엄마 손을 붙잡았던 기억이 난다.

까맣게 잊고 있던 일인데, 언젠가 나래가 친구 폰 위치 찾기 앱을 깔았고 나도 친구로 추가했다. 사실은 보람이랑 둘만 그러고 싶었을 텐데, 엄마의 눈이 무서워 나랑 지후까지 끌어들였다. 다른 애들도 더 있을지 모른다.

학교에서 그러고 나간 뒤 내가 전화를 받지 않자 라진 샘은 곧장 우리 집에 연락을 했다고 한다. 엄마는 파출소로 달려갔고, 라진 샘은 나래랑 지후를 데리고 학교 주변을 돌아다녔다고 한다. 하지만 경찰은 당장 나서 주지 않았고, 학교 주변에서는 나의 흔적을 찾을 수 없었다.

그때 나래가 친구 폰 위치 찾기 앱을 떠올린 거였다. 하지만 내 폰의 전원이 꺼져 있어 소용이 없었다. 그러다 어두워지면서 아빠가 경찰에 찾아가 당장 수색을 하라고 소리 지르며 화를 내기 시작했을 무렵에 내 폰이 나래의 앱에 떴다. 그렇게 나는 발견되었다.

내가 깨어났을 때 엄마는 몇 번이고 그렇게 말했다. 고마워, 호정아. 엄마한테 돌아와 줘서 고마워…….

돌아온 건가, 내가? 나는 그저 주저앉았을 뿐이었는데. 하지만 의사도 그렇게 말했다. 정호정 님이 스스로를 구한 거예요. 스마트폰 전원을 켜지 않았다면 경찰도 제때 찾지 못했을 거예요.

그랬을 것이다. 거기 잠들어 있던 건 나 스스로도 놀라게 되는 일이다. 두려운 일이기도 하다.

의사는 내게 우울증이라고 했고, 나는 아니라고 했다. 의사는 우울이 곧 슬픔인 것은 아니며, 슬픔이 곧 눈물인 것도 아니라 했다. 우울에는 꽤 여러 얼굴이 있다고, 우울은 오랫동안 은신할 수도 있고, 전혀 다른 모습으로 위장하기도 한다고. 그래서 알아차리기도, 빠져나오기도 어려운 거라고.

의사의 말을 다 이해할 순 없었다. 내가 우울증이라고? 그러면서도 우울증이라는 진단은 묘하게 나를 안심시켰다. 그러니까, 나는 아픈 것이다. 나쁜 게 아니라, 한심한 게 아니라.

나는 그 가게 앞에서 극심한 저체온증으로 혼수상태에 빠진 채 병원으로 실려 왔다. 이어진 검사에서 영양실조로 인한 탈진이라는 진단도 나왔다. 요즘 잘 안 먹었어요? 병실에서 회진하는 의사가 물었을 때 나는 고개를 끄덕였지만, 그조차 확신할 수 없었다. 내가 그랬나? 급식 시간에 애들이랑 같이 좀 먹긴 했는데, 그 밖에는 기억이 없었다. 잠도 잘 못 잤겠네요. 나는 다시 고개를 끄덕였다. 학교에서 내내 엎드려 잤지만, 의사의 질문을 받고 보니 그건 잠이 아닌 무엇이었던 것 같았다.

우울은 내 안에서 숨죽여 나를 지켜보다 어떤 계기로 행동에 나선다고 한다. 그걸 우울증 삽화라고 하는데, 의사는 내 경우를 중증의 우울증 삽화라 했다.

어떤 계기. 그 말이 내 안의 그 애를, 아픈 나를 슬프게 한다. 손 쓸 겨를 없이 눈물이 쏟아지곤 한다. 의사 앞에서도, 침대를 둘러싼 커튼 속에서도.

아픈 나는 꽤 위험한 구석이 있다. 그 가게 앞에서 잠에 빠져들면서 내 안의 무언가가 꺼져 간다고 느꼈을 때, 아픈 나는 더없이 편안해졌다.

나는 그 애가 무섭다.

구급차에서 보드라운 담요에 감싸졌을 때의 기억도 있다. 따듯했는데, 그건 담요였을까? 흔들어 깨우던 구급대원의 손길이었을까? 그때 나는 의식이 없었다는데. 어쩌면 그건 기억이 아니라 지금의 내 마음인지도 모른다. 아픈 내가 아닌 그냥 나.

약 덕분인지, 보름 동안 많이도 잔 덕분인지, 계속 매달려 있는 링거 덕분인지, 두통은 가셨다. 기운은 달리지만 몸이 가벼워진 듯하다. 잠자는 숲속의 공주가 키스 한 번에 왕자와 사랑에 빠진 건, 푹 자고 일어난 때라서일 것이다.

그렇다면 지금의 나는 아픈 나가 아닌 그냥 나일까.

아픈 나와 그냥 나가 주연 자리를 두고 다툼을 벌이는 중인 것 같다. 더 이상 격렬하지는 않은지도 모르지만.

비로소 내 입에서 흘러나온 말들과 함께 그 아이가, '아픈 나'가 달래진 걸까. 그 애는 말을 하고 싶었던 걸까.

3

병실로 돌아와 침대에 누우면 나도 모르게 깊은 숨을 내쉬게 된다. 안도의 한숨. 병상을 둘러싼 커튼은 얇은 천에 불과하지만 외딴 섬에 와 있는 기분이 든다. 옆 침대 할머니가 틀어 둔 드라마에서 누군가 떠들어 대는 소리도 아주 먼 곳의 일인 것만 같다.

또 졸음이 쏟아진다. 병원 공기에는 수면제 성분이 들어 있는 게 분명하다. 그렇다고 짓누르듯 덮쳐 오는 잠은 아니다. 부드러운 잠, 튜브를 타고 바다를 천천히 떠가는 듯한. 언젠가 그랬던 기억이 난다. 파도가 잔잔하고 햇살이 뜨거운 바다, 나는 아무런 긴장 없이 튜브에 몸을 누인 채 바다를 느끼고 있었다. 어떻게 그럴 수 있었을까. 바다는 아름다운 만큼 위험한 곳인데. 누군가 내 튜브를 단단히 잡아 주고 있었을 것이다. 어떤 파도에도 지켜 줄 거라 약속하듯이. 아빠였을까? 아마도 그랬을 것이다. 지금껏 까맣게 잊고 있었던 바다다. 내 기억 속 가장 오래된 바다인 것 같다.

좋은 날들도 있었을 텐데, 많았을 텐데, 사람의 마음은 수학적이지 않다. 좋은 일과 나쁜 일을 더하고 빼서 등호의 답을 구하는 게 아니다. 튜브에 누워 파도를 타듯 오르락내리락. 때로는 잠기고 때로는 떠오른다.

조용히 커튼이 걷혔다. 공기를 흔들지도 못하는 작은 기척에 나는 눈을 떴다.

엄마다.

"미안. 깨웠어?"

엄마가 물었다. 엄마는 자꾸만 미안하다고 한다. 내가 눈을 뜬 순간부터 내내. 아침에 병실을 나설 때도 몇 번이고 그랬다. 미안해, 금방 다녀올게. 진주가 지난밤에 배앓이를 심하게 했단다. 학교도 못 가고 집에 있는데, 할머니랑 아빠가 아무리 달래도 엄마만 찾는댔다. 엄마는 진주를 병원에 데려가느라 잠시 내 병실을 비웠다. 병원에서 병원으로, 엄마의 얼굴이 까칠한 건 당연한 일이다.

"괜찮아. 안 잤어."

복도에서 음식 냄새가 끼쳐 오기 시작했다. 식기들이 덜그럭거리는 소리도 들렸다. 수레가 복도 바닥을 굴러왔다. 병동이 낮잠에서 깨어나듯 술렁거리기 시작했다. 엄마가 테이블을 올리고 나는 일어나 앉았다. 내 앞에 밥이 놓였다. 멀건 국, 그래도 죽이 아니라 밥이긴 하다.

"맛없지?"

내가 먹는 모습을 지켜보던 엄마가 물었다.

"응."

아주 쉬운 대답이었다.

병원 밥은 정말 맛이 없다. 그래도 오늘은 음식 냄새에 침이 고인다. 배가 고프다.

"다른 반찬을 좀 싸 오려다가……. 일단은 병원에서 주는 대로 먹는 게 맞는 것 같기도 해서. 뭐 먹고 싶은 거 없어?"

뭔가 선명한 거. 허여멀겋지 않고 산뜻한 거. 그런데 내 입에서 느닷없는 대답이 나왔다.

"하리보."

말해 놓고 나니 웃음이 났다. 하지만 엄마는 "아." 하고는 바로 납득한 얼굴로 고개를 끄덕였다.

"아직 하리보 좋아하는구나."

"내가 언제 하리보를 좋아했어?"

"너 어렸을 때. 근데 이 썩는다고 할머니가 안 사 주셨어. 그래서 엄마랑 아빠가 너 만나러 갈 때 꼭 하리보 사다 주고 그랬는데. 너 우리보다 하리보를 더 기다리는 거 같았어. 여기 지하 편의점에서 도 팔겠지?"

그러면서 엄마는 식판을 들고 일어났다. 그대로 편의점에 다녀올 기세였다.

"아냐, 엄마. 괜찮아."

"얼른 갔다 올게."

"아냐, 그보다…… 나 집에 가고 싶어."

엄마는 식판을 내놓고 돌아와 침대에 걸터앉았다.

"의사 선생님도 그러시더라. 이제 퇴원해도 되겠다고. 너…… 괜 찮겠어?"

엄마의 눈길이 불안하게 나를 살폈다. 부모님이 무척 궁금해하실 거예요. 걱정하실 테고요. 의사의 말이 생각났다. 그렇다고 엄마가 아무것도 모르지는 않을 것이다. 의사를 통해서가 아니더라도 학교에서 일어난 일은 엄마에게 전해졌을 것이다.

라진 샘이 병원에 다녀갔다고 들었다. 내가 깨어나면 다시 오고 싶으니 연락을 달라 했다는 말에 나는 고개를 저었다. 라진 샘도 나를 걱정하고 있다는 걸 알지만 만나는 건 편치 않다. 의사도 그랬다. 억지로 애쓰지 말라고.

내가 아무 말 않고 있자 엄마 눈에 눈물이 고였다. 엄마는 얼른 손바닥으로 눈가를 눌렀다.

"나 왜 이러니, 정말? 미안해. 주책이지?"

그러다 말을 돌리려는 듯 과장되게 "아차." 하며 의자에 놓여 있던 엄마 가방에서 뭔가를 꺼냈다.

진주가 그린 그림이다. 엄마랑 아빠랑 진주 그리고 나. 다들 봉제 인형처럼 뻣뻣하게 팔을 뻗고 있는데, 내 가슴에는 반창고가 붙어 있다. 그림이 아닌 진짜 반창고, 뽀로로가 그려진 반창고다. 그림 아래에는 삐뚤삐뚤하지만 야무진 글씨가 적혀 있다.

언니, 사랑해! 얼른 다 나아서 집에 와!

진주의 낭랑한 목소리가 귀에 선했다. 눈앞이 부예졌다. 진주가 보고 싶다. 이렇게 오랫동안 진주랑 떨어져 있었던 건 처음이다. 그동안 엄마도 내내 병원에서 잤다. 그만큼 진주는 엄마와도 떨어져 있었던 것이다. 진주가 힘들었겠구나. 그래서 아팠구나……. 눈물이 투두둑 떨어졌다. 환자복에 얼룩처럼 눈물 자국이 났다.

"집에 갈래, 엄마."

"정말 괜찮겠어?"

모르겠다. 내가 괜찮은 건지 아닌지. 하지만 적어도 한겨울 길바닥에 쓰러져 잠들지 않을 만큼은 기운을 차린 것 같다. 그리고 진주가 걱정스럽다. 진주가 보고 싶다.

나는 고개를 가로저었다. 하지만 다시 말했다.

"모르겠어, 그래도 집에 갈래."

"아휴……."

엄마가 손을 들어 내 얼굴을 쓰다듬었다. 엄마 손에 내 눈물이 묻어났다. 엄마도 눈물을 글썽였다.

"미안해, 우리 딸……. 이렇게 힘들어하는 줄은 몰랐어. 미안해……."

"뭘 자꾸 미안하대……."

"그러게……. 모르겠어……. 몰라서 그것도 미안해. 호정아……. 네가 힘들어 보이긴 했지만, 그래도 괜찮겠거니 했어. 너는 알아서 잘하는 애니까, 든든한 딸이니까……. 나는 그냥 믿고 기다리면 되는 줄 알았어……. 미안해, 호정아. 나도 어떻게 해야 할지 몰라서 그랬어. 엄마도 엄마가 처음이라……."

처음?

그 말에 내 안에서 무언가 곤두섰다. 어디선가 나도 들어 본 적 있는 말이다. 엄마도 그렇게 주워듣고 마음에 들어서 외워 둔 걸까? 그러니까 내 잘못이 아니야, 하고?

"그럼 잘 모르는 짓을 왜 저질렀어?"

나를 쓰다듬던 엄마의 손길이 얼어붙었다. 엄마는 쫓기듯 황급하게 고개를 저었다.

"무슨 그런 말을 해? 저지르다니? 아냐. 호정아. 너는 내가 가장 잘한 일이야. 호정아, 힘든 일이 많았지만 그래도 너를 갖게 되었다고 생각하면 괜찮았어. 다 괜찮아. 아무것도 후회하지 않아. 그런데 엄마가 어리석어서 제대로 못 했던 것뿐이야. 처음이라 허둥대기만 하다가……."

그게 왜 나야?

마음에서 그런 소리가 울렸다. 날카롭게, 심장을 꿰뚫고 밖으로 솟구쳐 나올 듯이. 하지만 나는 조용히 울기만 했다.

진주가 부러웠지만, 내내 엄마 품에서 자라는 진주를 샘낸 적도 있지만, 그렇다고 진주가 나처럼 자라기를 바랐던 것은 아니다. 진주와 내 자리가 바뀌기를 바라지도 않는다. 나는 그렇게까지 최악은 아니다.

내 방으로 돌아가고 싶다. 내 자리로.

"집에 갈래, 엄마."

"응. 그런데…… 의사 선생님이 퇴원 후에도 상담을 계속 받는 게 좋겠다고 했어. 너만 아니라 가족이 함께."

나도 들었다. 가족 상담이 필요하다고 했지. 가족 상담이라니, 말만 들어도 눈 둘 데를 모르는 마음이 된다. 온 가족이 둘러앉아 눈물을 흘리며 마음을 털어놓나? 대체 무슨 말을 하나? 의사에게 애기했던 것처럼? 초등학교도 들어가기 전에 있었던 일을? 엄마 아빠에게도 힘들기만 했던 때를 들추어내서? 식구들이 모여 밥 먹다 나누었던 이야기들을? 엄마 아빠는 기억도 못 할 사소한 이야기들을? 의사는 그런 걱정은 하지 말라고 했다. 나는 지금 아픈 사람이고, 아픈 사람은 스스로를 돌보는 일만 생각해야 한다고. 가족이 돕는 건 당연하다고.

하지만 그러겠다는 대답이 나오지는 않았다.

"집에 갈래."

몇 번째 같은 말을 했다. 지금 확실한 건, 그 하나다.

4

내 방은 고스란히 나를 기다리고 있었다.

책상은 좀 어수선했다. 시험공부를 할 것처럼 펼쳐 두었던 문제집, 그리고 나래가 챙겨다 준 국어 학원 프린트물. 며칠째 열린 채 방치된 파우치. 필기도구들.

침대는 성격이 다른 자매처럼 말끔한 모습이다. 새로 빤 이불이 단정하게 펼쳐져 있고, 잠옷과 트레이닝복이 옷 가게에서처럼 개어져 있다. 할머니 솜씨다.

하지만 내가 돌아왔을 때 할머니는 없었다. 나를 피해서 집에 가신 것 같다. 할머니가 안 계셔서 다행이다. 당장은 할머니를 만나고 싶지 않다. 할머니가 보고 싶지만.

"미안해. 할머니가 너 오면 편하게 쉬라고 정리를 하셨나 봐."

엄마가 내 눈치를 봤다. 다른 사람이 내 방에 손대는 걸 내가 질색하고 싫어하는 줄 알기 때문이다. 하지만 오늘은 깔끔한 방이 좋다. 쉬고 싶다. 내 방, 내 자리에서.

"언니, 내가 안마해 줄까?"

진주가 물었다. 농담기 하나 없이 진지하다. 나는 웃음이 났지만 참았다. 됐다고 하면 진주가 서운해하겠지.

"좋아."

진주가 조물조물 내 팔을 주무르다, 어깨도 두드려 줬다. 그래도 제법 손에 힘이 생겼다. 어느새 많이 컸네, 내 동생. 하지만 금세 손에 힘이 빠지는 게 느껴졌다.

"이제 시원해."

"그럼 또 뭐 해 줄까?"

나는 짐짓 고민하는 시늉을 하다 말했다.

"그럼 그려 줘. 백 장."

"백 장? 힝 언니……. 그건 좀 부담스러운데……."

"좋아. 그럼 열 장."

진주가 바닥이 울리게 거실로 뛰쳐나가며 소리쳤다.

"아빠! 언니가 나한테 그림 열 장 그려 달래!"

아빠는 진주의 그림 구상을 다 들어 주고 난 뒤 내 방을 들여다봤다.

"아빠 가게 나간다. 뭐 먹고 싶은 거 없어?"

"없어."

그렇게만 말하려다 덧붙였다.

"있으면 얘기할게."

아빠는 무슨 말인가 하려다, 그냥 푹 쉬라고만 하고 나갔다. 평소라면 이미 가게에 있을 시간이다. 퇴원하는 걸 보려고 기다렸나 본

데, 그런 말을 굳이 하지는 않는다. 우리 아빠답지 않네. 의사가 무슨 말을 했나? 지나친 생색은 역효과가 납니다? 어쩌면 상담이라는 게 꽤 도움이 될지도 모르겠다.

상담을 하다 보면 의사는 때로 건성으로 듣는 것도 같고, 쓸데없는 걸 묻는 것 같기도 했다. 그런데 묘하게 마음 어딘가를 건드렸다. 책상 위에 펼쳐진 문제집을 보니 마지막 상담에서 의사가 했던 질문이 떠올랐다.

근데 왜 정시로 가려고 한 거예요? 나는 요즘 입시는 몰라서. 되게 복잡하던데. 대개들 수시를 준비하는 것 같고. 수시랑 정시, 이렇게 두 가지인 거 맞죠?

나는 수시와 정시에 대해 대충 설명했다. 의사는 오……, 호오…… 그러다 가끔 뭘 묻기도 했다. 상담 시간이라는 게 결국 엄마 아빠가 돈을 주고 산 건데, 왜 입시 설명 같은 걸로 시간을 때우나 싶어 약간 황당했다. 그쯤에서 의사가 불쑥 물었다.

그러니까 정시가 맞았다기보다, 수시가 싫었던 거네요?

어쩐지 대답이 궁해 잠자코 있자 의사가 싱긋 웃으며 말했다. 시간은 많으니까요.

하지만 당장은 혼자이고 싶다. 좀 자겠다고 하고 방문을 닫았다. 내 방에 혼자 앉아 있으니 모든 게 꿈만 같다. 아주 긴 꿈. 어디까지가 현실이었을까? 2학기 첫날? 홍제천을 걸었던 날? 은정서점 앞에서 버스를 기다리던 날? 아니면 혼자 지하철을 타고 엄마 아빠를 찾아가던 오래전 그 밤? 만약 그 모든 게 꿈에 불과하다면 지금의 나도 진짜가 아닌 거겠지.

스마트폰을 켰다. 화면이 밝아지며 알림 창이 앞다투어 달려들었다. 크리스마스와 연말을 맞아 행사를 한다는 날짜 지난 할인 쿠폰들. 인강 사이트에서 날아온 안내 문자도 있다. 수강 기간 종료가 임박했음을 경고하기도 하고, 새 학기 프로모션을 소개하기도 한다. 카톡의 빨간 알림 표시에는 무려 네 자릿수가 떠 있다. 개인톡과 단톡방들 그리고 광고성 카톡들. 페이스북에도, 인스타그램에도 메시지가 들어와 있다. 호정아, 괜찮아? 얼른 나아! 같은 말들.

그 어디에도 은기는 없다.

그럴 줄 알고 있었는데도 마음이 시리다. 문자 메시지 목록을 한참 내려가서야 은기를 찾았다. 목록으로도 보이는 마지막 메시지는 내 기억대로다.

―점심도 나가서 먹고 싶다. 요즘 급식 너무 별로야.

통째로 삭제해 버릴까. 나는 편집 버튼을 누르고 강은기 이름에 손가락을 가져갔지만, 내가 그러지 못한다는 걸 알고 있다. 나는 은기를 지울 수 없다, 아직은.

페이스북으로 들어갔다. 익숙한 얼굴들이 주루룩 눈에 들어왔다.

나래의 페이스북은 여전히 조용하다. 보름 동안 단 하나의 게시물을 올렸을 뿐이다. BTS의 「친구」 뮤직비디오. 다른 아이돌로 갈아탔대 놓고선. 하지만 나래는 뭔가를 쉽게 갈아탈 수 있는 애가 아니다.

「친구」라는 노래는 알지만 뮤직비디오는 처음 봤다. 과장된 구석 없이 일상을 담은 뮤직비디오가 마음에 든다. BTS 멤버들의 표정도 다른 어디에서보다 편안해 보인다.

나래와의 메시지 창을 열었다. 어디야? 어딘데? 어디 있는 거냐고. 정호정. 제발 전화 좀 받아. 호정아. 야! 너 어디야? 그 사이에 찍힌 수많은 'ㅠ'들. 그러고서 한동안 조용하다 BTS 뮤비를 올린 날, 그러니까 바로 어제 보낸 메시지가 있었다.

—정호정. 너 없으니까 학교 재미없어.

—와. 방학이다.

—방학도 재미없어.

그렇게 말하는 나래의 표정이 보이는 것 같다. 목소리도, 눈빛도 전부 다. 나래에게는 나만 없는 게 아니다. 오보람도 더 이상 없겠지. 혹시 화해를 했을까? 인스타그램과 페이스북으로 보아 그러지는 않았을 것 같다. 내가 아는 나래도 그렇다. 쉽게 화내지 않는 친구지만, 그런 만큼 쉽게 용서하지도 않을 것 같다. 그래도 나래는 친구들한테 인기가 많으니까 잘 지냈을 것이다. 밥도 같이 먹고 수업도 같이 들으러 가고 수다도 떨고, 그래도 오보람이 있던 자리는 비어 있겠지.

내가 있던 자리도.

나래가 잘못한 건 하나도 없는데 나래에게 화풀이를 했다. 나래가 정말 힘들 때 곁에 있어 주지도 못했다. 그렇다는 사실조차 내가 가장 늦게 알았다. 그래도 나래는 나를 찾아 주었다. 노래를 들려주었다.

─집도 재미없어.

나래에게 메시지를 보냈다. 곧 상대가 메시지를 입력 중이라는 표시가 나타났다. 메시지 창에서 눈을 뗄 수가 없다. 한참 만인 것 같은 시간이 지난 뒤에야 메시지가 모습을 드러냈다.

─집에 왔어?
─응. 오늘 퇴원했어.

그리고 잠시 틈을 두었다 한마디를 덧붙였다.

─고마워, 나래야.

나래는 메시지를 입력하는 기미도 없이 한동안 잠잠하다 대답을 했다.

─친구끼리 그런 말 하는 거 아니랬지?
─네가? 언제?

―했거든.

―기억 안 나는데.

―헐.

나래가 그런 말을 한 적은 없다. 내기를 해도 좋다. 하지만 나래의 말은 거짓이 아니다. 있었던 일이 아니라고 해도 거기에 진실은 있다.

―김나래. 고마워, 정말.

―나도 고마워. 무사해 줘서. 근데 우리 이러고 1학년 끝나네? 2학년 때 다른 반 되면 어떡하지?

이어지는 'ㅠ'의 물결.

나래가 보고 싶다. 말끔하게 화장을 하고 교복마저 세련되게 입는 내 친구 김나래. 나래는 교복을 유독 싫어하는데, 미안하지만 내가 보기에 나래는 교복이 잘 어울리는 애다. 아무리 시간이 지나도 나에게 나래는 교복을 입은 모습일 것 같다. 이런 말을 들으면 나래는 펄펄 뛰겠지만. 내 속을 모르는 나래의 메시지는 계속 다정하다.

―참, 참. 지후가 너한테 뭐 전해 주랬는데.

―지후 어디 갔어?

―응. 어제 방학식 하자마자 일본 갔어. 도쿄에 좀 있다가 온대.

지후 언니가 도쿄에서 제과 학교에 다니고 있다. 언젠가 셋이 도쿄 여행을 가자는 얘기를 한 적이 있었지. 그게 이번 겨울은 아니었지만 그래도 지후가 떠났다는 말에 마음이 쓸쓸해진다. 미안하기도 하다. 내가 다 망쳐 버렸다. 여행도, 도쿄도, 우리도.

—지후, 나한테 화났지?
—걔가 좀 성깔이 있잖아. 그치만 마음은 안 그래. 지후가 준 거 보면 너 감동 먹을걸. 솔직히 우리 취향은 아니지만. 호정아. 나 이거 빨리 주고 싶은데, 너네 집으로 갈까?

내가 대답을 망설이고 있는데 나래의 메시지가 이어졌다.

—너 불편하면 경비실에 맡겨 놓을게.

피식 웃음이 났다. 김나래답다. 우리 집은 빌라라 경비실이 없다. 나래는 그런 상상도 하지 못한다. 나래에게 어떤 악의가 있는 건 아니다. 나래의 세계와 내 세계가 다를 뿐. 학교가 아니었다면 우리 둘이 친구가 되는 일이 있었을까? 하지만 우리는 친구다. 우리에게는 아파트와 빌라의 차이에 비할 수 없는 것들이 있다.

—우리 집은 좀 그렇고, 내가 멀리 나가기도 좀 그렇고……. 근처에 스벅 있어.

나래는 당장 좋다고 했다. 나는 나래에게 스타벅스 위치를 링크로 보내 주었다. 우리 집에서 마을버스 두 정거장이면 된다.

하지만 친구를 만나러 가겠다고 하자 엄마는 걱정에 휩싸인 표정이 됐다. 그렇다고 말릴 기세는 아니어서 그대로 나가 버리려다, 엄마한테 말했다.

"나래 잠깐 만나고 올게. 선물을 줄 게 있대. 사거리 스벅까지 와 준댔어."

"엄마가 태워다 줄까?"

그건 싫었다. 혼자 걷고 싶었다. 힘차게 걸을 수는 없을 것 같지만, 급한 일도 없다. 아무리 천천히 걸어도 내가 나래보다 빠를 것이다.

그래도 나래라는 말에 엄마 표정이 좀 풀어졌다. 나래가 이번에 우리 엄마한테 톡톡히 점수를 땄다. 딸을 구해 준 친구. 엄마는 알았다며 오만 원을 줬다. 다음 달 용돈 미리 주는 거야, 하고.

화장도 하지 않은 채 머리를 질끈 묶고 집을 나서려다 방으로 돌아갔다. 차려입고 나갈 마음은 나지 않지만, 그렇다고 우울한 몰골로 나래를 만나고 싶지는 않았다. 차림새에 안 어울릴지도 모르지만 새로 산 클러치 백을 들었다. 그리고 나는 집을 나섰다.

햇볕은 따스하고 공기는 싸늘한, 내가 가장 좋아하는 겨울 속으로.

5

나조차 내가 조심스러워 무리하지 않고 천천히 걸었다. 그래도 좀 기다려야 할 줄 알았는데, 스타벅스 앞에서 나래와 마주쳤다. 나래가 택시에서 내리고 있었다. 부자 친구의 좋은 점이다.

나래랑 나는 어색하게 웃었다. 그런데 나래가 들고 온 백이 내 눈에 들어왔다.

"이걸 너도 사면 어떡해?"

"너도 샀어?"

나래도 놀라며 클러치 백으로 눈을 돌렸다.

"전에 네가 링크 보내 줬잖아. 그때 바로 샀지."

"진짜? 난 몰랐지. 왜 말 안 했어?"

"말했거든."

"안 했거든."

우리는 옥신각신하며 스타벅스로 들어갔다. 둘 다 프라푸치노를 주문하고 음료수를 받아서 자리에 앉을 때까지도 결론이 나지 않왔다.

"아, 몰라. 아무튼 이제 클러치 백 드는 날은 미리 얘기하기."

나래는 단호했다. 패션에 관한 한 언제나 진심이다.

"그냥 대충 들면 되지. 칫. 똑같은 백 드는 게 그렇게 싫으면 명품 백은 어떻게 들고 다녀?"

"얘 좀 봐. 똑같은 거 하나도 없거든. 시리얼 넘버가 다 달라요."

기세 좋게 대꾸하던 나래가 문득 어색하게 입을 다물었다. 그러고는 혼잣말을 하듯 덧붙였다.

"우리 엄마가 그러더라고."

엄마는 가장 좋은 핑곗거리지. 불쌍한 엄마들. 나래가 애교를 부리듯 웃으며 빨대로 프라푸치노를 쪽 빨아 마셨다.

어딘가 어색하다 했는데, 나래도 화장을 안 했다. 아이라인 없이 외출할 김나래가 아닌데. 급하게 달려오느라 그랬나. 어쩌면 화장할 기운도 없을 나를 배려한 것인지도 모른다. 나래는 오 분 메이크업으로 성미 유튜브에 출연한 적도 있으니.

나래와 마주 앉은 순간이 새삼 참 좋다. 마음에는 하나의 감정만 들어 있는 게 아닌가 보다. 어느 구석은 슬프고 춥고 아픈데, 또 어느 구석은 이렇게 따듯하다.

"있지……."

그렇게 말을 여는 나래의 얼굴에 슬픔이 떠올랐다. 나래의 마음도 한 가지 색은 아닌 것이다.

"나 보람이랑 헤어졌어."

짐작한 일인데도 마음이 안 좋다. 오보람, 이 나쁜 놈.

"보람이가 사과 안 했어?"

"했지. 여러 번. 열 번도 넘을걸? 학원 앞에서 길바닥에 무릎 꿇고 빌기도 했어. 울면서."

나래가 갑자기 눈물을 투두둑 떨어뜨렸다. 어쩌면 나래의 눈물 방울은 이렇게나 또렷한 모양을 하고 있을까. 나래는 컵 아래에 받쳐 두었던 티슈로 눈을 닦았다. 이미 다 젖은 티슈인데. 나는 일어나서 티슈를 새로 가져왔고, 그걸 건네며 그만 나도 눈물을 쏟았다. 우리는 마주 앉아 훌쩍훌쩍 울었다.

"도저히 용서가 안 돼?"

내가 묻자 나래는 고개를 저었다.

"아니. 그런 건 아니야. 보람이는 용서를 받고도 남을 만큼 빌었어. 진심으로. 보람이도 나쁜 뜻으로 그러지는 않았을 거야. 제 말대로 실수였겠지. 멍청한 놈이라서 그런 거고."

나는 잠자코 기다렸다. 나래는 좀 더 울었고, 티슈를 몇 장이나 쓰고서야 다시 말했다.

"하지만 나는 이제 보람이를 믿을 수 없게 됐어. 걔가 똑같은 짓을 되풀이할 거라 의심하는 건 아니야. 그렇게까지 못된 애는 아니야. 아는데, 그래도 내 마음이 그래. 보람이를 보면 절로 그런 마음이 들어. 나는 너를 믿을 수 없어…… 호정아. 그런 건 사랑이 아니잖아, 그치?"

나는 몇 번이고 고개를 끄덕여 줬다. 사실은 나도 모른다. 그런 게 사랑인지 아닌지, 대체 사랑이라는 게 뭔지. 하지만 나래가 그렇다면 그런 것이다. 나래가 그래 주었듯 나도 나래 곁에 있을 것이다.

우리는 또 쓸데없는 얘기로 넘어갔고, 배가 고파져서 조각 케이크까지 먹고서야 헤어졌다. 나래는 택시를 타기 전에 나를 꼭 안아줬다. 그리고 지후의 선물을 전해 주고 갔다.

정말 우리 취향은 아니다. 어떤 소설을 지후가 베껴 쓴 것이다. 다이어리만 한 크기의 얇은 공책에 지후의 단정한 글씨체로 제목과 작가 이름이 쓰여 있다.

「별것 아닌 것 같지만, 도움이 되는」
레이먼드 카버

6

집에 돌아오니 책상 위에 하리보가 있었다. 서로 다른 종류로 다섯 봉지나.

세상에, 하리보를 보고는 눈물이 솟았다.

정말이지 나는 어딘가 고장이 난 것 같다. 나는 안 우는 앤데, 알지도 못하는 의사 앞에서도 울고, 엄마 앞에서도 울고, 병실에 혼자 누워서도 울고, 나래한테 티슈를 주다가 울고. 아무리 그렇다고 해도 하리보에 울다니.

이렇게 바위처럼 얼어붙었어도 일단 녹기 시작하면 걷잡을 수 없어. 봄을 어쩔 거야? 계절이 그렇게 무섭다니까.

호수에 갔을 때 아빠가 그런 말을 했다. 까맣게 잊고 있었는데, 갑자기 기억이 났다. 그 말을 들으며 나는 속으로 생각했다. 거기서 무섭다는 말이 왜 나와?

아빠의 말은 그저 호수에 대한 거였지만, 어쩌면 나에 대한 말이었을지도 모르겠다. 혹시 가족 상담을 받으면 알게 될까?

하지만 저녁을 먹으라는 엄마의 말에는 졸린다고 거짓말을 했다. 운 얼굴을 보이고 싶지 않았다. 나는 침대에 누워 스탠드 불을 켜둔 채 지후의 손 글씨로 적힌 소설을 펼쳤다.

레이먼드 카버? 처음 듣는 이름이다. 하긴, 내가 아는 작가라야 교과서에 나오는 박완서, 황석영, 조세희, 김애란, 김지영……. 아, 김지영은 작가가 아니라 소설 주인공이지. 초등학교 때는 독서왕도 되고 그랬는데, 중학교에 들어가면서부터 거의 책을 읽지 않았다. 마지막으로 읽은 소설이……. 그래, 히가시노 게이고.

이것은 전혀 다른 소설이겠지. 지후가 히가시노 게이고 소설을 손 아프게 베껴 썼을 리는 없다.

줄거리는 간단하다. 어느 평범한 날, 일곱 살 생일을 맞은 아이가 학교에 가는 길에 차에 치인다. 처음에는 대수롭지 않은 사고처럼 보였는데 아이는 곧 의식을 잃는다. 온갖 검사를 하지만 의사들도 이유를 모르는 채 아이는 깨어나지 못한다. 그런데 아이의 부모가 고통스러운 시간을 보내는 동안 자꾸만 빵집에서 전화가 온다. 사고 전에 주문했던 아이의 생일 케이크를 찾아가라는 독촉 전화다. 그러다 아이는 결국 세상을 떠나고 말았다. 그날 아침, 엄마는 또 빵집 주인의 전화를 받는다. 아이 엄마는 참을 수 없는 감정에 휩싸여 빵집으로 달려간다. 그제야 사정을 알게 된 빵집 주인은 무뚝뚝하지만 진심이 담긴 사과를 하며 갓 구운 빵을 내놓는다. 그 빵이 그렇게 따뜻할 수가 없다.

잇달아 두 번을 읽었다. 이때껏 내가 읽은 어떤 소설과도 다르다. 좋은 소설은 이런 거구나. 빵 굽는 냄새처럼 실감이 난다. 보이지 않는 온기가 있다. 상대를 조금도 난처하게 하지 않는 위로다.

지후가 그토록 소설을 쓰고 싶어 하는 이유를 조금 알 것 같다. 이런 게 소설이라면, 나도 소설이라는 걸 써 보고 싶다.

별것 아닌 것 같지만, 도움이 되는.

지후와의 카톡 창을 열었다. 선물 고맙다는 인사도 하고, 케이크와 커피 세트 기프티콘도 보낼 생각이었다. 사흘 전이 지후 생일이었다는 걸 깨달았기 때문이다.

그런데 카톡에 지후가 전에 보내 준 링크가 있었다. 은기가 떠난 다음 날 보내 준 것으로, 일 년이나 지난 인터넷 신문 기사다.

소년은 죄가 없다

7

어머니를 폭행하는 아버지를 만류하다 숨지게 한 아들이 무죄를 선고받았다. 법원은 지난 8일, 상해 치사 혐의로 기소된 A 군(16)에게 무죄를 선고했으며, 검찰도 항소의 뜻이 없다고 밝혔다. 이로써 A 군의 상해 치사 혐의에 대한 사법적 판단은 무죄로 결론 났다. 가정 폭력으로 유발된 사망 사건에 대해 최초로 정당방위가 인정된 것이다.

A 군의 아버지 강모 씨(49)는 평소 아내 윤모 씨(43)에게 폭력을 일삼았다. A 군은 자라는 내내 아버지의 폭력을 목격해 왔으며 어머니와 자신의 안전에 심각한 위협을 받아 왔다. 법정에 증거로 제출된 진료 기록에 따르면 윤모 씨가 생명의 위협을 느끼거나 혹은 그에 준하는 폭력도 여러 차례 있었다. 사건이 있기 일 년 전에는 A 군 자신도 강모 씨에 의해 오른팔이 골절된 바 있다.

그러던 중 지난 8월, 만취한 상태로 귀가한 강 씨가 윤 씨를 폭행했고, 급기야 목을 조르기 시작했다. 때마침 귀가한 A 군이 그 장면을 목격하고 어머니를 구하기 위해 아버지를 밀어내는 과정에서 강 씨가 사망에 이르게 되었다. 부검 결과에 따르면 사인은 외상성 두부 손상으로 인한 뇌출혈로, 강 씨는 A 군에 의해 떠밀려 싱크대 대리석 상판 모서리에 머리를 세게 부딪혀 사망했다.

경찰은 이를 상해 치사로 보고 검찰에 송치했으며, 검찰 역시 같은 혐의로 A 군을 기소했다. 사건 당시 어머니 윤 씨는 강 씨에 의한 목 졸림으로 의식 불명에 빠진 상태였다. 이는 폭력의 심각성을 보여 주는 증거라 할 수 있겠으나, 검찰은 A 군을 상해 치사로 기소했던 것이다.

이는 단지 해당 사건만의 경우가 아니다. 지난 5월 국회 의원 회관에서 열린 '가정 폭력 피해자의 방어권에 대한 정책 토론회'에 제출된 자료에 따르면, 살인 혐의로 기소된 가정 폭력 피해자에게 법원이 정당방위를 인정한 경우는 단 한 차례도 없었다.

삼십구 년의 결혼 생활 내내 남편의 폭력에 시달린 이모 씨(63)는 또다시 심한 폭행을 당한 어느 밤 잠든 남편을 칼로 찔러 사망하게 했다. 이모 씨 측은 가정 폭력에 의한 심신 미약 상태에서 저지른 정당방위라고 주장했지만 법원은 받아들이지 않았다.

미국에서는 1977년, 다시 돌아와 강간하겠다는 가해자를 거리에서 발견한 피해자가 그를 총으로 사망하게 한 사건에 대해 법원이 정당방위를 인정했다. '집에서 벽까지 도망쳤다면 더 이상 도망칠 공간이 없다'는 이유로 정당방위를 인정한 1990년의 오하이오주 판례도 있다.

우리 형법에도 그러한 조항이 이미 있다. '자기 또는 타인의 법

익에 대한 현재의 부당한 침해를 방위하기 위한 행위에 상당한 이유가 있을 때'는 정당방위를 인정할 수 있다. 또한 '그 행위가 공포, 경악, 흥분 또는 당황으로 인한 때는 벌하지 아니한다'는 조항도 있다.

긴 시간 동안 폭력을 겪어 온 가정 폭력의 피해자는 어떠한가? 그들이야말로 부당한 침해를 막기 위해 자신을 방위해야 하는 처지에 몰려 있는 것이다. 말할 수 없는 공포, 경악, 흥분 또는 당황에 빠진 상태다. 그럼에도 지금껏 우리 사법 현실은 가정 폭력 피해자의 정당방위를 인정한 바 없다.

그러던 중 국민 참여 재판으로 진행된 이번 법정에서 A 군은 정당방위를 인정받아 무죄로 풀려났다. 배심원단의 판단과 사법부의 판단이 다르지 않았다.

재판이 끝나기 전에 다행히 의식 불명에서 깨어난 윤 씨가 결정적인 증거 자료를 제출한 덕분이었다. 사건이 발생한 무렵 윤 씨는 이혼을 결심한 상태였고, 사건 당일 폭행의 조짐이 있자 스마트폰을 숨겨 두고 상황을 녹화했다. 영상에는 당시의 급박한 상황이 생생하게 담겨 있었다.

소년은 죄가 없다.

구속된 상태로 재판을 받는 동안 일반 구치소에 수감되었던 소년에게 집으로 돌아가는 길이 열렸다. 그러나 판결이 내려진 후, 피고석의 소년은 조금도 기뻐 보이지 않았다. 어머니가 눈물을 흘리며 손을 내민 지 한참이 지나서야 겨우 일어섰으며, 그 후로도 쉽게 걸음을 내딛지 못했다.

소년에게 돌아갈 곳이 있을까. 가정 폭력에 고통받는 수많은 피해자들에게 도망칠 곳이 있을까.

최근 우리 사회에서도 이에 대한 폭넓은 논의가 진행되고 있다. 사법적 판단에 대한 검토는 물론, 비극적 사건의 발생에 앞서 가정 폭력 피해자를 보호하고 구제하기 위한 방안도 고민되고 있다. 이번 판결이 그러한 논의를 더욱 활발하게 만드는 계기가 되기 바란다.

8

기사 아래 댓글에 내가 아는 이름이 있었다. 다른 댓글들과는 달리 최근에, 그러니까 은기가 떠난 직후에 작성된 그 글의 작성자는 '김동원'이었다.

김동원? 우리 반 부반장? 김동원은 그리 드문 이름이 아니지만, 그래도 어쩐지 그 김동원일 것 같다.

좋은 기사 써 주셔서 고맙습니다.

짧고 단단한 말투도 그렇고, 실명 같은 닉네임으로, 하필이면 그 날 댓글을 달았다는 사실도 그렇다. 김동원이랑 친하지는 않지만, 어쩐지 김동원답다.

그러고 보면 은기의 일에 대해 조용했던 애들도 많았다. 관심이 없었거나 혹은 조심스러웠던 애들. 그런데 말하지 않는 것은 말해지지 않으므로 나는 그런 마음들을 듣지 못했던 것 같다. 은기도 그랬을 테지. 그럴 테지.

동원이한테 고마운 생각이 든다. 은기에게 보여 주고 싶다. 이런 댓글도 있다는 것을. 말하지 않아 전해지지 못한 마음들을.

소년에게 돌아갈 곳이 있을까. 기사의 그 구절에 나는 한참 울었다. 학교로 돌아오기 위해 은기에게 얼마나 큰 용기가 필요했을까. 사건이 알려졌을 때 얼마나 겁이 났을까. 결국에는 그렇게 도망치고, 아니 쫓겨나고…….

내가 그 한 이유였다고 생각하면 나 자신이 너무나 밉다.

정호정 님 자신이 아니라 친구 김나래 님이었다고 생각해 보세요. 그것이 김나래 님 잘못이었다고 생각했을까요?

의사는 그렇게 충고했다. 그래, 나래였다면……. 나는 나래를 비난하지 않았겠지. 네 잘못이 아니라고 말해 주었을 것이다. 하지만 나는 나래가 아니고, 나래가 나였다고 해도 괴로워하고 있을 것이다. 세상 모두가 내 잘못이 아니라고 말한다 해도, 나는 나를 용서할 수가 없다, 이렇게는.

라진 샘 카톡을 열어 봤다. 프로필에 묘한 말이 적혀 있었다.

끝내 하지 못한 말들.

사진은 굉장히 화려한 모양의 보랏빛 꽃이었다 어디선가 본 적 있는 것 같기도 했다. 라진 샘이 원래 꽃 같은 걸 프로필 사진으로 걸었나? 그런 건 알 수 없었다. 담임의 프로필을 눈여겨본 적은 없다. 어쩐지 그저 예뻐서 걸어 둔 꽃은 아닐 것 같았다. 끝내 하지 못한 말.

나는 꽃 사진을 다운로드 받아 구글에서 검색해 봤다. 히아신스. 꽃말은 미안하다라고도, 사랑이라고도 했다. 라진 샘의 히아신스는 무슨 뜻일까? 어쩌면 둘 다인지도 모르겠다.

라진 샘도 마음을 다쳤을까? 그랬을 것이다. 마음의 상처도 눈에 보이면 좋겠다. 그러면 어디를 어떻게 다쳤는지 볼 수 있을 텐데. 곪아 가고 있다는 것도, 아물어 가고 있다는 것도. 상처는 결국 흉터가 되겠지. 이따금 흉터로 인해 상처의 기억이 되살아나겠지만, 그래도 더 이상 아프지는 않겠지.

라진 샘을 만나러 가야겠다.

9

라진 샘은 방학이지만 마침 학교에 나와 있다고 했다. 나는 곧장 학교로 갔다. 침묵에 잠긴 본관 입구에 커다란 안내문이 붙어 있었다.

기간제 교사 및 영양사 신규 채용 면접 고사장

영양사 선생님이 또 바뀌나 보다. 떠나는 선생님도 있다는 거겠지. 과학B 선생님이 정년이라는 말을 들은 기억이 났다. 더 이상 복도에서 그 심술궂은 고양이 같은 얼굴을 볼 수 없는 건가, 그럼. 시원할 줄 알았는데 섭섭하기도 하다. 그 자리를 대신하는 건 젊은 선생님이겠지. 기간제……. 나는 궁서체로 인쇄된 글씨를 물끄러미 봤다. 그러니까 학교도 안전한 세계는 아닌 것이다, 결코.

라진 샘도 좀 피곤해 보였다. 그 면접 때문인지 방학인데도 정장을 입고 있었다.

"죄송해요."

나도 모르게 첫마디가 그렇게 나왔다. 그러면 괜찮다는 대답이 돌아올 줄 알았는데, 라진 샘은 말했다.

"맞아, 넌 좀 죄송해야 돼."

그렇게 말하는 라진 샘의 눈동자에는 비난이 아닌 걱정이 담겨 있다. 라진 샘이 얼른 덧붙여 말했다.

"잘 왔어, 호정아."

걱정 많은 라진 샘. 내가 묻는 말에 더욱 걱정이 많아지겠지. 하지만 나를 도와줄 수 있는 사람은 라진 샘밖에 없다.

"선생님. 저 은기를 만나야겠어요."

라진 샘은 난처한 표정이 됐다. 놀라는 것 같지는 않다. 내가 찾아온다고 할 때부터 짐작했나 보다.

"나도 은기 연락처는 몰라. 그때 이후로 연락을 주고받은 적도 없고, 자퇴도 어머니가⋯⋯."

"은기 자퇴했어요?"

학교로 돌아오지 않는다는 말을 이미 들었는데도, 자퇴라는 말이 새삼 나를 아프게 한다. 은기는 정말 떠나 버렸구나. 돌아올 수 없게 되었구나.

"여기서 잘 지냈으면 했는데⋯⋯. 호정아, 나는 내심 너랑 은기가 친해져서 기뻤어. 은기한테 좋은 친구가 생긴 것 같아서, 은기한테 좋은 마음이 생긴 것 같아서⋯⋯. 그런데 그 일이 결국 너를 아프게 했어. 미안하다, 정말, 호정아."

"아니에요."

눈물이 솟았다. 그래도 또박또박 말하려 했다. 분명히 고개 저으려 했다. 선생님, 정말 아니에요. 은기는 나에게 미안한 일이 아니에요, 정말로요.

내가 눈물이 그치기를 기다렸다 라진 샘이 다시 물었다.

"……상담은 계속 받기로 했지?"

나를 살피는 눈길이 몹시 조심스럽다. 그게 불편하지만, 싫지는 않다. 이상하다. 라진 샘이 전보다 편하다. 2학년 때도 영어 수업은 라진 샘한테 듣고 싶지만, 담임은 아니었으면 좋겠다. 담임은 아무튼 담임인 것이다.

"네."

나는 대답했다. 정해진 일이었고, 내 마음도 그렇다.

"가족 상담도 좋을 텐데."

엄마랑 뭔가 이야기를 한 모양이다. 아직은 담임이니까. 그 질문에는 간단한 대답이 나오지 않았다.

"모르겠어요."

하지만 아마도요, 마음에서는 그런 대답이 떠오른다. 아픈 나는 이야기를 시작했고, 아직도 할 이야기가 남아 있는 기분이다. 어떤 말은 엄마에게, 아빠에게 하고 싶은 이야기겠지. 그 이야기를 들어 주어야 한다. 나도, 엄마도, 아빠도. 그 아이를 홀로 내버려 두면 무서운 일이 일어날지도 모른다. 그 가게 앞에서의 어둠이 이따금 나를 오싹하게 한다. 너, 진짜 죽을 뻔했다고, 정호정.

나는 은기에게도 할 말이 있다. 은기랑 같이 홍제천을 걸었던 내가, 은기가 도망치는 모습을 보고만 있었던 내가.

"선생님. 은기는 어디 있어요?"

라진 샘은 눈을 돌렸다. 내 질문을 피하려는 건 아니다. 선생님은 눈물을 참고 있다. 잠시 뒤 선생님은 붉어진 눈으로 다시 나를 보았다.

"은기는 이사를 갔고, 강아지 호텔에서 아르바이트를 한다고 들었어. 강아지 유치원도 같이 하는 곳이랬지, 아마. 그게 어머니한테 들은 마지막 소식이야."

"강아지요? 은기가 강아지를 좋아하지만……."

홍제천에서 시추를 바라보던 은기의 눈빛을 기억하고 있다. 그건 아주 깊은 슬픔이었는데.

"너도 들었구나. 그때 강아지까지 잃게 되어서 은기의 충격이 더 컸나 봐."

내 표정을 오해한 선생님이 내가 몰랐던 얘기를 했다. 그때…… 그 말만으로 짐작이 갔다. 가슴이 쓰라려 왔다. 눈시울이 붉어져 얼른 눈길을 떨어뜨렸다. 라진 샘도 마음을 추스르는 듯 잠시 조용하다 다시 말했다.

"그래도 다행이야. 지나가는 강아지도 마음 편히 못 보는 것 같더니, 강아지 돌보는 일을 시작하게 됐으니까. 어머니도 조금 안심하시는 것 같더라. ……호정아. 나한테 은기 어머니 연락처가 있기는 해. 그렇지만 너한테 그걸 알려 줄 수는 없어. 미안하다."

"네."

나는 순순히 고개를 끄덕였다. 선생님은 선생님으로서 할 일이 있고, 그런 만큼 할 수 없는 일도 있을 것이다. 모두가 그런 거겠지.

은기에게는 내가 바로 할 수 없는 일이었을까. 다시 또 눈앞이 흐려졌다. 서둘러 인사하고 선생님 앞을 떠났다.

학교에서 나오자마자 근처 카페에 앉아 스마트폰으로 검색을 시작했다.

강아지 호텔.

은기네는 이사를 갔다고 했다. 선생님도 어느 동네인지는 모른다고 했다. 하지만 나는 한 가지 사실을 기억해 냈다. 은기네 엄마가 구파발역 근처에서 약국을 한다고 했지. 그렇다면 아주 멀리 이사 가지는 않았을 것 같다. 강아지 호텔도 그리 멀지 않을 것이다. 은기는 버스를 싫어하니까, 서울 버스는 더 힘들어하니까.

구파발역을 중심으로 검색해 봤다. 동물 병원이나 강아지 미용실은 많지만, 강아지 호텔은 얼마 되지 않았다. 차례로 전화를 돌렸다.

"거기 알바 중에 강은기라고 있어요?"

매번 없다는 대답이 돌아왔다. 누구요? 되묻기나 했다.

맥이 탁 풀렸다. 은기를 쉽게 찾을 리 없잖아. 그렇게 사라져 버렸는데. 그렇다고 주저앉은 채 포기할 수는 없었다. 핫초코가 반이나 남았지만 그대로 카페에서 나왔다. 지하철을 타고 무작정 구파발로 향했다.

빈자리가 있는데도 앉지 못했다. 선 채로 검색을 하고 또 했다. 네이버가 깜짝 선물로 새로운 결과를 내놓기라도 할 것처럼. 그러나 결과는 같았다.

어느새 지하철은 불광역으로 들어서고 있었다. 다음은 연신내,

구파발…… 그다음으로 지하철은 계속 이어져 있다. 지축을 지나 원당, 백석, 정발산.

나는 문득 깨달았다. 그래. 구파발은 일산과 가깝지. 내가 일곱 살 때 혼자 지하철을 타고 올 만큼.

빈자리에 앉아 다시 급히 검색을 했다. 고양시, 강아지 호텔. 몇 개 되지 않았다. 전화를 걸어 보려다 그냥 창을 닫았다.

구파발역을 그대로 지나 계속 갔다. 제일 가까운 강아지 호텔부터 찾아갔다. 하지만 문 앞에 서니 용기가 나지 않았다. 그냥 앞에서 전화를 걸었다. 첫 번째와 두 번째 모두 헛걸음이었다. 누구요? 우리 알바 없는데요. 대답은 그랬다.

세 번째로 전화를 걸 때는 유난히 대기음이 길었다. 나의 기대감은 바닥을 보이고 있었다. 그런데 경쾌한 목소리가 전화를 받았다.

"네. 개좋아해입니다."

은기다. 나의 은기가 여기에 있다.

10

복슬복슬한 하얀 강아지 그림이 그려진 창 너머.

맞은편 롯데리아 2층에 앉아 그 창을 본다. 이따금 사람의 형체 같은 것이 어른거린다. 은기일까? 매번 가슴이 두근거리지만 알 수가 없다. 우리 사이에는 열 수도 없는 두터운 유리창과 사람들이 바삐 오가는 골목이 있다. 어느새 거리는 어둑해졌다.

얼마나 앉아 있었는지 모르겠다. 김빠진 콜라가 담긴 종이컵이 눅눅해졌다. 종이컵 옆에 있던 티슈는 누군가의 서러운 눈물을 닦아 준 것처럼 흠뻑 젖었다.

나는 왜 여기까지 왔을까. 왜 은기를 만나려던 걸까. 은기에게 무슨 말을 하려던 걸까.

은기에게 사과하고 싶었다. 내 경솔함에 대해. 설명하고 싶기도 했다. 내가 그런 말을 일부러 퍼뜨린 건 아니라고. 물어보고 싶기도 했다. 나한테 화가 났냐고, 혹시 내가 밉냐고, 나 때문에 속상하냐고, 나를 걱정했냐고, 나를 그리워하기도 했냐고.

은기에게 말해 주고 싶었다. 괜찮다고, 아픈 일이 있었지만 우리는 괜찮다고.

또한 그것은 창 너머의 은기에게 듣고 싶은 말이기도 하다. 내가 여기까지 달려온 이유. 내가 길을 건널 수 없는 이유다.

나는 겁이 난다.

되돌아가고 싶다. 은기가 사라지고 없는 세계로. 은기에게 아무것도 물을 수 없는 세계로. 은기가 나에게 어떤 대답도 할 수 없는 세계로.

그런데 은기다. 은기가 1층 현관 밖으로 나왔다. 백팩을 둘러멘 걸 보니 퇴근을 하려는 모양이었다. 나는 그대로 달려 나갔다.

"은기야!"

은기는 멈췄다. 스마트폰을 들여다보며 오른편으로 돌아서려던 모습, 그대로.

나도 멈추고 말았다. 은기야? 가까이서 보니 뒷모습이 낯설기만 하다. 청바지에 짙은 회색 후드 티와 롱 패딩. 게다가 스마트폰. 그런 은기는 처음이다. 그리고 보니 교복을 입지 않은 은기를 본 적이 없다.

"호정아."

은기가 비로소 돌아보며 내 이름을 불렀다. 은기가 맞다. 내가 아는 은기. 나를 아는 은기. 그러나 나를 부르는 은기의 눈에는 웃음이 없다. 그 눈마저 곧 나를 피했다.

나는 은기에게 다가가려던 걸음을 멈추었다.

"미안해."

내 입에서 그 말부터 나왔다. 은기에게 전해질까 싶게 낮은 소리였는데, 은기가 눈을 들었다. 다시 나를 보았다. 나는 서둘러 또 입을 열었다.

"놀랐지? 갑자기 찾아와서."

은기는 아무 말이 없다. 놀랐다며 웃지 않는다. 괜찮다고 말하지 않는다. 그저 거리 저편으로 또 눈길을 돌렸다가 잠시 뒤 다시 나를 봤다.

"잘 지내?"

은기의 다정한 목소리. 그리고 예의 바른 말투. 알아채기 힘들 만큼의 미소. 눈물이 솟지만 나는 이를 사리물었다. 은기 앞에서 울어서는 안 된다. 이제는, 지금은.

"응. 잘 지내."

아팠다는 말은, 지금도 아프다는 말은 하지 않았다. 은기와 나 사이에는 그런 말을 건네기 어려울 만큼의 거리가 있다. 그 밖에 다른 많은 말들도.

어쩌면 아무 말도 할 필요 없는지도 모른다. 은기와 마주 서니 알겠다. 느낄 수 있다.

은기는 이미 알고 있다. 나는 은기의 그늘진 자리를 함부로 들춰보려 한 적 없으며, 가까이에서 알게 된 것들을 떠든 적이 없다는 것을, 나는 그 애들 중 하나가 아니라는 것을. 은기는 나에게 화가 나지도 않았고, 나를 미워하지도 않는다.

그러나 은기는 나 때문에 속상한 적도 없고, 나를 걱정한 적도 없고, 나를 그리워한 적도 없다.

은기에게 나는 그때 거기 있었던 애다. 그 일을 생각나게 하는 애다. 그 일 중의 하나다. 지워 버리고 싶은, 그러므로 지우고 만 일.

나는 은기를 잃었다.

은기도 나를.

마음은 모르게 찾아와 명백하게 떠난다. 눈물이 솟았다. 참지 않고 두었다. 좋은 것을 잃었을 때는 좋았던 만큼 슬플 수밖에 없다. 슬픔은 다하고서야 비로소 다해질 것이다.

나는 눈물을 흘리는 채로 입을 열었다.

"나 사실은…… 좀 아팠어. 그치만 괜찮아지고 있어. 괜찮아지려고 해. 너도……."

말을 멈추고 울음을 삼켰다. 울면서 이렇게 말할 수는 없다.

"……너도 그랬으면 좋겠어."

은기의 얼굴에 희미한 웃음이 떠올랐다. 그날처럼 환하지는 않지만, 조금은 닮은 듯한. 은기가 강아지 호텔 창문으로 눈을 돌렸다.

"강아지들이랑 있으면 참 좋아. 나…… 전에 강아지를 키웠어. 유기견 보호소에서 내가 직접 데려온 애였어. 이름은 난이, 하도 못나서 못난이라고 이름을 붙였어. 심장이 안 좋은 애였는데, 내가 돌봐 주지 못하는 사이에 죽고 말았어. 모르는 사람들 사이에서. 나는 사실 그게 제일 힘들었어."

무엇보다 더 힘들었는지는 말하지 않았다. 은기도 안다. 내가 그 일을 안다는 것을. 나는 비로소 은기에 대해 알게 되었고, 그래서 은기와 나는 더 이상 나란히 걷지 못하게 되었다. 다시 눈물이 솟아 고개를 돌렸다.

"미안해."

은기가 말했다. 은기도 내게 그렇게 말했다. 내게서 먼 곳으로 눈을 돌린 채.

아니야, 은기야. 너는 나에게 미안한 사람이 아니야. 나도 너에게 미안해하지 않을래. 우리는 서로에게 미안한 일이 아니었어. 지금도, 앞으로도.

그러나 내 입에서도 또 그런 말이 나왔다.

"미안해."

은기가 나를 봤다.

"네 자전거를 버렸어. 내 멋대로."

은기는 의아한 눈으로 나를 보다가 문득 깨달은 표정이 됐다.

"아냐. 그 자전거 찾았어."

"자전거를 찾았다고?"

"응. 우리 빌라 1층 할머니가 찾아 줬어. 자물쇠도 없이 길가에 있었는데, 내 자전거 같아서 가져다주셨대. 자꾸 캐묻고 그래서 성가신 할머니라고만 생각했는데."

은기 입가에 비로소 내가 아는 그 웃음이 떠올랐다. 아마 나도 그럴 것이다. 다행이다. 어디에나 파는 삼천리 자전거, 하지만 그 자전거를 되찾고 은기가 조금은 기뻤던 것 같다.

"고마워."

은기가 말했다. 그건 단지 자전거에 대한 말은 아니었다.

"엄마 때문에 억지로 학교에 다시 간 거였어. 엄마는 자기가 나를 망쳤다는 생각에 너무 괴로워했거든. 아니, 어쩌면 엄마는 핑계였는지도, 내가 학교에 가고 싶었는지도 몰라. 그러면 모든 걸 되돌릴 수 있다고 생각하기라도 했는지……. 그래 놓고 첫날부터 후회가 됐어. 교실에 들어가는데 손이 떨릴 만큼 겁이 나더라. 오래 버티지 못할 거라고 생각했어. 그런데…… 좋았어. 호정아. 기쁜 날이 많았어. 너랑 같이 타면 버스도 괜찮았는데……. 네 덕분이야. 너 때문이었어. 고마워, 호정아. 오늘…… 이렇게 인사하러 와 준 것도."

인사. 그 말이 나를 아프게 했다. 어째서 돌이킬 수 없는 일들이 있는 걸까.

"갈게."

내가 먼저 말했다. 은기는 잠자코 나를 보았다. 슬픈 얼굴로. 그 얼굴은 어떤 말보다 나를 아프게 한다.

은기가 슬프지 않았으면 좋겠다. 너무 오래 아프지 않았으면 좋겠다. 언젠가 오늘을, 나를, 우리를 웃으며 떠올릴 수 있으면 좋겠다. 나도.

"잘 지내."

은기도 내게 인사의 말을 했다.

"응. 너도."

나는 돌아섰다. 우리에게 더 이상 할 말은 남아 있지 않다. 슬픔은 다하지 않았지만 우리의 시간은 다했다. 그런데도 몇 걸음 가지 않아 은기에게 하지 못한 말들이 자꾸만 생각났다.

어떤 일은 절대로 그냥 지나가지 않는다. 나쁜 일만 그런 건 아니다. 좋은 일도, 사랑한 일도 그저 지나가 버리지 않는다. 눈처럼 사

라지겠지만 그렇다고 눈 내리던 날의 기억마저 사라지지 않는 것
처럼.

그 밖에도 하지 못한 말들이 있다. 지금은 생각도 나지 않는 말
들, 자꾸만 내 마음에 떠오를 말들, 드문드문 떠오르다 언젠가는 다
할 말들.

내 마음에 빈방이 생겼다. 그 때문에 나는 슬플 것이다. 그러나
잊지 않으려 한다. 그 방에 얼마나 따듯한 시간이 있었는지를.

스마트폰에서 폭설 주의를 알리는 경보음이 울렸다. 과연 하늘
이 무겁게 내려앉아 있었다. 병원에서 깨어났을 때 창밖에 눈이 쌓
여 있었지만, 내리는 눈을 보지는 못했다. 눈이 내리면 나래가 연락
을 하겠지. 창이 큰 카페에서 핫초코를 마시는 것도 좋겠다. 조금
울기도 하면서.

오늘이 나의 첫눈이다.

11

내 마음은 얼어붙은 호수와 같아 나는 몹시 안전했지만, 봄이 오는 일은 내가 어쩔 수 있는 게 아니었다.

마음은 호수와 같아.

슬픈 시절에 썼다.

유난히 눈이 많던 겨울에, 모두가 작은 방에 갇혀 있던 시절에.

어떤 슬픔은 귀하다,라 쓰고 보니 그도 아니다.

슬픔은 대개 귀하다.

우리는 슬픔에서 자라난다. 기쁨에서 자라나는 일은 없다. 그러나 행복한 기억이 있어 우리는 슬픔에 침몰하지 않을 수 있다. 태양의 기억으로 달이 빛나는 것처럼.

그러므로 흠뻑 슬프기를, 마음껏 기쁘기를, 힘껏 헤엄쳐 가기를. 발이 닿지 않는 호수를 건너는 일은 언제나 두렵지만 믿건대, 어느 호수에나 기슭이 있다.

2022년, 다시금 겨울에

이현

창비청소년문학 109
호수의 일

초판 1쇄 발행 | 2022년 1월 27일
초판 3쇄 발행 | 2023년 4월 13일

지은이 | 이현
펴낸이 | 강일우
책임편집 | 김도연 김유경
조판 | 신혜원
펴낸곳 | (주)창비
등록 | 1986년 8월 5일 제85호
주소 | 10881 경기도 파주시 회동길 184
전화 | 031-955-3333
팩스 | 영업 031-955-3399 편집 031-955-3400
홈페이지 | www.changbi.com
전자우편 | ya@changbi.com